마루 밑

SEOUL, 2010

마루 밑

초판 제1쇄 발행일 2010년 3월 5일
초판 제4쇄 발행일 2018년 1월 5일
지은이 캐티 아펠트 그린이 데이비드 스몰 옮긴이 박수현
발행인 이원주 발행처 (주)시공사
주소 서울시 서초구 사임당로 82
전화 영업 2046-2800 편집 2046-2821~4
인터넷 홈페이지 www.sigongsa.com

ISBN 978-89-527-5767-8 43840
ISBN 978-89-527-5572-8 (세트)

*홈페이지 회원으로 가입하시면 다양한 혜택이 주어집니다.
*잘못 만들어진 책은 구입하신 서점에서 바꾸어 드립니다.

The Underneath

캐티 아펠트 지음 데이비드 스몰 그림
박수현 옮김

시공사

그레그와 신시아를 위하여,

사랑이 있으므로,

고양이들이 있으므로,

그리고 둘이 똑같지 않으므로.

1

잠시 사랑받다가 길가에 버려진 고양이보다 더 외로운 존재는 없다. 조그만 삼색 고양이. 고양이의 가족, 그동안 함께 지낸 고양이의 가족은 해묵은 이 숲에, 빗줄기가 부드러운 털을 적시고 스며드는 이 숲에 고양이를 버리고 떠났다.

얼마나 걸었을까? 몇 시간? 며칠? 삼색 고양이는 어쩌다 거기까지 가게 됐는지, 자기가 자란 마을에서 얼마나 멀리 떨어진 곳에 와 있는지 알 수가 없었다. 자동차를 탔고, 오래오래 달렸다. 그리고 지금 여기에 있다. 이 해묵은 숲, 나뭇가지 사이로 흩뿌린 빗줄기가 털가죽 속으로 스며드는 곳에.

발밑으로 부드러운 솔잎이 밟혔다. 여기저기 고인 웅덩이에 물방울 떨어지는 소리가 들렸고, 하늘이 점점 어두워졌다. 저녁이 오는 듯했다.

고양이는 붉은 황톳길을 벗어나 멀리 걷고, 또 걸었다. 두려운 건 당연한 일이다. 빗방울을 둘로 쪼개고 찌릿찌릿 공기를 감전시키는 번개가 걱정스러울 터다. 엄습해 오는 어둠이 염려스러울 터다. 그렇지만 그 모든 것보다 고양이는 외로웠다.

부드러운 솔잎을 밟으며 조금 더 걸어간 끝에 고양이는 낡은 둥지 하나를 찾아냈다. 다람쥐나 스컹크 혹은 고슴도치가 살았을 둥지를.

얼마나 오래 방치됐는지는 모르지만, 빈 둥지임이 틀림없었다. 낡고 텅 비고 살짝 축축하긴 하지만 잠시 비를 그을 수 있는, 내리치는 번개를 피할 수 있는 둥지를 만난 게 고양이는 고마웠다. 소나무가 우거진 숲의 한가운데, 울퉁불퉁 옹이가 진 니사나무 발치에 있는 둥지가 고마웠다. 삼색 고양이는 그 둥지에서 단단히 몸을 말아 웅크린 채 가르랑가르랑, 아직 태어나지 않은 새끼들을 기다렸다. 그리고 나무들, 죽죽 길게 자란 친절한 나무들이 잠든 고양이를 밤새도록 지켜 주었다.

2

아아, 나무들. 숲 맞은편에 나이 많은 테다소나무 한 그루가 있다. 한때 높이 삼십 미터에 이르는 우뚝한 키로, 구름을 뚫고 별 아래까지 곧장 솟아오른 나무였다. 그런 나무였다. 이제는 중동이 부러진 채, 작은 슬픔이라 불리는 시냇가에 서 있다.

나무들은 이야기 파수꾼이다. 참나무며 느릅나무 그리고 사람주나무의 언어를 알아들을 수 있다면, 일찍이 일어났던 폭풍우, 정확히 말하자면 이십오 년 전 하늘을 가르며 휘몰아친 폭풍우, 빗방울로 냇물과 늪지대를 가득 채워 철철 흘러넘치게 하고 나뭇가지를 거세게 뒤흔든 폭풍우 이야기를 들을 수 있을 거다.

그때 거기에는 어마어마한 먹구름, 남쪽 멕시코 만을 지나며 물기를 듬뿍 머금어 두껍고 무거워진 먹구름, 북쪽으로 소용돌이쳐 오면서 텍사스와 루이지애나를 가르는 사빈 강의 물기를 더욱 빨아들인 먹구름이 있었다.

천 년 묵은 이 나무, 거대하고 우람하며 곧고 반듯한 이 나무는 그날 가지를 활짝 펴고 장대 같은 비를 반갑게 맞았다. 차가운 물이 줄기를 타고 흘러내리며 뾰족뾰족 긴 잎에 쌓인 먼지를 씻어 주는 동안 푸르르 몸을 떨었다. 시원함에 어쩔 줄 몰라 탄성을 질렀다.

그런데 빗줄기가 잦아들 무렵, 바람이 잠잠해지며 어둠이 짙어지더니, 무시무시한 벼락이 쾅 내리쳤다. 나무껍질이 우수수 찢겨 나갔고, 줄기는 꼭대기부터 뿌리 깊은 곳까지 뜨거운 열기에 휩싸였다. 벼락은 나무 한복판을 꿰뚫었다.

나이만큼이나 호방하고 튼튼한 심장을 지닌 나무였지만 어마어마한 벼락의 힘 앞에서는 어쩔 도리가 없었다. 거대한 나무는 잠시 후들후들 흔들렸고, 가지는 소나기처럼 쏟아지는 불꽃과 함께 젖은 숲으로 부러져 내렸다. 그러나 나무는 꼿꼿하게 서 있었다. 작은 나무였다면 뿌리째 뽑혀 위로 날아오르거나 빙글빙글 흔들리다가 바닥에 처박혔을지도 모른다. 이 소나무는, 이 테다소나무는 여전히 시냇가 진흙 깊숙이 뿌리를 내리고 있었다. 십여 미터 남짓 부러져 나간 상처를 그대로 드러낸 채, 연기를 내뿜으며, 컴컴한 하늘 아래 굳건히 서 있었다. 바닥으로 쓰러지지도 시냇물 속으로 미끄러져 들어가지도 않았다.

지금도 서 있다. 가지란 가지는 거의 다 부러져 내렸다. 줄기 윗부분은 오래전에 부러져서 바닥에 떨어졌다. 줄기며 가지 몇 개는 시냇물에 휩쓸려서 아래로, 은빛 사빈 강을 따라 아래로, 멕시코 만까지 둥둥 흘러 흘러 갔다. 아래로.

그렇지만 중심 줄기는 여전히 남아서 빈 속을 드러낸 채 우뚝, 곧고 반듯하게 서 있다. 작은 슬픔 냇가에, 삼색 고양이가 웅크리고 누운 둥지를 지척에 두고, 주룩주룩 내리는 비를 맞으면서.

3

한편 붉은 진흙 깊숙한 곳에서, 늙은 소나무 뿌리에 단단히 붙들려 있던 무언가가 느슨해졌다. 수백 년 전에 파묻힌 거대한 항아리다. 냇바닥을 채우고 있는 바로 그 진흙으로 만든 항아리, 깔끔한 테두리 선과 부드러운 표면을 지닌 항아리, 뛰어난 예술가가 솜씨 있게 장식한 항아리다. 딸기며 가재 그리고 깨끗한 물을 담는 게 항아리의 쓰임새여서, 이토록 깊디깊은 땅속에 파묻힌 채 뒤얽힌 나무뿌리에 단단히 붙들릴 처지는 아니었다. 그런 항아리다.

항아리 안에는 이 숲보다, 시냇물보다 나이가 많으며 자기 종족 가운데 마지막으로 살아남은 생물이 있다. 이 아름다운 항아리는, 나무의 심장에 내리쳐 얽히고설킨 뿌리까지 그을려 놓은 벼락 덕분에 조금이나마 느슨한 공간을 얻었다. 벼락을 맞은 뒤부터 항아리를 단단히 움켜쥔 뿌리의 힘이 스르르 빠지고 있다.

생물은 갇힌 채 기다려 왔다. 죽어 가는 소나무 밑, 칠흑 같은 감옥에 갇힌 채, 천 년에 걸쳐 깊고 깊은 잠에 빠졌다가 설핏 깨어나기를 되풀이하면서 뒤척였다.

"머어어지않았어어어……."

항아리에 갇힌 생물은 깊고 엄숙한 어둠 속에서 읊조렸다.

"내 시간이 다가오고 있지……."

그러고는 두 눈을 감고 다시 잠 속으로 빠져들었다.

4

삼색 고양이를 깨운 건 산비둘기의 구슬픈 울음소리도, 구름 사이로 얼핏 고개를 내민 희미한 햇살도, 지척에서 바스락거린 다람쥐도 아니었다. 그건 가까이서 들려오는 사냥개의 울부짖음이었다. 고양이가 처음 듣는, 온통 우울하고 구슬픈 소리가 나뭇가지 사이를 비집고 아침 공기 속에 스며들었다. 아픔이 느껴지는 소리였다. 고양이가 읽어 낸 아픔은 꼭 이런 내용이었다.

오, 나는 이 늪지대에서 잠을 깼어요,
심장을 사슬에 묶인 채.
네, 나는 이 늪지대에 앉아 있어요,
심장을 사슬에 꽁꽁 묶인 채.
내가 죽어 가는 게 안 보이나요?
내가 울고 있는 게 안 보이나요?
이 늙은 개한테 뼈다귀 하나 던져 줄 수 없나요?

오, 눈을 떠 보니, 비가 내리고 있더군요,
하지만 흘러내린 건 눈물이었어요.
네, 눈을 떠 보니, 비가 내리고 있었죠,
하지만 흘러내린 건 눈물이었어요.
내가 노력하는 게 안 보이나요?
내 울음소리가 안 들리나요?
너무나 외로운 내가 안 보이나요?
이 늙은 개한테 뼈다귀 하나 던져 줄 수 없나요?

고양이는 소리가 들려오는 쪽을 찾아 귀를 쫑긋 세웠다. 그러고는 몸을 일으켜 구슬픈 가락을 따라 소나무 우거진 숲 속으로 깊이, 깊이 들어갔다. 길을 뒤로하고, 버려진 채 낡은 둥지를 뒤로하고, 새끼를 가져 만삭인 자신을 버리고 떠난 사람들을 뒤로하고 깊이, 깊이. 고양이는 울부짖는 소리를 따라갔다.

5

고양이와 사냥개는 천적이다. 그건 자연의 법칙이다. 그렇지만 울부짖는 사냥개, 그토록 간절히 애원하는 소리를 사방에 토해 내는 사냥개를 삼색 고양이가 어찌 두려워할까? 사냥개가 울부짖는 곳에 도착한 순간, 고양이는 뭔가 잘못됐다는 걸 알아차리고 걸음을 멈췄다.

눈앞에 칠이 다 벗겨진 초라한 집 한 채가, 금세라도 진흙 속으로 가라앉을 것처럼 비스듬히 한쪽으로 기울어진 집 한 채가 서 있었다. 금 가고 깨진 유리창은 더러웠다. 집 옆에는 녹슨 소형 트럭이 서 있고, 트럭 밑 시커먼 웅덩이에는 걸쭉한 기름이 괴어 있었다. 고양이는 킁킁 냄새를 맡았다. 안 좋은 곳이었다. 오래된 뼈다귀며 물고기 냄새, 현관에 누더기 커튼처럼 널어놓은 짐승 가죽에서 풍기는 냄새가 공기에 짙게 배어 있었다.

곳곳에 좋지 않은 기운이 서렸다.

고양이는 돌아설까, 되돌아갈까, 뒤돌아보지 말까 고민했다. 아무래도 잘못된 길로 들어선 걸까? 어떤 길을 택해야 할까? 모든 길은 다 똑같다. 하지만 배 속에서 새끼들이 꿈틀거렸다. 이 초라한 곳에 머무는 일은 틀림없이 안전하지 않다.

고양이가 막 돌아서려는데 다시 울부짖는 소리가, 또렷한 가락이 온몸을 파고들었다. 새끼들은 자기들에게도 그 소리가 들린다는 듯 꿈틀거렸다. 고양이는 어지러운 집으로 다가가, 잡초가 우거진 마당 안으로 발을 들여놓았다. 고양이는 귀를 쫑긋 세운 채, 구슬픈 소리가 이끄는 대로 모퉁이를 돌아갔다. 거기에서 구슬픈 소리가 새어 나왔다.

오, 눈을 떠 보니, 비가 내리고 있더군요,
하지만 흘러내린 건 눈물이었어요.
네, 눈을 떠 보니, 비가 내리고 있었죠,
하지만 흘러내린 건 눈물이었어요.
내가 노력하는 게 안 보이나요?
내 울음소리가 안 들리나요?
너무나 외로운 내가 안 보이나요?
이 늙은 개한테 뼈다귀 하나 던져 줄 수 없나요?

그제야 고양이는 알아차렸다. 그 소리는 뼈다귀를 구걸하는 노래가 아니라는 걸, 누군가 다른 존재를 부르는 소리라는 걸. 몇 걸음 더 가자 또 다른 모퉁이가 나타났다. 거기, 뒤쪽 현관 모퉁이에 노래의 주인이 사슬에 묶여 있었다. 두 눈을 감고 고개를 뒤로 젖힌 채 울부짖고 있었다.

두려움을 느끼고 돌아서서 도망치거나, 가장 가까이 있는 나무를 타고 올라가야 마땅했다. 하지만 고양이는 그렇게 하지 않았다. 그 대신 울부짖는 사냥개 앞으로 곧장 다가가서 앞발을 어루만져 주었다. 고양이는 사냥개의 노래에 어떻게 대답해야 하는지 알고 있었다.

할 수만 있다면, 자기도 그 사냥개와 똑같은 노래를 불렀을 테니까.

그래, 지금 왔어.

레인저.

여기 내가 왔어.

6

벼락만 내리친 건 아니었다. 이십오 년 전, 시냇가 늙은 테다소나무에 무지막지한 벼락이 떨어진 바로 그날 밤, 거기에는 한 소년이 있었다. 남부 휴스턴 뱃길 근처, 황폐한 지역에서도 초라하기 짝이 없는 거리를 배회하던 소년이었다.

짙은 어둠을 껴안고, 타르 칠을 한 방파제 밑의 기둥을 따라 조르르 내달리는 잿빛 시궁쥐며 청소동물과 기꺼이 어울리던 소년이었다. 한번은 게잡이 틀에서 잡은 청소동물 한 마리를 틀 안에 가두고, 굶주림과 갈증으로 서서히 죽어 가는 과정을 지켜보기도 했다. 배고픔을 못 이겨 게잡이 틀의 널빤지에 대고 몸을 뒤트는, 필사적인 몸부림을 지켜보았다.

소년의 아버지는 부두 노동자였다. 온종일 배에 짐을 싣고 내리는 일을 한 덕에 어깨가 넓고 건장한 아버지는, 밤이면 '깊은 뱃길'이라는 술집에서 시간을 보냈다. 깊은 뱃길은 오로지 부두 노동자만을 위한 술집이었고, 술집 여자들은 그 노동자들의 시중을 들었다. 소년의 아버지는 깊은 뱃길에서 독한 러시아산 보드카와 쓰디쓴 영국산 진을 마시고, 보드카와 진처럼 독하고 쓰디쓰게 비틀거리며 집으로 돌아왔다.

그러나 이 소년, 상냥함 따위는 코웃음 치는 소년에게는 꽃과 새를 사랑하는 어머니가 있었다.

어머니가 끝내 소년과 소년의 독한 아버지를 두고 집을 나갔을 때, 소년은 털끝만치도 아쉬워하지 않았다. 뒤란에 손수 가꾼 조그만 정원처럼 연약한 어머니, 그 어머니가 잠든 어느 날 밤, 소년은 어머니가 아끼는 새의 물 쟁반에 쥐약을 탔다. 소년이 마지막으로 어머니를 보았을 때, 어머니는 두 손에 선홍빛 홍관조 시체를 들고 있었다. 몹시 붉었던 그 색깔은 새가 흘린 피였을 거다. 소년은 웃었다. 피에 젖은 깃털을 보며, 어머니의 손가락 사이로 떨어지는 핏방울을 보며, 손바닥으로 홍관조를 감싼 어머니를 보며 웃었다.

이 잔인한 소년, 이 암흑의 소년을 조심하라.

소년에게도 한때 이름이, 진짜 이름이 있었다. 소년의 아버지, 술에 취해 미친 듯이 화가 난 아버지가 주먹으로 내리쳐서 소년의 왼쪽 광대뼈가 부러졌고, 부드러운 볼살이 찢어졌고, 왼쪽 뺨에 깊고 흉한 상처가 남았다. 소년은 찌를 듯한 고통으로 숨이 막혔다. 아버지는 다시 주먹을 휘두르다가 바닥에 쓰러졌고, 끝내 죽었다.

다른 아이 같았으면 낙담했을 거다. 무시무시한 아버지의 시신을 지키며 눈물을 훔쳤을 거다. 그러나 소년은 달랐다.

소년은 일어서서 자기가 자란 초라한 집을 한 바퀴 휙 둘러보고는, 얼굴을 무섭게 찡그렸다. 증오가 땀처럼 소년의 살갗을 뒤덮었다. 입가에서 피가 새어 나왔다.

소년은 아버지가 새로 산 라이플총을 집어 들고, 남부 휴스턴의 습기 찬 거리로, 캄캄한 어둠 속으로 걸어 들어갔다. 콧물이 흐르고, 오른쪽 눈은 퉁퉁 부어오르고, 턱은 도무지 제대로 맞춰질 것 같지 않았다.

소년은 걸었다. 부두를 지나고, 인도, 라이베리아, 오스트리아 깃발을 내건 배들을 지나쳤다. 창고 가득한 카레 가루, 밀림에서 몰래 잡은 새끼 원숭이들, 옛날 참나무통에서 숙성한 붉은 포도주 궤짝을 실은 배들이었다. 소년은 콘크리트 창고들과 휴스턴 남동부 끝자락의 부서진 집들을 지나쳐 걸었다. 소년의 얼굴은 햇볕에 그을렸다.

소년은 계속 걸었다. 배를 지나치고, 제련소, 늪지대, 김을 푹푹 내뿜는 도시를 비롯한 온갖 곳을 지났다. 깊고 축축한 숲으로 들어서자 하늘을 가린 울창한 나무들이, 처참하게 일그러진 얼굴에 지긋지긋하게 내리쬐던 햇볕을 막아 주었다.

소년, 휴스턴 북쪽 길 오백 킬로미터를 걸어서 이동한 이 소년. 소년은 기둥참나무 한 그루에 진짜 이름을, 이름이 뭐든 간에, 아무튼 이름을 새겨 두고 두 번 다시 돌아보지 않은 채 숲 속으로 사라졌다. 다시는 불릴 일 없는 이름이었다.

벼락이 나무 한 그루를 내리쳤다. 아버지는 아들을 내리쳤다. 그리고 소년은 새로운 세계로 들어섰다. 소년의 일그러진 얼굴은 아직도 늪지대의 흙탕물 속에서 헤엄치는 태고의 물고기, 반은 갈치에 반은 악어인 생물과 닮아 보였다. 악어 동갈치. 비늘과 지느러미를 가진 생물 가운데 가장 사악한 존재. 녀석의 섬뜩하게 날카로운 이빨, 강철 올가미 턱, 흐린 물속에서 타오르는 눈빛을 조심하라.

이제 여기, 쓰고 독한 소년은 악어 동갈치 낮바닥이라 불리는 남자로 자라났다. 이십오 년 동안, 늙은 테다소나무가 작은 슬픔이라는 시냇물에 떨어뜨린 가지와 껍질이 바다로 흘러가는 모습을 지켜보는 동안, 악어 동갈치 낮바닥은 이 숨겨진 숲 속을 헤맸다. 우거진 버드나무, 박달나무, 물푸레나무 아래를 떠돌았다. 사반세기를 지나오는 사이, 세월은 늙은 소나무를 온화하게 만들었다. 하지만 악어 동갈치 낮바닥은 아니다. 그 사내의 성난 앞길을 가로지르지 마라. 그 길을 넘나들지 마라.

7

사냥개는 깜짝 놀랐다. 고양이가 여기서 대체 뭘 하는 거지? 사냥개의 영역인데?

물론 숲 속에는 고양이들이 있고, 녀석들의 그림자를 얼핏 스쳐본 적도 있다. 그렇지만 아직껏 사냥개의 영역에 들어선 고양이는 한 마리도 없었다. 사슬 길이가 닿는 반경 육 미터 경계를 가로지르는 엄두를 낼 녀석조차 없었다. 사냥개는 고양이들에게 경계 안으로 들어서지 말라고 경고했고, 너구리, 주머니쥐 그리고 이따금 뱀한테도 똑같이 경고했다. 들어서지 말라고.

그러나 이번에는 고양이가 자신에게 곧장 다가오는데도 그저 서 있기만 했다.

사냥개는 고양이를, 이 조그만 삼색 고양이를, 목을 가르랑거리는 고양이를 내려다보며 다 알아차렸다. 홀로 있는 자신을 찾아낸 존재가 있다는 걸. 자신에게 거리낌 없이 다가와 억센 앞발을 어루만져 주고, 뒷발로 일어서서 자신의 부드러운 귀를 핥아 주며, 분홍빛 조그만 코로 자신의 갈색 콧등을 문질러 주는 존재가 나타났다는 걸. 이 모퉁이 말뚝의 사슬에 매인 채 오랜 세월을 견딘 끝에, 마침내 자신의 노래를 이해해 주는 존재를 만났다는 걸.

8

텍사스 동쪽 끝에 있는 이 소나무 숲은 축축하고 안개가 짙다. 한 걸음 디디면 발자국에 물기가 가득 차오른다. 고개를 들면, 하늘은 오래된 나무들에 막혀 조그만 파란색 퍼즐 조각처럼 보인다. 이 땅은 숨어 있으며, 그 안에 깃들인 생물들도 마찬가지다.

질척한 늪지대와 굽이쳐 흘러가는 시냇물을 조심하라. 곳곳에 우각호와 소택지가 만들어 놓은 작은 호수들이 있다. 살모사, 방울뱀, 산호뱀, 독사처럼 독을 품은 생물들을 조심하라. 누룩뱀, 구렁이, 알비노뱀처럼 독이 없는 종류도 있다. 그러나 독이 없는 녀석들도 깨무는 위력은 갖고 있다.

물속에는 악어거북, 상자거북, 맵거북 들이 있는데, 이곳에서 족히 백 년 넘게 살고 있다. 황소개구리가 울면 솔잎이 솨솨 흔들린다. 가재는 늪지대의 흙탕물 속에서 잽싸게 뒷걸음질 친다.

이 질척질척한 협곡의 지배자는 악어다. 수면 바로 아래에서 헤엄치는 녀석들의 회갈색 등은 둥둥 떠내려가는 통나무처럼 보인다.

악어들, 특히 작은 슬픔의 서쪽으로 흘러드는 널따란 타르틴 늪지대에 사는 악어들은 두려울 것이 없다. 타르틴 늪지대의 물은 이 잊혀진 숲의 심장부를 가로질러 흐른다. 물길은 타르틴 늪지대를 흐르다가 중간 지점에 이르러 육지를 삼키고, 조그만 늪지대, '작은 타르틴'이라고 부르는 늪지대만 남겨 놓았다. 반원형으로 생긴 작은 타르틴은 언니인 타르틴 늪지대와 닮은꼴을 이루고 있으며, 두 늪지대 사이에 있는 육지는 모두 소택지와 습지 그리고 젖은 모래층이다.

타르틴 늪지대와 여동생인 작은 타르틴 사이에 펼쳐진 땅에는 들어서지 마라. 그 섬뜩한 곳에는 발을 들여놓지 마라. 자칫하면 온몸이 쑥 빨려 들어갈 테니 조심하라. 타르틴 자매에게서 멀리 떨어져라.

9

악어 동갈치 낯바닥은 낡은 배를 타고 타르틴 늪지대를 흘러가다가 처음으로 그 짐승을 보았다. 악어 동갈치 낯바닥은 비버, 여우, 토끼, 심지어 스컹크까지 수많은 동물을 덫으로 잡아서 가죽을 벗겼다. 그렇지만 가장 이 사내의 눈길을 끈 건 악어였다. 악어, 부드러운 뱃가죽, 찌를 듯 날카로운 노란 눈빛, 그 눈으로 사내를 똑바로 마주 보는 짐승, 악어였다. 다른 동물들의 눈에는 오로지 공포와 두려운 빛만 어려 있었다. 하지만 악어는 달랐다. 녀석들에게는 그 무엇도 두려운 게 없었다.

악어 동갈치 낯바닥은 날마다 총을 쏘아서 잡는 사슴과 멧돼지 그리고 너구리를 대수롭지 않게 여겼다. 그렇지만 악어라면 생각이 달랐다.

새벽녘, 높이 솟은 나뭇가지 사이로 빛이 퍼지기 시작할 무렵, 찌무룩하게 동이 트는 시각, 공기가 너무 축축해서 숨을 쉬려면 아가미가 필요할 것 같은 때, 습기가 또 다른 살갗

처럼 몸에 들러붙어 견딜 수 없이 끈적끈적한 고요가 감도는 어스름 새벽에 사내가 모습을 드러냈다. 악어 동갈치 낯바닥은 바닥이 평평한 배의 뱃머리에 등유 랜턴을 걸고, 선 채로 장대를 저었다. 작은 타르틴을 막 스쳐 지나가는 순간, 사내는 어깨 너머를 돌아보고는 두 눈을 비볐다.

과연 제대로 본 걸까? 전날 밤에 마신 블랙 럼주가 아직도 사내의 눈에 아른거렸다. 너무나 긴 밤이었다.

"이럴 수가."

사내는 큰 소리로 말했다.

"저렇게 큰 악어는 아프리카에서나 살 텐데."

사내는 다시 한 번 랜턴을 그러쥐고 물을 비춰 보았지만, 흐린 물 표면을 휘젓는 소용돌이밖에 보이지 않았다. 사내는 어깨를 으쓱한 다음 다시 장대를 깊이 밀어 넣었다. 그리고 고개를 가로저었다. 뭔가 거대한 것이 잽싸게 물 밑으로 가라앉으며 커다란 소용돌이를 일으켰다. 그 소용돌이가 일으킨 파장이 적어도 삼십 미터가 넘었다. 몸길이가 삼십 미터에 이르는 짐승이 타르틴 늪지대 바닥으로 가라앉은 걸까?

악어 동갈치 낯바닥은 팔뚝의 털이 곤두서는 느낌이었다. 목의 핏줄이 펄떡펄떡 뛰었다. **존경**. 이 낱말이 사내를 둘러싼 짙고 무거운 공기 속을 떠다녔다. 이 말이 굶주린 모기 천 마리가 왱왱거리듯 귀를 울렸다. 사내는 얼굴이며 목을 찰싹쳐 봤지만, 혀에 맴도는 이 단어를 몰아낼 수가 없었다. **존**

경. 사내는 그 낱말을 꿀꺽 삼키고 입술을 핥았다.

바보가 아닌 이상, 이처럼 대단한 짐승을 존경하지 않을 수 없다. **존경**. 그 낱말이 생쥐처럼 조르르 사내의 등줄기를 훑어 내렸다. 사내는 그 낱말을 잡아채기라도 하듯 팔을 휘두르다가 소름 끼치는 얼굴 앞으로 빈손을 들어 올렸다. **존경**. 사내는 그 녀석을 잡고 싶었다.

배를 저어 가는 동안, 옅은 안개가 내리기 시작하면서 선선한 기운이 느껴졌다.

'다시 오겠어.'

사내는 생각했다. 그러고는 기울어진 자기 집 쪽으로 방향을 돌렸다.

사내는 분명히 해 두겠다는 듯이 크게 소리쳤다.

"그래, 다시 오는 거야!"

사내는 늪 속 깊이 장대를 밀어 넣었다.

우리는 세포로 구성되어 있다. 세포는 서로 결합하고 융합하여 피와 살과 뼈를 만드는데, 근원을 들여다보면 하나하나에 필요한 요소가 무척 많다. 하지만 악어 동갈치 낮바닥에게 필요한 요소는 단출하다. 이 사내는 평소 음식과 물, 은신처 그리고 밤마다 마시는 독하고 쓴 진이나 보드카 또는 럼주, 밤부터 아침까지 마음을 느긋하게 풀어 주는 럼주 같은 요소만 있으면 만족했다.

그런데 기울어진 집으로 돌아가는 길에 사내는 몸 안에 있는 세포들이 한 곳으로 모여들어, 뒤엉킨 열망, 독한 술보다 더 강한 열망의 덩어리로 변하는 걸 느낄 수 있었다. 존경. 열망이 통증의 형태로, 명치가 뒤틀릴 정도로 딱딱하고 단단한 통증의 형태로 사내를 빈정대고, 마음속 깊은 곳을 헤집어 놓았다. 그러나 그건 사내가 좋아하는 통증이었다. 사내는 그 통증을 억세게 붙들었다.

사내는 악어를 잡을 작정이었다. 악어 왕을. 그렇지 않으면 약이 올라서 죽을 것 같았다. 사내는 장대를 흙탕물 깊이 밀어 넣었고, 빗방울이 떨어지기 시작했다.

10

레인저. 사냥개의 이름이다. 레인저는 첫눈에 삼색 고양이가 좋아졌다. 하지만 고양이에게 어떤 위험에 처해 있는지 경고해야 했다. 레인저는 현관 난간에 내걸린 여우와 사향뒤쥐 그리고 밍크 가죽, 현관 슬레이트 위에 비스듬히 널어놓은 악어와 방울뱀 가죽을 가리켰다.

"악어 동갈치 낮바닥이야, 이 늙은 사냥개를 여기에 묶어 둔 사내지."

레인저가 말했다.

"그 인간이 너를 보면……."

레인저는 말을 꺼냈다가, 여기저기 살피더니…… 입을 다물고 말았다. 악어 동갈치 낯바닥은 고약한 인간이었다. 그리고 언제나 라이플총을 들고 다녔다. 라이플총.

레인저는 라이플총을 잘 알았다. 오래전, 몇 년 전 일인지는 알 수 없지만, 레인저는 악어 동갈치 낯바닥이 사냥을 가면 함께 따라가 그 곁을 달리며 사내가 총을 겨누어 너구리며 흰꼬리사슴을 쏘는 걸 지켜보았다. 그러던 어느 날 밤, 그 끔찍한 밤, 레인저는 눈빛이 이글이글 불타는 살쾡이 한 마리를 몰아붙였다. 레인저가 우우 승리의 함성을 내지르고, 악어 동갈치 낯바닥이 총을 들어 녀석을 겨눈 바로 그때, 레인저는 뭔가 잘못됐다는 걸 알아차렸다. 레인저가 움직인 순간, 악어 동갈치 낯바닥은 살쾡이 대신 레인저를 쏘아 버렸다.

사내는 미안해하기는커녕 앞부분을 강철로 댄 장화로 레인저의 옆구리를 냅다 걷어찼는데, 발길질이 어찌나 지독한지 총탄이 박힌 다리 못지않게 쑤시고 아팠다.

발길질과 함께 사내는 고함을 질렀다.

"이 멍청한 개자식!"

그러고는 레인저를 남겨 둔 채 비틀거리며 집으로 갔고, 개는 절뚝거리며 사내를 쫓아갔다. 사내는 이제 쓸모라고는 그저 집 지키는 일밖에 없는 개를 말뚝에 묶어 버렸고, 반경 육 미터 공간 안에 갇힌 개는 짐승들이 바짝 다가오면 짖는 역할만 했다. 이것이 레인저가 겪은 일의 전말이었다.

다리의 상처는 차츰 아물었지만, 다리에 박혀 있는 총탄은 날마다 그날을 상기시켰다. 그렇지만 총탄보다 더 레인저를 갉아먹는 건 사슬, 말뚝과 사내로부터 벗어나지 못하게 만드는 사슬이었다.

레인저는 조그만 고양이가 악어 동갈치 낯바닥의 손에 잡히는 날에는 끝장이라는 걸 알고 있었다. 사내는 고양이를 등에 메고 다니는 구식 라이플총의 사격 연습용 표적으로 삼을 거다. 고양이를 밧줄로 묶어서, 악어가 눈에 띄지 않게 떠다니는 늪지대의 물가에 미끼로 놓아둘지도 모른다. 흐름을 멈추고 괴어 있는 타르틴 늪지대의 흙탕물 바로 밑에서, 악어가 나타나 고양이를 한입에 덥석, 두 동강이 낼 거다. 악어 동갈치 낮바닥은 무슨 짓이든 할 수 있는 인간이다.

삼색 고양이가 말했다.

"하지만 난 달리 갈 데도 없어."

레인저도 보내야 한다는 건 알았지만, 너무 여러 해 동안 혼자 지내 왔고, 말뚝에 묶여 있었기 때문에 고양이를 떠나보내기가 몹시 힘들다는 사실 또한 알고 있었다. 레인저가 고개를 흔들자 기다란 두 귀가 목 옆으로 펄럭거렸다.

레인저가 말했다.

"그럼 악어 동갈치 낯바닥 눈에 띄면 절대 안 돼."

둘은 마루 밑 깜깜한 공간에서 나란히 몸을 웅크렸다. 마루 밑. 어둡고 신성한 곳에서.

해묵은 숲에 산들바람이 불면, 나무들이 노래를 부른다는 걸 알아차릴 거다. 거기, 팽나무와 곱향나무와 단풍나무가 입을 모아, 말뚝에 묶인 이 충실한 사냥개 이야기를 바람에 실어 들려줄 거다. 나무들은 해마다 줄곧 사냥개를 지켜보고, 사냥개의 노래를 들었다. 나무들이 부르는 노래를 사냥개가 알아듣는다면, 바로 자신이 친구를 만나게 된 과정을 읊은 내용이라는 걸 알게 될 거다.

11

악어가 삼십 미터에 이르도록 자라려면 오랜 시간이 걸린다. 이 잊혀진 숲에서, 여러 해가 바뀌고 여러 세기가 지나갔다. 누구도 그동안의 기록을 빠짐없이 간직할 수 없다. 나무들 외에는 아무도 할 수 없다. 나무들은 한 해, 두 해 단위로 셈을 하지는 못한다. 만약에 할 수 있다면, 악어가 가죽 같은 알을 깨고 나온 날, 어른 남자의 엄지손가락보다 더 작은 모습으로 태어난 날 이후로 천 년, 어쩌면 더 오랜 시간이 지나갔다고 말할 거다. 녀석은 해오라기며 물수리, 흰머리독수리의 먹잇감이 될 수도 있었다. 더 큰 악어한테 잡아먹힐 수도 있었다. 녀석의 형제자매들은 거의 그런 신세가 되었으니까.

그렇지만 녀석은 날 때부터 날래고 조심성이 많았다. 물밑에 있는 동굴은 모두 알아 두었고, 왜가리, 두루미 같은 큰 새의 부리를 피할 수 있는 가장 깜깜한 곳도 찾아냈다.

녀석은 큰 악어, 작은 악어, 심지어 가족까지, 다른 악어를 다 피했다. 어릴 때는 물 표면에 뜬 모기와 잠자리 같은 곤충을 잡아먹었다. 나중에는 피라미와 올챙이를 먹었다. 긴 시간이 지나면서 녀석은 점점 더 자랐고, 녀석의 먹잇감도 커졌다. 물속 생물을 닥치는 대로 능숙하게 사냥했다.

녀석은 부드럽고 질척한 늪지대의 땅 위에서도, 잠복하는 진흙 속에서도, 울퉁불퉁하고 두꺼운 녹갈색 살갗으로, 물속에 있을 때와 똑같은 색조로, 교묘히 몸을 숨기고 민첩하게 사냥했다. 녀석은 이내 늪토끼며 다람쥐, 비버 그리고 밍크를 마음껏 사냥해서 즐겼다.

녀석은 무척이나 끈질겼고 후각은 날카로웠다. 약하거나 상처 입은 짐승을 잘 알아봤고, 기다리다 쫓아가 덥석 물었다. 녀석은 질질 끌지 않고 순식간에 죽음을 이끌어 냈다. 주둥이로 사냥감을 간단히 낚아챈 다음, 목을 물고 흙탕물 속으로 끌고 들어갔다. 물속에서 한 번, 두 번, 세 번 휘돌린 뒤, 흐리고 질척한 늪지대 밑바닥으로 끌어 놓았다. 나중에 악어 왕은 물에 잠긴 시체를 먹어 치웠다. 그런 다음 수면 바로 아래에 뜬 채로 다시 먹이를 즐길 때까지 졸고 또 졸았다.

주의력이 부족한 짐승은 모두 녀석의 먹이가 되었다. 사슴, 멧돼지, 여우. 녀석은 닥치는 대로 먹었다. 어떤 짐승이든, 크든 작든, 먹어 치웠다. 녀석은 위장의 명수였으며, 걷잡을 수 없이 술술 빨려 들어가는 모래 구덩이를 피하는 법도 알았다. 녀석은 숱한 생물들이 그 오싹한 모래 구덩이 속으로 빨려 들어가 사라지는 모습을 지켜보았다. 어떻게든 모래 구덩이를 건너거나 빠져나오는 짐승 앞에는 녀석이, 날카로운 이빨과 강력한 턱을 지닌 녀석이 기다리고 있었다.

기다림.

악어가 천 년, 또는 그보다 더 오래 살 수 있을까? 누가 말할 수 있나? 사실 못 살 까닭은 뭐란 말인가? 이 깊고 어두운 숲, 눈에 띄지 않게 숨어 있는 숲에는 악어 말고도 태고의 존재가 더 있다. 두말할 나위 없이, 기나긴 세월 내내 서 있는 나무들이다. 나무들이야말로 온갖 생물의 역사를 안다. 나무 한 그루가 천 년 넘게 사는데, 악어라고 못 살까?

사내의 눈에 띄기 전, 타르틴 늪지대와 작은 타르틴 사이에 있는 질척한 땅이 악어 왕의 비밀스러운 잠자리라는 사실을 아는 존재는 몇 되지 않았다. 다른 악어들과 나무들 그리고 높이 나는 새들만 알았다.

그리고 또 하나의 존재.

죽어 가는 테다소나무 밑 아름다운 항아리 속에 갇힌 생물이 있다. 악어 왕은 금빛 눈을 껌벅거리며 속삭였다.

"누이여, 머지않았소. 곧 누이의 때가 올 거요."

그러고는 흙탕물 아래로 가라앉았다.

적막한 감옥에 홀로 갇힌 할머니가 눈을 껌벅거렸다. 악어 왕은 천 살쯤 먹었는데, 할머니는, 항아리 속 생물은, 그보다 더 나이가 많았다. 훨씬 더.

12

누가 블러드하운드를, 자라서 추적자와 사냥꾼이 되어 꽉 찬 보름달을 보며 짖는 사냥개를 보여 달라. 레인저가 바로 그런 개였다. 블러드하운드. 예민한 후각으로 이름난 사냥개 혈통이다. 이 녀석들은 땅바닥에 코를 대고 킁킁거리고 다니며 뒷문 밖에서 길 잃은 어린아이를 찾아내고, 불타 무너진 건물 아래에 갇힌 소방관의 위치를 알아내며, 우리에서 도망친 말을 찾아낸다.

그래, 블러드하운드는 뛰어난 후각으로 이름난 종이다. 그렇지만 이따금 레인저처럼 청각이 뛰어난 경우도 있다. 한 곳에 너무 오랫동안 묶여 지낸 개는 주변의 온갖 소리에 익숙해진다. 맴맴 매미 소리, 끽끽 청개구리 소리, 쉬지 않고 황토 깊숙이 뿌리를 내리는 소나무 소리를 알아듣는다. 새끼들이 길을 잃고 먼 곳을 헤맬 때 어미 너구리가 쉰 목소리로 으르렁거리는 소리를 구별해 낸다. 어스름 황혼 녘에 수리부엉이가 모습을 감춘 채 슬그머니 밤하늘을 가로질러 가는 소리도 알아챘다.

레인저는 또한 낡은 트럭이 저녁나절에 덜컥거리며 마당을 빠져나갔다가 이튿날 아침 다시 집으로 돌아오는 소리도 민감하게 알아듣는다.

레인저는 멀리서 엔진 소리만 듣고도, 언제쯤 트럭이 마당에 나타날지, 악어 동갈치 낯바닥이 차에서 내리기 전 언제쯤 삼색 고양이를 안전하게 집 밑으로 불러들여서 숨겨 줄지, 현관문은 언제 삐걱 열렸다가 쾅 닫힐지 잘 알았다.

무시무시한 라이플총에서 철컥 소리가 난 뒤 총탄이 눅눅한 공기를 가르는 소리도 알고 있었다. 레인저에게는 모두 귀에 익은 소리들이었다.

그런데 이제 레인저의 귀에 부드럽고, 낮고, 마음이 설레는 새로운 소리가 들렸다. 고양이를 알면 누구나 아는 그 소리, 바로 가르랑거리는 소리였다.

고양이는 가르랑거리는 소리로 이름난 동물이다. 삼색 고양이는 안전하고 부드러운 레인저의 육중한 가슴에 기대 몸을 웅크릴 때마다 가르랑거렸다. 레인저는 직접 그 소리를 듣기 전까지는 자신이 그런 달콤하고 친근한 소리를 얼마나 기다렸는지 몰랐다. 나란히 웅크리고 지낼 존재를 얼마나 기다렸는지 몰랐다. 둘이 되기 전까지는 자신이 외로움에서 벗어나기를 얼마나 바랐는지도 몰랐다. 이 늙은 개는 사실 많은 게 필요했던 거다.

삼색 고양이가 귓가에서 가르랑거리는 동안, 레인저는 자신이 가진 또 하나의 욕구, 이야기를 하고 싶은 마음을 알아차렸다. 이제 외롭지 않게 되자, 그동안 외로움이 만들어 낸 여러 이야기들이 끓어올랐다. 레인저는 삼색 고양이에게 강아지 때 이야기며 어미가 가르쳐 준 것들, 땅에 코를 대는 법, 냄새를 따라가는 법, 둥근달을 올려다보며 짖는 법 따위의 이야기를 다 들려주었다. 악어 동갈치 낮바닥이 레인저를 데려오기 전 이야기였다.

삼색 고양이가 말했다.

"그렇게 좋은 시간들이 기억에 남아 있으니까 괜찮아."

레인저는 숨을 깊이 들이쉬며 대답했다.

"그래."

정말로 그렇게 좋은 시간들이 있었다.

이번에는 삼색 고양이가 레인저에게 좋았던 시간에 대해 들려주었다. 형제자매와 어울리던 새끼 고양이 시절, 다 같이 즐긴 놀이들, 시시한 놀이들, 새끼 고양이들이 즐기는 놀이들에 대해서 이야기했다. 동물 수용소에 잡혀가기 전에, 마을에 있는 가족들이 길가에 버리고 떠나기 전에 겪은 일들이었다. 레인저를 만나기 전 일이었다. 삼색 고양이는 사냥개의 보드라운 두 귀를 핥아 주었다. 레인저는 기분이 좋았다. 조그만 고양이가 자기 귀를 씻어 주는 게 몹시 좋았다.

삼색 고양이가 말했다.

"나도 좋은 기억으로 남은 시간들이 있어."

그러고는 사냥개 곁으로 바짝, 다가앉았다. 둘은 함께, 기억에 남을 좋은 시간을 보내고 있었다. 그렇지만 최고의 순간은 따로 있었다.

새끼들!

달빛이 비치는 어느 날 밤, 새끼들이 태어났다. 삼색 고양이는 레인저의 가슴에 똑바로 기대어서 새끼를 낳았다. 레인저의 편안한 심장 박동 소리를 들으며 아름다운 아기 고양이 두 마리를 연달아 낳았다. 수컷 한 마리. 암컷 한 마리.

서로 쏙 빼닮은 새끼들, 놀랍도록 똑같이 생긴 새끼들이었다. 머리끝부터 발끝까지 은빛이었다. 밤하늘 위에서 살짝 내려다보는 별과 같은 은빛. 둘이 똑같았다.

어미는 다시 한 번 수컷 새끼를 살펴보았다. 이마에 조그만 흰색 무늬가 있었다. 조그만 초승달 무늬였다. 그래, 사내 녀석은 달의 흔적을 지니고 태어났다. 이번에는 여자아이, 조그맣고 동그랗고 생글생글 웃음을 짓는 여자아이를 살펴보았다.

사냥개의 눈앞에서 새끼 고양이가 태어나는 건 무척 드문 일이라는 걸 어미 고양이는 알고 있었다.

'그래.'

어미는 생각했다.

'이 일은 아이들에게 도움이 될 거야. 용기를 줄 거야.'

아아, 새끼들에게 용기가 필요한 날이 올 것이다.

처음에 새끼들은 너무나 작아서, 레인저의 엄지발가락 크기에도 채 미치지 못했다. 할 줄 아는 거라고는 들릴락 말락 가냘프게 내는 야옹 소리뿐이었다. 며칠이 지나도록 어미 품 안에 머물며, 어미의 젖가슴에만 달라붙어 있었다. 레인저 눈에 녀석들은 그저 야옹거리고 젖 먹고, 너무 작아서 있는지 없는지도 모를 존재들이었다. 하지만 새끼들은 빨리 자란다. 야옹거리고 젖 먹는 기간은 잠깐에 지나지 않았다.

오래지 않아 새끼들은 눈을 뜨고 삼색 고양이의 품을 벗어나 대담한 행동을 하기 시작했다. 처음에는 비틀비틀 걸었다. 그러더니 뒤뚱거렸다. 그리고 레인저의 코 크기와 비슷해질 무렵, 녀석들은 타고 오르기 시작했다! 녀석들이 무엇을, 아니 누구를 타고 올랐을까? 바로 레인저였다! 새끼들은 앙증맞은 발톱으로 레인저의 적갈색 털을 움켜쥐었다.

새끼들을 그렇게 자랑스럽게 여기는 아비도 없을 거다. 레인저는 파라오가 나일 강을 지켜보듯, 별들이 잠든 지구를 굽어보듯, 바닷가 모래사장이 바다를 바라보듯 고양이 가족을 지켜보았다. 고양이 가족에게서 한시도 눈을 떼지 않았으며, 세 식구가 잠든 뒤에 잠을 잤고, 세 식구가 먹은 뒤에야 먹었다. 레인저가 가장 좋아한 건 셋이서 함께 가르랑거리는 소리였다. 세상에 그보다 더 좋은 건 없었다.

13

숲 저편, 냇가에 선 늙은 나무가 위쪽 가지들을 단념했다. 가지는 하나하나 아래로 부러져 내렸고, 그 탓에 아래쪽 가지들도 무사하지 못했다. 조금씩 나무는 무너져 내렸다. 그리고 오랫동안 나무뿌리 밑에 갇혀 있던 항아리는 차츰 풀려났다.

항아리.

고대의 도공은 그 항아리를 굽기 전, 엄지손톱으로 부드러운 황토를 꾹꾹, 백 번씩 눌러서, 테두리에 초승달 무늬 백 개를 새겼다. 안에는 고대의 생물이 꿈틀거리고 있다.

갇혀 있는 생물.

나무들, 감탕나무, 작살나무, 붉가시나무는 별과 희미한 달이 굽어보는 가운데 후들후들 몸을 떨며 소곤거린다.

"할머니, 할머니가 깨어나고 있어."

"머어어어어지않았어어어어……."

할머니가 말한다.

"내 시간이 오고 있어. 고오오오옷……!"

14

할머니는 천 년 동안 갇혀 있었다. 하지만 할머니의 나이는 훨씬 더 많았다. **라미아.** 할머니는 인어, 물의 요정 온딘 그리고 셀키스라고 알려진 위대한 물개 요정들과 사촌으로, 아마 자신의 종족 가운데 맨 마지막까지 살아남은 존재일 거다. 할머니는 뱀의 형상을 입고, 위대한 강, 은빛 사빈 강을 따라 동쪽으로 헤엄쳤다. 너무 검어서 푸르게 보이는 비늘이 덮인 몸통으로 헤엄쳤다. 살갗은 매끄럽다 못해 빛이 났다. 만 년에 걸쳐 할머니는 일곱 바다를 헤엄치고, 위대한 사르가소 해에 몸을 실었으며, 거대한 해류를 따라 항해했다. 오, 그렇게 할머니는 드넓은 바다를 사랑했다.

그런데 위대한 소나무 숲, 바로 이 소나무 숲을 찾아낸 순간, 소금기 어린 물에서 미끄러지듯 빠져나와 늪지대의 땅 위로 스르르 올라갔다. 할머니는 거북과 물고기, 거대한 종려나무, 수많은 설치류가 널린 깊고도 나른한 늪지대를 둘러보았다. 사냥을 하기에는 그지없이 좋은 곳이었다. 할머니는 자신을 환영하는 나무들, 참나무와 삼나무, 슈마드참나무와 버드나무가 만들어 주는 어둠이 마음에 들었다. 그리고 뱀들! 이곳에는 수많은 파충류 사촌들, 작고 치명적인 산호뱀, 청동빛 살모사 그리고 온갖 종류의 방울뱀들이 있었다.

"누우우우우이이이이여."

파충류 사촌들이 말했다. 사촌들의 목소리에 공기가 부르르 흔들렸다. 할머니는 다시 그 목소리를 들었다.

"누우우우우이이이이여!"

소리가 할머니의 살갗 위로 내려앉았다. 온 숲이 할머니의 사촌들이 내는 크고 작은 소리, 크지도 작지도 않은 소리들로 부글부글 끓었다.

"누우우우우이이이이여!"

할머니가 대답했다.

"아, 고향이로군."

그곳에서 할머니는 오래, 아주 오래 머물렀다. 점점 소리 없이 움직이는 표범이나 흑곰처럼 숲의 일부가 되어 갔으며, 모카신 할머니라는 이름으로 널리 알려지게 되었다. 쉬이이잇. 그 굶주린 입 안은 들여다보지 마라. 절대로.

15

깊고 흐린 타르틴 늪지대의 수면 위로 악어 왕이 떠올랐다. 악어 왕은 오늘 벌써 거북을 열두 마리나 먹어 치웠다. 햇빛이 살짝 드는 삼나무 뿌리에서 낮잠을 자던 녀석들이었다. 악어 왕은 언제나 배가 고팠다. 어둠이 내리기 전, 커다란 황소개구리 한 마리와 상처 입은 밍크 그리고 생선 몇 마리를 먹을 생각이다. 평소 주로 먹는 건 조막만 한 농어나 물밑바닥에 사는 메기 따위의 생선이지만, 악어 왕은 땅 위에 사는 짐승도 좋아한다. 짠맛이 심하지 않아서다.

그러니 조심하라.

16

어느 날 아침, 레인저는 어미 고양이에게 새끼들의 이름을 지어 주자고 했다.

그러자 어미 고양이가 말했다.

"당연히 그래야지."

레인저는 이름 짓는 일을 막중한 임무로 여겼다. 여자아이 이름은 벌써 생각해 둔 게 있었다.

"내 생각엔 사빈이 좋을 것 같아."

어미 고양이가 쳐다보자, 레인저는 사빈 강에 대해, 텍사스와 루이지애나를 가르는 은빛 물결에 대해, 흐르고 흘러서 바다로 가는 그 강에 대해서 얘기해 주었다. 사빈. 레인저는 오래전 강아지였을 때 보았던 그 강을 떠올렸다. 멋진 강. 달빛이 가득한 강. 사빈. 정말 좋은 이름이었다. 레인저는 긴 혀를 내밀어 할짝 소리가 나게 여자아이를 핥아 주었다. 사빈. 사빈은 도도하게 앞발을 똑바로 세우고 앉았다. 잘 어울리는 이름이었다. 사빈이 제 발을 핥고 두 귀를 문질렀다.

어미 고양이가 물었다.

"그럼 사내 녀석은?"

레인저는 이마에 초승달 무늬가 있는 사내 녀석을 바라보았다. 새끼들이 막 태어났을 때는, 흰색 초승달 무늬를 빼면 똑 닮은 모습이었다. 그런데 자라면서, 사내아이의 털 빛깔이 누이인 사빈보다 좀 더 짙어졌다.

사실 녀석은 은빛보다는 잿빛에 가까운 게 주머니쥐랑 비슷했다.

레인저가 말했다.

"주머니쥐라고 하면 어떨까?"

그러자 사내아이가 말했다.

"싫어!"

녀석은 주머니쥐라는 이름이 싫었다!

녀석의 누이가 웃기 시작했다.

"주머니쥐래!"

녀석은 누이가 뒤로 발랑 드러누우며 깔깔거리는 모습을 지켜보았다. 누이한테 그런 이름을 붙인다면 자기도 그렇게 키득거릴 것 같았다. 주머니쥐라니!

어미가 녀석의 얼굴을 핥아 주었다. 그리고 뒤로 물러서서 녀석을 뜯어보았다. 초승달 무늬의 털에서 빛이 나는 것 같았다. 녀석은 제 누이를 잡아당기더니, 꿈틀거리는 새끼 고양이 몸을 털 뭉치처럼 동그랗게 말아 놓았다. 하는 짓이 꼭

장난스러운 꼬마 요정 퍽 같았다.

어미가 입을 열었다.

"아, 퍽이라고 하자."

주머니쥐보다는 퍽이 나아 보였다.

레인저가 고개를 흔들자 두 귀가 목 위에서 펄럭거렸다.

"퍽."

레인저는 잠시 그 이름을 혀로 굴려 보았다. 어감도 좋고, 시원하고 재치 있는 게 이름의 주인과 꼭 어울렸다. 그래서 이렇게 말했다.

"퍽으로 하자."

어미 고양이가 빙그레 웃었다. 그렇게 해서 퍽이라는 이름으로 결정되었다.

퍽과 사빈. 잘 어울리는 이름이었다.

17

세상에는 많고도 많은 소식이 있다. 어떤 소식은 전화로 전해지고, 어떤 건 조랑말을 타고 오고, 어떤 건 병 속에 넣은 쪽지의 형태로 따뜻한 멕시코 만류를 따라 흘러간다.

나무들은 자기들만의 소식을 퍼뜨린다. 사시나무와 너도밤나무, 호랑가시나무와 자두나무의 언어로, 나무들은 새로 생긴 아들과 딸의 이름을 알렸다.

그리고 늙고 죽어 가는 소나무 밑 깊은 곳에서, 항아리를 붙든 뿌리들이 가늘게 몸을 떨었다. 아들. 딸.

안에 있는 생물이 꿈틀 움직였다.

딸.

언젠가 할머니에게도 딸이 있었다.

'<u>그으으으래!</u>'

할머니는 자신이 사랑했던 딸, 그 누구보다 아끼고 사랑했던 딸, 밤에 부는 산들바람이나 소금기 있는 늪지대보다, 심지어 한때 남편이었던 남자보다 더 아끼고 사랑했던 딸을 떠올렸다. 그 무엇보다, 그 누구보다 사랑했던 딸. 도둑맞은 딸. 잠든 사이에 빼앗긴 딸. 모카신 할머니는 단단한 항아리 안쪽을 꼬리로 찰싹 쳤다.

'대애애애애가……'

할머니가 쉿쉿, 쉿 소리를 냈다.

'대가를 치르게 해 주마.'

18

퍽과 사빈에게 기울어 가는 집 마루 밑에 있는 공간은 태어난 곳이자, 하나밖에 없는 집이었다. 어미와 레인저 곁에 바짝 다가붙어 지내는 장소였다. 잠을 자고, 꿈을 꾸는 자신들의 나라이자, 흥미로운 탐험거리가 잔뜩 있고 오락거리가 떨어지지 않는 놀이터였다. 이쪽에는 곰팡이 피고 쩍쩍 갈라진 낡은 가죽 장화 한 짝이 있었다. 저쪽에는 나무로 만든 찌그러진 생선 상자가 있는데, 오래전에 아무렇게나 처박아 둬서 썩어 가는 중이었다. 온갖 병이며 상자 그리고 짝 안 맞는 잡동사니며 허섭스레기들이 널려 있었다. 구석구석 다 새끼 고양이들이 숨고 올라타고 뒹구는 곳이었다. 기울어 가는 집 마루 밑은 그리 넓지 않아서, 삼색 어미 고양이와 털이 붉은 사냥개는 가끔 딴눈을 팔면서도 새끼들을 지켜볼 수 있었다. 둘 다 악어 동갈치 낯바닥이 새끼들한테 친절하지 않을 거라는 사실을 알고 있었다. 그래서 늘 이렇게 일렀다.

"안전한 마루 밑에서만 지내야 한다! 절대로, 무슨 일이 생겨도, 넓은 바깥으로 나가서는 안 돼."

마루 밑에 있어야 안전하단다, 그것은 엄격한 규칙이었다.

그렇지만 퍽과 사빈에게, 악어 동갈치 낯바닥은 자기들의 천장을 쿵쿵 밟고 다니는 시끄러운 소리에 지나지 않았다. 그저 밤에 쿵쾅거리고 나갔다가 아침 일찍 다시 돌아와 소리를 내는 신발 한 켤레였다. 사내는 늘 같은 습관을 되풀이하는 사람이었다. 해가 지면 곧바로 집을 나갔는데, 어떤 날은 낡은 픽업트럭을 몰고 가고, 또 어떤 날은 걸어서 가지만, 돌아오는 건 늘 해가 뜨는 시각이었다.

사내는 대개 아침이면 레인저에게 먹이를 주는 걸 잊지 않았다. 요즘 들어 어미 고양이는 아침마다 머리 위에서 사내의 움직이는 소리가 그치는 순간을 기다렸다. 그때가 오면 레인저는 어미 고양이를 먹이 그릇 앞으로 불러냈다. 어미는 살금살금 나가서 최대한 잽싸게 먹었다. 새끼들이 아직 자고 있는지 힐끔힐끔 살피면서 말이다. 나중에 새끼들도 먹이겠지만, 우선 자기 배부터 채워야 했다.

어떤 날은 악어 동갈치 낯바닥이 아침에 먹이 주는 걸 깜박 잊기도 했다. 아니, 잊지는 않았지만 그냥 안 준 걸지도 모른다. 그런 날이면 레인저는 어미 고양이가 몰래 빠져나간 사이에 꼼짝 않고 새끼들을 지켰다. 어미는 훌륭한 사냥꾼이었다. 어미는 종종 맛있는 생쥐나 성미 급한 도마뱀을 물고 집으로 돌아왔다. 덩치 큰 레인저에게는 간에 기별도 안 갔지만 불평하는 법이 없었다. 텅 빈 접시보다는 나았으니까.
어미 고양이가 나가는 모습을 보고 있자면, 현관 아래 말뚝에 자신을 붙들어 맨 사슬을 어떻게든 끊어 버리고 같이 나가고 싶은 마음이 굴뚝같았다.

자유롭게 숲 속을 누벼 본 지 얼마나 지난 걸까? 늙은 데다, 아직까지 잘못 맞은 총탄이 박혀 있는 다리로 얼마나 멀리 갈 수 있을지 알 수 없다. 멀리는 못 갈 게 틀림없었다. 그렇지만 다람쥐나 너구리, 토끼를 잡아서 가족이 기다리는 집으로 돌아올 힘은 있을지도 몰랐다.

가족.

늙은 사냥개 한 마리와, 삼색 고양이 한 마리, 그리고 둘이서 기르는 새끼 두 마리로 이루어진 가족.

19

나무들은 자신의 몸을 누군가의 집으로 기꺼이 내준다. 굴뚝새와 울새에게 가지를 제공한다. 스컹크와 토끼에게는 굵은 줄기 발치에 보금자리를 짓게 한다. 우툴두툴한 껍질 밑에서는 딱정벌레와 개미가 굴을 파고 산다.

그럼 냇가에 서 있는 늙은 테다소나무는 어떨까? 이십오 년 전 엄청난 벼락을 맞은 나무, 중동이 부러져서 반만 남은 나무 말이다. 한때는 두껍고 단단했던 몸통이 푸석하게 변하면서, 굼벵이와 곤충을 비롯한 작은 동물들을 위한 집이 되었다. 이따금 들쥐와 불도마뱀도 들락거렸다.

이 늙은 소나무는 대를 이어서 동물 가족들에게 집을 제공해 왔다. 이제는 대개 떠나 버렸지만 말이다. 그렇지만 아직 떠나지 않은 존재, 얽힌 뿌리 사이에 갇힌 존재가 있다.

그 존재는 아직도 남아 있다.

여기 멋진 항아리 안에.

바로 여기에.

20

이 나무는 마디와 뿌리 그리고 몸통에 오랜 기억을 쌓아 두었다. 나무들에게 물으면, 천 년 전, 항아리에 갇히기 전, 모카신 할머니가 느릅나무와 떡갈나무와 무성한 밤나무 가지를 스르르 타고 다니던 때로 데려다 줄 거다. 천 년 전에도 숲은 해묵었고, 할머니도 마찬가지였다. 할머니의 나날은 새와 귀뚜라미의 노래로 가득했다. 창백한 달빛을 마음껏 즐겼고 부드럽고 차가운 물결 위에서 흔들흔들 떠다녔다. 종종

할머니는 흐린 늪지대에 통나무처럼 떠 있는 악어의 넓은 등을 타고 낮잠을 잤다. 악어 가운데서도 눈에 띄게 큰 녀석이 하나 있었다. 그 악어는 할머니를 이렇게 불렀다.

"누이."

그러면 할머니는 이렇게 대답했다.

"아우."

두 짐승은 둘 다 물과 뭍을 오고 갔다. 께느른한 오후에는 햇살이 비치는 타르틴 늪지대의 둑 위에서 나란히 몸을 늘이고 꾸벅꾸벅 졸았다. 악어는 종종 짭짤한 메기를 잡아다 주었고, 다음번에는 할머니가 늪토끼나 여우를 잡아서 악어에게 주었다.

악어는 번쩍거리는 할머니의 비늘에 감탄하며, 늘 이렇게 말했다.

"누이, 참으로 고맙습니다."

그러면 할머니는, 악어의 밝고 노란 눈을 주목하며, 역시 고맙다고 답했다.

그렇지만 악어 왕에게 호의를 느끼면서도, 할머니는 여전히 자신과 같은 종족, 자신과 같은 종을 만나길 간절히 바랐다. 이 질척질척한 숲에는, 독이 있건 없건 수많은 뱀들이 있었다. 하지만 할머니와 같은 혈통, 같은 라미아 족은 하나도 없었다.

라미아.

반은 뱀이며, 반은 인간인 종족.

차가운 피와 뜨거운 피가 함께 흐르는 종족.

뱀.

인간.

쉬이이이잇.

그래, 천 년 전에 이 숲에도 인간이, 캐도 부족이라고 불리던 인간들이 있었다. 굽이쳐 흐르는 냇가를 따라 늘어선 마을에서 할머니도 그 인간들을 보았다. 그 사람들이 물가에 모여 있는 걸 보았고, 노래 부르는 소리를 들었으며, 서로 어울려 춤을 추고 아이들을 껴안는 모습을 지켜보았다.

인간.

할머니는 인간에 대해서 알고 있었다.

한때 할머니도 아담의 후손과 사랑에 빠졌던 건 아닐까? 한때 할머니도 검다 못해 푸르게 반짝이는 비늘을 벗어 버리고, 부드럽고 매끄러운 인간의 살갗을 입어 본 건 아닐까? 크고 고결한 마음을 한 남자에게 건넸던 건 아닐까?

뱀의 기억은 길었고, 할머니는 잊지 않았다. 사랑하는 상대를 자신의 두 팔로 감싼 순간을 잊지 않았고, 귓가에 들리던 남자의 목소리와 자신의 등을 어루만지던 손길을 기억했다. 할머니는 그 사람을 너무나 사랑했기 때문에 끝내 자신의 물속 가족에게, 파충류 사촌들에게, 따뜻한 은빛 바다의 생물들에게 되돌아간 게 아닐까?

그 남자는 할머니를 배신했던 게 아닐까? 두 팔로 다른 여자를 감싸 안은 건 아닐까?

쉬이이이이잇!

할머니는 그 일도 기억하고 있었다.

그 생각을 하자 입 속에 독이 차올랐다. 할머니는 한때 인간의 세계에서 살았고 거기서 찾은 건 오로지 비참한 불행뿐이었다. 그래서 다시 아름다운 비늘을 입고 따뜻한 에게 해로 미끄러져 들어갔다. 배신자와 배신자의 종족을 영원히 뒤에 남겨 두고.

그리고 수천 년 동안 물속에, 아프리카와 마요르카의 해안, 햇살 환한 바자 해변, 뉴펀들랜드와 웨일스의 울퉁불퉁한 바위산과 태평양 섬의 까만 모래들을 피해, 깊고 푸른 바닷속에서만 머물렀다.

규칙이 하나 있다. 마법의 생물이 인간으로 변했다가 다시 본래 동물의 형태로 돌아가면, 다시는 돌이킬 수 없다는 것. 모카신 할머니는 그 규칙을 개의치 않았다. 언제든 인간이 아니라 파충류 사촌들을 선택할 작정이었으니까. 강철 올가미 턱으로 널리 알려진 물속 모카신 종족과 함께 살아갈 생각이었으니까.

수 세기가 지난 뒤 항아리 속에서 할머니는 지독한 암흑 속에 두 눈을 번뜩이며, 또 다른 남자 하나를 떠올린다. 머리카락 속에 구릿빛 깃털이 난 남자. 그 남자가 자신의 딸을 어떻게 훔쳐 갔는지 기억한다. 할머니의 솜처럼 흰 입 안에 독액이 가득 고인다.

'머어어어어어어지않았어……!'

21

남자는 어른이 되기 전에 반드시 소년기를 거치기 마련이다. 악어 동갈치 낯바닥도 이 숲에 처음 발을 디뎠을 때는 소년이었다. 일그러진 얼굴에 흉터가 있는 소년, 휴스턴 뱃길 부근의 타르로 덮인 부두를 뒤로하고 떠나온 소년.

처음에 축축하고 눅눅한 숲 속으로 비틀거리며 들어섰을 때 소년은 온몸이 아팠다. 아버지 때문에 부어오른 얼굴의 상처 자리가 욱신거렸다. 다른 곳도 모두 아팠다. 걷느라 지친 다리가 아팠다. 갈증 때문에 입이 아팠다. 아버지의 라이플총을 움켜쥔 손이 아팠다. 허기진 배가 아팠다.

며칠 동안 소년은 숲 속으로, 어두운 숲 속으로 깊이 들어갔다. 걸을 때마다 발밑에는 물웅덩이가 있었고, 나뭇가지에는 전설에 나오는 거인의 수염처럼 두꺼운 이끼가 매달려 있었다. 소년은 흉한 얼굴을 훤히 드러내는 햇살 따위는 그립지 않았지만, 낯선 환경에 마음이 불편했다. 나무에서 나는 소리들도 소년의 신경을 날카롭게 긁어 댔다. 그럼에도 아랑곳없이 소년은 암흑 속으로 멀리, 더 멀리 들어갔다.

마침내 비척거리며 물살 거센 냇가에 다다랐을 때, 소년은 둑을 타고 소금기 있는 물속으로 들어가, 짠맛을 개의치 않고 물을 마시고, 마시고, 또 마셨다. 그러고는 냇가에 높이 우거진 소나무 밑으로 몸을 이끌었다.

소년은 잠을 청해 보았지만 소용이 없었다. 허기가 온몸 구석구석에서 새어 나와 잠을 잘 수 없었다. 소년은 햇빛이 살짝 비치는 좁은 틈을 타서 고개를 내민 풀을 뜯어 먹고, 냇둑을 파헤쳐서 굼벵이며 벌레들을 잡아먹는 걸로 겨우 굶어 죽는 걸 피했다. 그렇지만 한창 자랄 나이의 소년에게는 턱없이 부족한 양이었다. 그래, 소년은 말 그대로 소년이었던 거다. 먹을거리가 더 많이 필요했다.

소년은 총을 쏴서 조그만 짐승, 토끼, 다람쥐, 주머니쥐 따위를 잡으려고 했지만, 사격 솜씨가 형편없었다. 이제 남은 총탄은 딱 하나밖에 없었다. 더 큰 표적, 놓치지 않고 잡을 짐승이 필요했다.

소년은 냇가의 거대한 나무에 몸을 기대어 기다리고, 또 기다렸다. 소년은 마음을 다잡고, 으스스한 올빼미 울음소리며 웅웅 울리는 황소개구리들의 합창 소리를 들었다. 나무처럼 움직이지 않고 앉아서 기다렸다.

마침내 해가 막 지기 시작할 무렵, 북쪽에서 바스락거리는 소리가 들려왔다. 몸집이 큰 동물이 맞은편에서 냇가 쪽으로 움직이는 기척이었다. 신속하고 조용하게, 소년은 짠물을 건넌 다음 맞은편 둑 위로 몰래 올라섰다. 거기, 소년의 눈앞에, 이 미터도 채 안 되는 거리에, 흰꼬리사슴 수컷 한 마리가 보였다. 사슴은 고개를 돌리더니 소년을 똑바로 바라보았다. 순간 소년도 사슴도 움직이지 않았다. 소년은 천천히, 라이플총을 들어서 사슴 쪽으로 총구를 겨누었다. 얼굴에서 땀이 흘러 눈에 스며들었지만 감히 눈동자를 움직일 수도 없었다. 사슴이 고개를 돌렸다. 소년은 정신이 아득해지며 숨이 막혔다.

"안 돼!"

그 짐승이 달아나게 놔둘 수는 없었다. 소년은 방아쇠를 당겨서 총탄을 쏘았다.

총소리에 놀란 새 떼가 소년의 둘레에서 한꺼번에 날아올랐다. 그렇지만 소년은 꼼짝도 하지 않았다. 총탄은 명중했다. 소년은 눈앞에서 총탄이 사슴의 옆구리에 박히는 걸 보았다. 그런데 사슴은 쓰러지지 않고 펄쩍 뛰어올랐다. 총탄을 맞자마자, 수사슴은 자취를 감추고 말았다. 놀라움이 소년의 목울대를 타고 올라왔다. 놓치면 안 되는 짐승이었다. 절대로. 소년은 아버지의 라이플총을 움켜쥐고 사슴을 쫓아갔다.

소년은 사슴이 아니라 숲 속에서 바스락거리는 소리를 따라 쫓아갔다. 바로 앞쪽에서 나뭇가지 부러지는 소리와 다급한 발굽 소리가 들려왔다. 소년은 달렸다. 나뭇가지가 쓰린 얼굴을 후려치고, 거듭거듭 살갗을 찢어 놓았다. 소년은 나무뿌리에 걸려 넘어졌다. 가시덤불이 발목과 다리를 휘감고, 바지 속을 파고들어 왔다. 그래도 소년은 달렸다.

소년의 심장은 허기로, 고통으로, 욕구로, 맹렬한 욕구로 두근두근 뛰었다. 소년은 공기가 부족했지만 숨 쉴 수 없었다. 빛이 필요했지만 볼 수가 없었다. 단 한 가지 필요한 것을 위해 멈출 수가 없었다. 강렬한 욕구만이 상처 입은 소년의 모습에 드러났다. 소년은 쉬지 않고 달렸다. 옆구리가 아팠다. 그래도 소년은 암흑 속에서 비틀비틀, 사슴이 내는 소리를 쫓아갔다.

얼마나 달렸을까? 소년도 알 수 없었다. 한 시간? 밤새? 평생? 갑자기 소년은 달아나는 사슴이, 도둑처럼 마지막 총탄을 가져가 버린 사슴이 미웠다. 증오가 배 속에서부터 끓어올랐다.

몸속이 뜨거워졌다. 한 번 들끓은 증오는 온몸으로 타올랐다. 사슴에 대한 증오심은 독한 아버지와 집을 나가 버린 어머니, 남겨 두고 온 도시에 대한 증오로 변했다. 그리고 이 모두가 한데 뒤섞이면서, 거래 조건으로 증오심을 건 내기가 되어 다시 떠올랐다. 사슴을 놓치면, 자신은 굶어 죽게 된다는 걸 악어 동갈치 낯바닥은 알고 있었다. 하지만 만약 이긴다면, 이곳에 머물며 소유권을 주장하게 될 것이다. 그것이

거래 조건이었다.

만약 사슴을 쓰러뜨린다면, 소년은 이 땅, 빽빽한 나무숲 사이로 짠맛 나는 물이 흐르는 이 황량하고, 해묵고, 잊혀진 숲을 지배하게 될 것이다. 그래, 그러면 이 땅은 소년의 것이 된다.

이 내기에 힘입어 소년은 달렸다. 사슴을 찾지 못하면 죽는다. 소년은 달렸다. 어둠이 더 짙어졌다. 가진 거라곤 빈 라이플총과 일그러진 얼굴, 그리고 스스로를 내건 다급한 내기밖에 없었다. 갈비뼈 통증도 느끼지 못했고, 코피가 터져서 입 안으로 줄줄 흘러드는 것도 몰랐으며, 발뒤꿈치에 물집이 잡히는 줄도 몰랐다. 그저 자기 아니면 사슴, 둘 가운데 하나가 쓰러질 때까지 달릴 셈이었다. 소년이 더 이상 잃을 게 뭐가 있으며, 잃는다 해도 누가 관심이나 기울이겠는가? 소년은 달렸다.

바로 앞에 사슴이 있었다. 숨이 막혔다. 소년은 날듯이 달아나는 사슴을 쫓아 달리고 달리다가, 끝내 소년은, 이 소년은 두꺼운 나무뿌리에 걸려서 여지없이 나자빠지고 말았다. 살갗이 찢어지면서 찌르는 듯한 통증이 밀려왔다. 손에서 빠져나간 라이플총은 밤나무 밑동에 가서 걸렸다.

한참을 일어나지 못한 소년의 귓가에서 피가 흘러내렸다. 사슴 소리는 들리지 않았다. 놓쳐 버렸다. 마른 입가에서 피가 줄줄 흘러나왔다. 남은 건 아무것도 없었다.

도무지 꼼짝도 할 수 없었다. 소년은 목에 걸린 가래와 피를 뱉어 냈다. 적막이 주변을 에워싸고 귓속을 파고들었다. 심지어 자신이 거친 숨을 꿀꺽꿀꺽 들이마시는 소리도 들리지 않았다. 마침내 숨결이 느려졌다.

소년은 두 눈을 감았다. 뼈와 살갗을 감싼 누더기 옷만 남을 때까지 그대로 누워 있을 셈이었다. 그런데 가까운 곳에서 희미한 소리가 들려왔다. 숨소리. 숨소리였을까? 소년은 무릎을 꿇고 앉아서 귀를 기울였다. 조용했다. 잘못 들은 모양이었다. 소년은 두툼한 솔가리 위로 주저앉았다. 기진맥진했다. 온몸의 근육이란 근육은 다 비명을 질러 댔다. 살갗에 내려앉은 밤이 짙게 느껴졌다. 짙고 까만 밤이었다.

그런데 다시 소리가 났다. 헐떡거리는 소리. 소년이 내는 소리는 아니었다. 소년은 두 손과 무릎으로 몸을 지탱하고 일어나서 소리가 나는 쪽으로 기어갔다. 틀림없이 사슴일 것이다. 몇 걸음 떨어지지 않은 곳에, 옆으로 드러누운 시커먼 형체가 있었다. 풀숲 위에 쓰러진 몸통, 생명이 꺼져 가는 몸통이 보였다. 소년은 칼을 들어서 그 생명 줄을 끊었다.

오늘 밤, 마침내 소년은 먹을 수 있게 되었다. 소년은 몸을 일으켜 두 팔을 하늘로 쳐들었다. 그 순간만큼은 자기가 서 있는 곳이 빽빽한 숲이 아니라 탁 트인 초원 같았다. 두 팔 위로 하늘이 둥글게 열리고, 잠깐 동안 총총한 별들이 소년에게 눈짓을 했다. 그렇지만 그건 아주 잠깐이었고, 이내 폭풍우가 숲 속을 휘몰아치며 반짝이는 별빛을 지워 버렸다. 가는 비가 내리기 시작했다. 소년은 쓰러진 사슴 옆에 주저앉아, 거실 바닥에 술 취한 아버지를 두고 떠나온 뒤 처음으로 웃었다.

그 거칠고 사악한 웃음소리에 나무들이 푸르르 몸을 떨었다. 주룩주룩, 쉬지 않고 내리는 빗물이 지치고 기쁨에 찬 소년의 살갗으로 스며들었다.

냇가 저편에서는, 할머니가 깊고 외로운 감옥 안에서 꿈틀거리고 있었다. 할머니는 내기에 대해서라면 모든 걸 알고 있었다.

"……대애애애애애가……!"

할머니가 속삭였다.

"내기에는 대애애애가가 따르지……."

22

새끼 고양이처럼 빨리 자라는 생명도 드물다. 오래지 않아 어미젖이 새끼들에게 부족한 때가 왔다. 이제 삼색 고양이는 레인저뿐만 아니라 새끼들까지 먹이기 위해 더 많은 시간을 들여 생쥐며 도마뱀, 작은 새들을 쫓아다녀야 했다. 어미 고양이가 없는 동안에는 레인저가 퍽과 사빈을 지켰다. 새끼들이 사냥개 곁에 있는 동안, 어미 고양이는 아무 걱정도 하지 않았다. 레인저와 함께 있으면 안전하다는 사실을 알고 있으니까.

어미 고양이는 하루에 두 번 마루 밑을 벗어나서 울창한 숲 속으로 들어갔다. 악어 동갈치 낮바닥이 잠을 자는 낮 시간에 한 번, 그리고 사내가 차를 몰고 집을 나가는 밤 시간에 한 번.

바닥에 깔린 갈색과 회색의 낙엽 더미 속에서 삼색 어미 고양이는 털색을 이용하여 완벽하게 위장할 수 있었다. 어미 고양이는 다정한 나무 뒤에 숨어서 조심스럽게 고개를 내밀었고, 탁 트인 공간은 피하려 애를 썼다. 바깥에 나오면 한 자리에서 주저하거나 오래 머물지 않았다. 또 새끼들 곁을 오랫동안 비우지 않았다.

어미 고양이는 생각했다.

'곧 녀석들한테 스스로 사냥하는 법을 가르쳐야겠군.'

그 생각을 하니 흠칫 두려워졌다. 그런 날이 오면, 새끼들을 데리고 마루 밑을 떠나야 할 것이다. 그곳을 떠나는 순간부터 새끼들은 매, 코요테, 너구리 들이 노리는 먹잇감이 될 것이다. 더 나쁜 경우도 있다. 어미의 눈앞에 악어 동갈치 낯바닥의 모습이 스치고 지나갔다.

'내 아이들은 영리해져야 해.'

어미 고양이는 생각했다.

'바깥세상에서 살아남으려면 영리하고 용감해져야 해.'

지금까지는 어미 고양이나 레인저나 새끼들에게 거듭거듭 이렇게 타일러 왔다.

"마루 밑에 있어라. 마루 밑에 있으면 안전하단다."

23

그렇지만 영리하고 용감해지기 전, 퍽과 사빈은 어쩔 수 없는 새끼 고양이들이었다. 사빈은 지금, 나무로 만든 낡아 빠진 생선 통발 뒤에, 제 털색과 똑같은 회색 통발 뒤에 숨어 있다.

그리고…… .

잠잠했다. 와, 너무나 잠잠했다.

사빈은 몸을 조그맣게 만들었다. 와, 너무나 조그맣게. 생쥐만큼 작아지도록. 귀뚜라미만큼 작아지도록. 벼룩만큼 작아지도록.

바닥에 납작 웅크렸다. 와, 너무나 납작하게.

앞발이 얼얼해졌다. 두 귀가 씰룩거렸다. 꼬리가 꼬였다.

끈기 있게 참았다. 와, 정말 끈기 있게…… 퍽이…… 나타날 때까지…… .

감쪽같았다. 와, 너무나 감쪽같았다.

그리고…… .

공격!

이제 사빈은 퓨마가 되었다! 눈 표범 사빈. 시베리아 호랑이 사빈. 뒷다리로 벌떡! 앞발을 번쩍!

"크아아아앙!"

그러기를 몇 차례나 되풀이하는데도, 사빈은 늘 오빠를 깜짝 놀라게 만들었다. 퍽은 털이 곤두섰다. 겁이 더럭 났다. 공격은 성공!

이제 퍽을 보면…… .

무거운 가죽 장화, 깊고 컴컴한 장화 속, 마루 밑에서도 가장 어두운 곳에 들어가 있다.

마루 밑에서 가장 고약한 냄새가 나는 곳이다.

사빈은 가지 않을 곳이다. 냄새가 너무 고약하니까.

퍽은 기다린다. 사빈 냄새가 난다.

사빈은 퍽이 그 안에 있다는 걸 알고 있다.

쉬이잇…… 퍽에게 얘기하면 안 된다.

공격! 퍽이 덤벼든다! 사빈은 당하는 척한다!

돌진. 뒤엉킴. 쭈뼛 서는 털. 으르렁거림.

휴!

새끼 고양이들에게, 마루 밑 생활은 더할 나위 없이 완벽했다.

24

천 년 전으로 돌아가서, 모카신 할머니를 보자. 할머니는 오후의 햇살, 따뜻한 햇살을 길고 두툼한 몸속 구석구석으로 빨아들이며 낮잠을 자고 있었다. 할머니의 생활도 더없이 완벽했다. 아니, 적어도 완벽하다고 할 만했다. 딱 한 가지, 외로운 점만 빼면 말이다.

완전히 혼자였다. 할머니는 쌍둥이 형제자매가 없었다. 어머니도, 마음으로나마 떠올릴 수 있는 어머니도 없었다. 늙은 악어를 빼면 가까운 친구도 없었다. 악어는 다정하게 다가붙어 지내기 힘든 친구였다.

이 모든 외로움이 할머니를 감싸고 있었다. 천 년 전으로 돌아가 보자. 홀로 그늘 속을 미끄러져 가는 할머니를 보자. 냇가 평평한 바위 위에서 외롭게 똬리를 튼 모습을 보자.

악어가 말했다.

"누이여, 곧 좋은 때가 올 거요."

할머니는 악어가 자신을 안타깝게 여긴다는 걸 알고 있었다. 그렇다 해도 외로움이 덜어지지는 않았다. 늪지대 둑에서, 할머니는 악어가 물속으로 들어가는 모습을 지켜보았다.

이따금 할머니는 마을에서 풍기는 냄새, 인간의 냄새를 맡았다. 냄새가 난다고 해서 인간이 가까운 곳에 있다고 말하기는 힘들었다. 밤이면 울리는 북소리를 들으며 할머니는 인간들이 함께 어울려 춤을 추고 있다는 걸 알았다. 함께 손을 맞잡은 인간들. 함께 웃고 함께 먹는 인간들.

함께. 함께 하는 편안함을 느껴 본 게 언제던가. 할머니는 오래전에 떠난 남편, 다른 여자를 위해 자신을 떠난 남편을 생각하며, 꼬리를 찰싹 내리쳤다.

인간들!

스으으으으읏!

인간들과는 관계를 맺지 않고 살아왔다. 하지만 홀로 지내는 삶은 피로했다.

그러던 어느 날, 거대한 삼나무 그루터기 위에서 햇볕을 쬐고 있는데, 생전 처음 들어 보는 목소리가 들려왔다.

"어머니!"

누군가가 모카신 할머니를 부르고 있었다.

할머니가 눈을 뜨자, 거기, 바로 눈앞에, 작고 아름다운 뱀이, 살갗이 검다 못해 푸르게 보이는 뱀 한 마리가 있었다. 유리처럼 매끄러운 눈에, 반짝반짝 빛나는 모습이 할머니를 꼭 빼닮은 뱀이었다. 할머니는 깜짝 놀랐다. 꿈을 꾸고 있는 걸까? 할머니는 두 눈을 껌벅거렸다. 조그만 뱀이 할머니를 보며 웃음을 지었다. 이 아이는 대체 누구지? 어디서 온 아이지?

할머니는 다시 조그만 뱀을 바라보았다. 냄새를 맡아 보았다. 폭풍우가 물러간 뒤의 상쾌한 공기처럼 신선하기 그지없는 냄새였다. 드넓은 바다의 파도 거품처럼, 정말이지 달콤한 냄새였다. 이 솔숲을 떠도는 수많은 뱀들과는 다른 냄새가 풍겼다. 어쩐지 자신과 비슷한 냄새였다.

행복감이 할머니의 살갗에 내려앉더니 반짝이는 비늘 속으로, 뼈마디 속으로, 온몸으로 스며들었다.

조그만 뱀이 말했다.

"계속 찾아다녔어요."

자신을 종족 가운데 마지막 살아남은 존재로 믿고 살아온 지 어언 몇 년 만에, 할머니의 가슴은 기쁨으로 차올랐다.

할머니가 입을 열었다.

"딸아!"

그러자 작은 뱀은 조그만 몸으로 할머니의 턱을 감싸며 싱긋 웃었다.

25

때로는 예측하기 어려운 신비로운 일이 벌어진다. 라미아는 어디서 온 존재일까? 어떤 부모가 뱀과 여자아이의 피를 함께 지닌 생물을 낳을 수 있을까? 마법의 동물은 줄지어 늘어선 다른 마법의 존재들과 태생이 비슷하다. 셀키스, 인어, 온딘을 비롯한 마법의 동물은 물에서 나온 존재들이다. 그리핀, 파우누스, 미노타우로스는 땅에서 비롯된 존재들이다.

할머니 자신도 본래 어디서 비롯된 존재인지 전혀 몰랐기 때문에, 작은 뱀이 어디서 왔는지는 문제가 되지 않았다. 중요한 건, 작은 뱀이 나타났다는 사실이었다. 여기 오래된 소나무 숲에. 이 숲에서 둘은 함께했다.

행복하고 달콤한 시간이었다. 낮에는 둘이 맑은 냇물의 수면 아래를 떠다니다가, 물속으로 들어가 물고기와 가재를 실컷 잡아먹고 배를 가득 채웠다. 오후에는 소금기 섞인 냇물 위로 불쑥 튀어나온 평평한 바위로 기어 올라가서 따뜻한 햇볕을 쪼였다. 숲에서 가장 어두컴컴한 곳을 가로지르며 흘러가는 널따란 늪지대에서, 집을 지키는 거대한 악어 등을 타고 휴식을 즐기기도 했다.

할머니는 새로 얻은 딸을 밤 노래라고 불렀다. 뱀들의 목소리는 널리 알려지기 힘들지만, 밤 노래는 달랐다.

밤 노래는 조상들에게 물려받은 재능이 있었다. 황홀한 노래로 뱃사람들을 불러들인 다음, 밤이면 그물 침대 위에 눕혀 잠을 재워 아름다운 꿈을 꾸게 했던 먼 조상 세이렌 종족에게 물려받은 재능이었다. 조상을 닮아 보드라운 밤 노래의 목소리는 서정적이고 사랑스러웠으며, 새처럼 가볍게 하늘로 날아올랐다.

세이렌의 노래는 가사가 없기 때문에, 아무나 이해할 수 있는 게 아니다. 나무들, 버드나무, 감탕나무, 플라타너스 같은 나무들 말고는 누구도 이해할 수 없다. 밤 노래의 노래 또한 가사가 아닌 순수하고 감성이 풍부한 곡조의 형태로 나뭇잎 사이를 흐르며, 노래를 듣는 숲 속 주인공들의 귀를 차분하게 가라앉혀 주었다. 그 노래는 솔숲과 크고 작은 생물, 털 난 짐승과 날짐승, 비늘 있는 짐승과 비늘 없는 짐승 모두를 위한 자장가였다. 밤 노래가 불러 주는 자장가.

들어 보라.

노랫가락이 늪지대의 수면 위로 흐른다. 소나무 가지 사이에 감돈다. 축축한 공기 중에 떠다닌다.

들어 보라.

밤 노래는 귀뚜라미와 모기, 꽃들 — 천남성꽃, 오종개꽃, 모나르다꽃, 수련꽃들에게 노래를 불러 주었다. 여우와 코요테, 비버, 밍크, 곰, 늑대, 표범에게도. 밤 노래는 모두를 위해 노래했다. 그리고 숲에 사는 모든 생물은 노래에 대한 답례로, 아름다운 뱀을 찬미했다. 밤마다 노래를 마치면, 밤 노래와 할머니는 평화롭고 안전한 보금자리에서 함께 똬리를 틀었다.

여러 해 동안 둘은 행복하게 살았고, 날이 갈수록 밤 노래는 더 아름답게 성장했다. 노래도 더 사랑스러워졌다. 둘이서 그렇게 오래오래 살 수도 있었다. 뱀은 수명이 기니까. 그보다 더 긴 건, 인간과 파충류의 피가 동시에 흐르는 라미아의 수명이다.

기나긴 천 년이 흘러갔다. 항아리 속에서, 할머니는 스으으읏 쉿 소리를 냈다. 입 안은 독으로 가득 찼다. 깊게 꺼진 눈자위에서, 두 눈이 이글이글 타올랐다. 그리 멀리 떨어지지 않은 곳에서는 악어 왕이 노란 두 눈을 껌벅거렸다. 악어 왕은 천 년 동안이나 못 본 할머니가 대체 어디 있는지 알 수 없었다. 아는 거라고는 언젠가 돌아올 거라는 사실뿐이었다.

'언젠가는 돌아올 거야.'

악어 왕은 생각했다. 머지않아 돌아올 것이다.

악어 왕은 타르틴 늪지대 바닥으로 깊이 가라앉았다.

26

이 숲은 지도가 없다. 빽빽한 숲, 너무 빽빽해서 지리를 측량하거나 조사할 지도 제작자가 아무도 없다. 오직 극소수만이, 이를테면 악어 동갈치 낯바닥 같은 사람만이 사슴과 여우 그리고 멧돼지가 다니는 좁은 길을 알고 있다. 몇몇 사람은 고대의 캐도 부족, 지금은 오클라호마와 멕시코로 떠나고 없는 부족이 다니던 길을 알고 있다. 그 길은 찾기가 좀 더 쉬운 편이다.

덫을 놓고 밍크와 살쾡이, 너구리 같은 짐승을 잡아 가죽을 팔아서 생활비를 버는 사람만이 숨어 있는 길을 안다. 독하고 매서운 사내도 픽업트럭을 몰고 그 길을 따라 낡은 선술집으로 간다. 숲에서 잡은 짐승 가죽을 주고 그 대가로 독하고 쓴 술을 마실 수 있는 선술집이다. 선술집은 한때 프랑스와 거래를 하던 교역소였는데, 지금은 전깃불도 들어오지 않아서 노란 등유 랜턴에 의지하고 있다. 한밤중이면 밖에서는 그마저도 보이지 않는다. 한낮에도 술집에는 응달이 진다. 그래서 아는 사람 눈에만 보이는 술집이다.

악어 동갈치 낯바닥은 몇 년 전에 그 술집을 찾아냈다. 밤마다 사내는 얼굴 위로 모자를 푹 눌러쓴 채, 랜턴 불빛도 미치지 않는 가장 어두운 구석에 자리를 잡고 앉는다. 술집을 알고 드나드는 몇 안 되는 사람들, 사내의 일그러진 얼굴을 비웃는 사람들과는 어울리지 않는다.

그 대신 구석 자리에 앉아서 다른 사람들이 주고받는 얘기들, 교묘히 잘 달아나는 흑곰이며 멸종되다시피 한 표범 이야기들을 듣는다. 그중 악어는 언제나, 언제나 끊이지 않고 등장하는 이야깃거리다.

여기, 숨은 길가의 쇠락한 선술집에서, 사내는 목이 화끈거리는 럼주를 홀짝거리며, 빙그레 웃음을 짓는다. 병을 비울 무렵, 사내의 머릿속에 타르틴 늪지대를 헤엄치는 길이 삼십 미터짜리 악어가 어른거린다. 다른 사냥꾼들을 지켜보며, 사내는 머지않아 자기 이야기가 그 자리에서 최고가 될 거라고 여긴다. 머지않아.

27

레인저는 새끼 고양이들을 지켜보았다. 여기 새끼들이, 사랑스러운 퍽과 사빈이 있다. 레인저는 녀석들의 아비였다. 진짜 아비는 아니었지만 친아비나 마찬가지였다. 레인저는 녀석들의 아비 같은 느낌을 가졌다. 아비라면 누구나 하는 모든 일을 했다. 씻는 걸 도와주고, 녀석들이 바깥쪽으로 너무 가까이 가면 조바심을 치고, 재미있는 이야기들을 들려주었다. 그 밖에 사냥개가 할 수 있는 일이 또 뭐가 있을까? 두말할 나위 없이 노래 부르는 일이다. 그 대신 우울한 노래가 아니라 새끼들을 위해 직접 만든 노래를, 밤마다 녀석들이 잠들기 전에 고개를 높이 들고 길게 짖으며 불렀다.

하늘을 지키는 사랑스러운 달님처럼
휘익 스쳐 가는 바람처럼
친근한 햇살이 하루를 열면
너희들이 노는 동안 내가 지켜 주마.

다정한 강이 물고기를 지켜 주는 것처럼
작은 별들이 은빛 소망을 지켜 주는 것처럼
넓은 바다가 푸른빛을 지켜 주는 것처럼
너희들 곁에 내가 있어 주마.
사방이 어둡고 깊을 때에도
어둠이 스멀스멀 내려도
너희들이 깊은 잠을 잘 때에도
너희들은 내가, 너희들은 내가 지켜 주마.
울지도 말고, 두려워하지도 마라.
내가 언제나 여기 있어 줄게.
내가 언제나 여기 있어 줄게.

새끼 고양이들은 필요한 걸 다 갖춘 셈이었다. 먹여 주는 어미가 있고, 더없이 좋은 놀이터가 있고, 지켜 주겠다고 약속하는 사냥개가 있으니까.

28

새끼들도 사냥하는 법을 배울 필요가 있었다. 삼색 고양이는 그 사실을 잘 알았다. 이건 생쥐란다, 이건 도마뱀이란다, 이건 누룩뱀이란다. 어미는 하나씩, 하나씩, 산 채로 입에 물고 돌아와 퍽과 사빈 앞에 놓아 주었다.

새로운 놀이!

사빈은 누가 말하지 않아도 뭘 해야 할지 스스로 알았기 때문에…… 생쥐를 쫓았다, 도마뱀을 쫓았다, 누룩뱀을 쫓았다. 스라소니 사빈, 표범 사빈, 퓨마 사빈이 되어 쫓았다.

퍽도 뭘 해야 할지 알고 있었다. 퍽은…… 사빈을 쫓았다.

29

수많은 뱀들이 있다. 눈부시게 푸른 물뱀, 돼지코뱀, 산호뱀, 온갖 방울뱀, 살모사, 알비노뱀, 왕뱀, 누룩뱀……. 온순한 뱀이 있는가 하면 사납게 쫓아오는 뱀도 있다. 사나운 뱀 가운데서도 모카신을, 살갗이 너무 검어 푸르게 보이며, 입이 솜처럼 하얀 모카신을 조심하라. 다른 뱀들은 자기 방어를 위해 공격한다고 알려져 있다. 그렇지만 모카신은, 미동도 없이 그 자리에 머문다. 모카신의 턱은 올가미처럼 강하다. 작은 나뭇가지를 한 입에 두 동강이 낼 수 있고, 조심성 없는 도마뱀을 반 토막 낼 수 있으며, 손가락이나 발가락을 끊어 버릴 수 있다. 입이 솜처럼 하얀 모카신을 조심하라.

30

악어 동갈치 낯바닥과 그 사내의 총구 앞에 나서지 마라. 그것도 규칙 가운데 하나다.

새끼 고양이들은 태어난 지 몇 주 지나지 않아서 악어 동갈치 낯바닥과 총구 앞에 나서면 어떤 일이 벌어지는지 처음으로 알게 되었다.

어느 날 아침 새끼들은 마루 밑의 가장자리에서, 생쥐 한 마리가 깨진 병이며 녹슨 깡통, 함부로 들어왔다가 죽은 짐승의 마른 가죽과 뼈다귀 따위가 어지럽게 널린 마당을 조르르 달려가는 모습을 보았다. 바로 위, 현관 난간에 기대서 있던 악어 동갈치 낯바닥이 총을 들어 '빵!' 쏘자, 생쥐는 흔적도 없이 사라져 버렸다.

악어 동갈치 낯바닥과 그 사내의 총구 앞에 나서지 마라. 좋은 규칙이었다.

다른 규칙도 있다. 마루 밑에서만 지낼 것. 마루 밑에 있으면 안전하다.

또 아무리 되풀이해도 지나치지 않는 규칙. 마법의 동물은 딱 한 번 인간의 몸을 입을 수 있다.

딱 한 번.

할머니는 그 규칙을 알고 있었다.

밤 노래는 몰랐다.

31

새끼 고양이들을 다루기란 무척 힘든 게 사실이다. 여기, 점점 윤기 나고 민첩해져 가는 두 녀석도 다르지 않았다. 호기심 문제도 빼놓을 수 없다. 고양이를 아는 사람은 녀석들이 호기심 덩어리라는 사실을 잘 안다.

뼈, 부드러운 털, 젖, 호기심. 이것이 고양이를 구성하는 요소들이다.

어느 날 아침, 어미 고양이와 레인저 그리고 사빈이 아직 자고 있을 때, 아직 새벽꿈을 꾸고 있을 때, 퍽은 어두운 마루 밑 가장자리까지 어슬렁어슬렁 다가갔다. 마루 밑, 짧은 전 생애를 보낸 곳, 사빈과 함께 몸을 웅크리고 레인저의 배를 간질이며 지낸 곳, 그 마루 밑의 경계선으로, 마루 밑과 바깥세상을 갈라놓은 보이지 않는 경계선으로 똑바로 걸어갔다. 레인저와 어미 고양이는 둘에게 수없이 경고했다.

"마루 밑에만 있어라! 바깥으로 나가면 안 된다."

그렇지만 고양이는 탐험을 멈출 수 없는 존재다. 태어난 뒤로 내내 퍽은 마루 밑에서만 지냈다. 그런데 이제 바깥을, 번쩍거리는 바깥을 보니, 나가고 싶었다. 부드러운 아침 공기 속으로 걸어가고 싶었다. 나와, 나와, 나와 봐, 하고 손짓해 부르는 드넓은 공간으로 나가고 싶었다.

퍽은 뒤로 돌아가서 사빈을 쿡쿡 찔러 보았지만, 사빈은 몸을 뒤집으며 하품만 했다. 어미와 레인저는 꾸벅꾸벅 졸고 있었다. 그저 조금만, 아주 살짝만, 한 발만 바깥으로 내밀어 본다고 해서 누가 알아챌까? 수염이 짜릿했다. 온몸의 털이 곤두섰다. 발바닥이 간질간질했다. 수염이 씰룩거렸다. 온몸이 후들후들 떨렸다.

이내 햇살이 반짝이기 시작했다. 여기 이 아침에, 마루 밑의 은신처를, 늘 지켜보는 레인저를, 젖을 먹여 키워 주는 어미를, 잔뜩 웅크리고 있는 가장 친한 친구이자 누이인 사빈을 벗어날 기회가 왔다. 곧장 마루 밑을 박차고 마당으로, 나가서는 안 될 희미한 빛 가운데로 나가 볼 수 있는 완벽한 기회가 왔다. 퍽은 온몸을, 앞발과 뒷발을 모아서 한껏 웅크렸다가, 펄쩍, 밖으로 뛰어나갔다!

놀라워라, 놀라워라! 따뜻하고 건조한 햇볕이 은빛 털 위로 쏟아졌다. 온몸으로 스며들었다. 퍽은 황금빛 햇살 속으로 더 멀리 나아갔다.

고양이에게는 딱 하나의 신이 있는데, 바로 태양이다. 그리고 이 조그만 고양이 퍽은, 그 부드러운 아침 햇살을 실컷 즐겼다. 어미 고양이와 레인저가 틀렸다. 바깥은 전혀 무섭지 않았다. 완벽했다. 퍽은 발랑 드러누워서 배에 햇볕을 쪼였다. 크나큰 만족감이 주변을 온통 에워쌌다.

사빈한테 이야기를 해야 했다! 퍽은 잽싸게 조그만 발로 팔짝 뛰어서 마루 밑으로, 누이가 있는 쪽으로 달렸다.

달리고, 달리고, 달려서…….

곧장 악어 동갈치 낯바닥의 끔찍한 손아귀 속으로.

"이야아아아아아아옹!"

32

삼색 어미 고양이는 갑자기 찌릿한 전류가 몸을 꿰뚫고 지나가는 느낌이 들었다. 어미 고양이는 벌떡 일어났다. 안 좋은 일이 벌어지고 있었다. 먼저 주위를 살폈다. 레인저가 떠드는 소리인가? 아니다, 아니다, 아니다. 사빈이 놀라서 내는 소리인가? 아니다. 뭔가 안 좋은 일이 벌어졌다. 어미는 다시 한 번 주위를 살폈다. 퍽은 어디 있지?

"싫어, 싫어, 싫어!"

퍽이 울부짖는 소리가 들려왔다.

"싫어, 싫어, 싫어!"

어미 고양이가 마루 밑 경계선으로 뛰어가는 순간, 악어동갈치 낯바닥이 아기 고양이를 낚아채서 높이 들어 올리는 모습이 눈에 들어왔다.

"싫어, 싫어, 싫어!"

목덜미를 붙잡힌 아기. 어미 고양이는 두려움에 질린 얼굴을, 공중에서 버둥거리는 조그만 분홍빛 발바닥을 보았다.

어미가 소리쳤다.

"안 돼, 안 돼, 안 돼!"

그런 다음 어미 고양이는 곧장 아기 고양이에게 달려갔다. 어미라면 누구나 할 수밖에 없는 행동이었다. 그렇지만 악어 동갈치 낯바닥은, 나머지 한 손으로 어미 고양이까지 낚아챘다. 둘 다 낚아채고, 둘 다 움켜잡은 채 웃음을 터뜨렸다. 사내의 웃음소리가 아침 공기를 뚫고 울려 퍼졌다.

거칠고 잔인한 웃음소리였다. 사내는 트럭으로 가더니 고양이들을 삼베 주머니에 넣고는 끈으로 주둥이를 묶었다. 그런 다음 주머니를 화물칸에 던져 놓고 시동을 걸었다.

그제야 잠에서 깬, 번쩍 깬 레인저가 끔찍한 사슬을 잡아당기며 울부짖고, 울부짖었다. 울부짖고, 울부짖고, 울부짖고, 또 울부짖었다.

"안 돼, 안 돼, 안 돼!"

악어 동갈치 낯바닥은 잔인했지만, 사슬은 그보다 더 끔찍하고 잔인했다.

어미 고양이는 발톱으로 주머니를 할퀴고, 날카롭게 부르짖고, 몸부림을 쳤다. 어떻게든 이 주머니를, 뼈 냄새며 비린내며 정체 모를 퀴퀴한 냄새가 나는 이 주머니를 빠져나가야만 했다. 그렇지만 남루한 끈이 주머니를 단단히 조이고 있었다. 어미 고양이는 싸움을 멈추고 새끼를 붙든 채 울부짖었다.

퀵은 냄새 때문에 어질어질 어지럽고, 답답하게 갇혀서 어지럽고, 앞뒤로 흔들려서 어지럽고, 덜컹거리는 자동차 소리 때문에 어지럽고, 딱딱한 화물칸 때문에 어지러웠다. 어미가 녀석을 바짝, 어미 곁으로 바짝 끌어당겼다. 레인저가 울부짖는 소리가 들렸다. 덜컹거리는 자동차 소리가 들렸다. 달리는 트럭과 함께 레인저와 사빈 그리고 안전한 마루 밑과 멀어지고 있었다.

퀴퀴한 냄새도, 자루에 갇힌 답답함도, 이리저리 흔들리는 느낌도 오래 이어졌다. 레인저가 울부짖는 소리는 점점 희미해졌다.

새끼가 울음을 터뜨렸다. 어미는 새끼의 두 귀를, 코를, 얼굴을, 조그만 꼬리를, 분홍빛 네 발을 핥아 주었다. 트럭 화물칸은 딱딱하고 차가웠다. 마침내 트럭이 멈추고, 새로운 소리가 들렸다.

어미 고양이가 입을 열었다.

"물이다. 물가에 온 게 틀림없어."

33

퍽은 바르르 몸을 떨었다. 잘못했다는 말을 어미한테 어떻게 할 수 있을까? 퍽은 규칙을 깬 사실이 너무, 너무나 미안했다. 마루 밑을 빠져나와 바깥에 발을 내미는 짓은 하지 말았어야 했다. 배를 드러낸 채 누워서 황금빛 햇볕을 쪼이지 말았어야 했다. 그저 경건한 어둠 속에서, 사빈 곁에 몸을 웅크리고 지냈어야 했다. 도대체 어디에 와 있는 걸까? 어떻게 해야 돌아갈 수 있을까? 레인저는 어디 있지? 안전하게 지켜 주겠다고 레인저가 약속하지 않았나? 밤마다 지켜 주겠다고 노래를 불러 주지 않았나?

그렇지만 어미 고양이는, 퍽으로부터 미안하다는 소리를 들을 만한 겨를이 없었다.

어미가 말했다.

"그렇게 위험한 곳에서 너희들을 낳고 기르는 게 아니었는데 그랬구나."

삼색 어미 고양이는 안쓰러운 눈길로 예쁜 아기를, 아들

녀석을 바라보았다. 바로 그 자리, 깜깜한 삼베 주머니 안에 처박힌 상태에서, 어미는 온 힘을 다해, 가슴이 터질 것 같은 심정으로 새끼를 사랑했다.

어미가 입을 열었다.

"넌 내가 꿈꾸던 아들이란다. 정말 딱 너 같은 아들을 얻고 싶었어."

어미는 새끼의 이마를, 초승달 무늬가 찍힌 바로 그 부분을 핥아 주었다. 그리고 곁에는 없지만, 딸아이도 사랑했다. 엄마라면 누구나 품는 크고도 다정한 사랑이었다.

사빈도 그 사랑을 알고 있었다. 아니, 틀림없이 알아야 하고, 알고 있을 것이다. 사빈을, 딸을 떠올리자 어미의 가슴이 무너져 내렸다. 어미는 숨을 삼켰다.

사람들은 흔히 죽는 순간이 다가오면 지나간 전 생애가 눈앞을 스쳐 간다고 한다. 하지만 어떤 이들, 이 어미 고양이 같은 이들은 앞날의 모습을 떠올리기도 한다. 무엇을 보았기에 그렇게 두려워하는 걸까. 어미는 퍽을 바라보았다.

어미가 말했다.

"넌 꼭 누이 곁으로 돌아가야 한다. 나한테 무슨 일이 생기더라도, 꼭 누이를 찾아가겠다고 약속해라."

어미의 목소리는 절박했다.

"네 누이, 네가 악어 동갈치 낯바닥의 집에서 누이를 데리고 나와야 한다."

퍽은 약속했다. 그러겠다고.

어미 고양이가 온 마음으로 사랑하는 또 다른 대상은 누구일까? 두말할 나위 없이, 레인저였다. 외로운 노래를 부르는 레인저, 부드러운 귀를 가진 레인저. 어미 고양이는 레인저도 사랑했다.

"사슬, 네가 레인저의 사슬을…… 끊어야…… 네가 사슬을 끊어 주지 않으면 레인저는 죽……."

어미 고양이는 채 말을 맺지 못했다.

34

약속. 퍽은 사빈과 레인저에게 돌아가겠다고 약속했다. 사슬을 끊겠다고 약속했다. 고양이에게 약속은 신성한 거다. 어미가 털밑으로 단단히 감싸 안는가 싶었는데, 다음 순간, 붕 떠서 날아가는 느낌이, 뱅글뱅글 돌며 공중 높이 날아가는 느낌이 들었다. 퍽은 두 눈을 질끈 감고 어미를 꼭 붙들었다. 뱅글뱅글 돌면서 공중에 뜬 느낌이더니…… 물이, 삼베 주머니 가득 물이 스며들며 차올랐다. 그리고 물속으로, 깊이, 깊이, 깊이 끌려 들어갔다.

어미 고양이가 말했다.

"헤엄쳐라."

어미 고양이는 삼베 주머니를 마구 할퀴기 시작했다. 주머니를 할퀴어서 작은 틈을 만들고, 주둥이를 묶은 매듭을 할퀴었다. 퍽의 입과 코, 두 귀에 물이 가득 들어찼다.

어미가 말했다.

"헤엄쳐라."

펵은 있는 힘껏 네 발을 허우적거렸지만 삼베 주머니에 얽히고 말았다. 물이 펵을 아래로, 아래로, 아래로 끌어 내렸다. 펵은 밑으로, 밑으로, 끌려 들어갔다. 소용돌이가 일었다. 그러자 힘이, 뒤에서 펵을 미는 억센 힘이 느껴졌다.

"헤엄쳐라."

펵은 시키는 대로 했다.

어찌 된 일인지 삼베 주머니가 활짝 열렸다. 펵의 머리 위에서 빛이, 일렁일렁 흔들리는 빛줄기가 수면 아래로 비치고 있었다. 펵은 어미가 뒤에서, 바로 뒤, 바로 그곳에서 자기를 위로, 위로, 위로, 밀어 올려 주는 느낌을 받았다.

펵은 어미가 제 등 뒤에 있다는 걸 알았다. 바로 뒤에. 그렇게 알고 있었다. 어미의 기운을 느낄 수 있었다. 어미의 목소리를 들을 수 있었다.

"헤엄쳐라."

펵은 그래서 있는 힘껏, 차디찬 냇물 속에서 헤엄을 쳤다. 삼베 주머니를 묶은 줄이 풀리는 것은 보지 못했다. 그 줄이 어미의 발에 얽혀서, 어미를 붙잡고, 깊은 냇물 밑바닥의 해묵은 홍합 서식지로 끌어 내리는 건 못 보았다. 들리는 소리는 오로지 한마디였다.

"헤엄쳐라."

펵은 어미의 목소리를 들으며, 헤엄쳐 나아갔다.

"헤엄쳐라."

35

폐 속까지 물이 들어찰 무렵, 암흑 속으로 미끄러져 내릴 무렵, 어미 고양이는 작은 목소리 하나를 들었다.

"자매님."

목소리가 속삭였다.

"아기는 안전해요."

깜짝 놀란 어미 고양이는 눈을 뜨고 고개를 돌리며, 잠시 숨을 가다듬었다. 나뭇가지 사이를 뚫고 밝은 햇빛이 쏟아져 들어왔다. 아아, 한없는 따스함.

어미는 다시 한 번 보았다. 벌새!

조그만 새가 말했다.

"아기는 안전하답니다."

어미 고양이가 대답했다.

"네."

어미도 보았다. 새끼 고양이는 안전했다. 그렇지만 퍽을 지켜보는 동안, 부드러운 햇빛을 느끼는 동안, 뒤에 남겨 두고 온 퍽의 가냘픈 누이와 레인저 마루 밑 차가운 암흑 속에서 나란히 웅크린 둘의 모습도 눈앞을 스쳤다. 마루 밑에 웅크린 둘의 모습이.

새가 말했다.

"자, 나를 따라오세요."

그렇지만 여느 어머니와 마찬가지로, 어미 고양이는 다시 돌아가기를, 그 둘에게 돌아가기를, 간절히 바랐다. 둘을 두고 떠나온 게 못내 안타까웠다. 도대체 어떻게 그 곁을 떠날 수 있을까? 단조로운 노래나 부를 줄 아는 사냥개와, 가냘프게 가르랑거리는 새끼를 두고 떠나야 한다는 사실을 어떻게 견딜 수 있을까? 걱정이 파도처럼 밀려와 어미를 덮쳤다. 가서 둘에게 조심하라고 단단히 일러야 했다. 어떻게 해야 조심하라는 당부를 할 수 있을까?

벌새가 속삭였다.

"돌아갈 수는 없어요."

어미는 한숨을 쉬며 대답했다.

"나도 알아요."

어미는 다시 한 번 퍽을 보았다.

저렇게 조그만 고양이한테 그토록 무거운 약속을 짐 지우다니, 대체 무슨 짓을 한 건가? 후회가 어미 가슴에 가득 차올랐다.

어미는 울부짖었다.

"아, 아가야!".

어미는 사내가 덜컹덜컹 차를 몰고 기울어진 집으로 돌아가는 소리도, 트럭 창틈으로 비집고 나오는 사내의 소름 끼치는 웃음소리도, 나무들이 가늘게 탄식하는 소리도 못 들었다. 다만 조그만 새의 속삭이는 듯한 날갯짓 소리만 들었다.

36

나무들은 전설을 간직하고 있다. 양물푸레나무, 작살나무, 밤나무는 벌새에 관한 한 가지 사실을 알고 있다. 벌새가 이승과 저승 사이를 날아다닐 수 있으며, 영혼과 저승길을 함께 가 주는 동반자라는 걸 알고 있다. 영혼이 저승에 닿을 때까지 내내 함께 날아갔다가, 이승으로 재빨리 돌아올 수 있다는 것도. 그래서 언제나 서두르는 것처럼 보인다. 잘 알려졌다시피 이승에서 저승 사이를 빠르게 넘나들어야 하니까. 그리고 벌새는 눈에 잘 안 띈다. 어떤 이는 벌새를 '매개자'라고 부르는데, 잘 어울리는 이름이다. '전령'이라고 부르는 경우도 있는데, 그 또한 잘 맞는다. 어떤 이는 벌새를 '무지개 새'라고 알고 있는데, 그건 벌새가 가진 특수한 능력과는 관련이 없다. 그건 햇볕을 받으면 반짝반짝 일곱 색깔 빛을 내기 때문에 붙은 이름이다.

벌새는 항상 누군가를 찾는 중이다. 아주 오랫동안 누군가를 찾고 있다.

37

악어 동갈치 낯바닥이 솔숲에 난 오솔길을 처음으로 이용한 인간은 아니다. 또한 마지막 인간도 아니다. 아주 오래전, 이곳에 캐도 부족이 살았다. 캐도 부족은 바로 이 냇가, 짠물이 흐르는 냇가를 따라 집을 지었다.

나무들은 캐도 부족을 기억하고 있다. 나무들은 알고 있다. 수 세기 전, 캐도 부족은 남아메리카에서 돛배를 타고 멕시코 만을 건너와 이곳에 정착했다. 그리고 북쪽에서 온 알곤킨 족, 서쪽에서 온 아파치 족과 세력을 합쳐 자기들만의 나라를 만들고, 자기들만의 노래를 지어 부르고, 나무와 동물의 변화와 굽이쳐 흐르는 물살의 흐름을 익혔다. 냇가에 깔린 황토로 항아리와 그릇, 단지를 빚는 법도 배웠다.

나무의 기억 속에서 캐도 부족의 흔적을 찾을 수 있다. 소나무뿐만 아니라, 팽나무, 니사나무, 떡갈나무, 느릅나무, 뽕나무, 삼나무, 측백나무, 감탕나무, 오세이지오렌지나무의 기억 속에도 다 들어 있다. 나무들은 냇가, 늙은 소나무가 서 있는 냇가 마을을 기억한다. 이 냇가에 있던 마을.

작은 슬픔이라 불리는 냇가는 숲 속 깊디깊은 땅속에서 솟아나는 샘에서 출발하여 흐른다. 동쪽으로 펼쳐진 타르틴 늪지대와 작은 타르틴보다 더 오래된 냇물이다. 냇물은 늪지대보다 더 오래전에 생겼고, 늪지대의 물보다 짠맛이 더 강했다. 어떤 이는, 그 짠맛이 눈물 때문이라고 한다.

흠뻑 젖은 새끼 고양이가 흘린 눈물도 분명 그 짠물에 섞였을 것이다. 아직도 어미의 목소리가 귓가에 맴도는 가운데, 짠물 밖으로 나온 고양이는 두리번거리며 어미를 찾았다. 그렇지만 눈에 보이는 건 물 위에 떠 있는 벌새 한 마리뿐이었다.

그게 다였다.

고양이는 두리번거렸다.

짧은 생애를 살면서, 가까이서 마음을 써 주는 존재, 어미, 누이 그리고 사냥개라는 존재 없이 혼자 떨어진 순간은 처음이었다. 지금까지 단 한 번도 혼자 지낸 순간은 없었다. 느닷없이 닥친 이 엄청난 사건 앞에서 퍽은 와들와들 떨기 시작했다.

여기 물에 흠뻑 젖은 새끼 고양이 한 마리가, 물속에서 뒤집어쓴 진흙으로 범벅이 된 고양이 한 마리가 있다. 눈물로 이루어진 냇가에서, 이 새끼 고양이가 할 수 있는 거라고는 그저 우는 일뿐이다.

얼마 떨어지지 않은 곳에는 늙은 소나무가 무기력하게 서 있다. 소나무 밑 깊은 땅속에서는 여전히 나무뿌리에 얽힌 채 갇힌 생물이 꿈틀거렸다. 갇힌 생물은 누군가를 잃어버린 마음을 잘 알았다. 그렇지만 새끼 고양이와 달리 눈물은 흘리지 않았다. 그 대신 독이 오른 꼬리로 단단한 항아리 벽을 찰싹 쳤다.

'……대애애애가가 따르지…….'

생물이 쉿, 소리를 냈다. 항아리 안에 김이 가득 서렸다.

38

사슬을 마구 잡아당긴 탓에 레인저는 목이 붓고 생살이 드러난 데다 목구멍도 아팠다. 끝내 레인저는 마루 밑의 축축한 어둠 속에서 몸을 웅크렸다. 레인저는 자랄 때 냄새를 잘 맡는 훈련을 받았다. 다람쥐, 여우, 사슴, 주머니쥐, 너구리, 메추라기 그리고 오리와 거위의 냄새였다.

그렇지만 이제 레인저의 코끝에는 오직, 가장 친한 친구인 삼색 고양이와 그 고양이의 조그만 아들이며 자신의 아들인 퍽이 남긴 냄새만이 맴돌았다. 들리는 소리라고는 오로지 메아리가 되어 돌아오는 제 목소리, 미친 듯이 짖어 대는 자신의 목소리였는데, 이제 그마저도 그치고, 희미한 제 숨소리만 들려왔다. 사빈이 레인저의 아픈 다리 사이로 몸을 웅크리고 들어오기 전까지는, 그 작고 외로운 새끼 고양이가 아직 곁에 있다는 사실도 깜박 잊고 있었다.

어미 고양이와 새끼 고양이를 냇물에 던져 버린 인간을 무엇이라고 불러야 할까. 사랑하는 고양이들이 끌려가는 걸 보고 사슬을 잡아채며 울부짖는 사냥개를, 한 번 뒤돌아보지도 않는 인간을 대체 무엇이라고 불러야 할까? 나무들은 그 답을 알고 있다. 악마.

기울어진 집으로 돌아온 악어 동갈치 낯바닥은, 사슬을 거칠게 잡아당겨 마루 밑에 있던 레인저를 질질 끌어냈다. 바짝 붙어 웅크린 채, 조용히, 와들와들 떠는 가냘픈 새끼 고양이가 거기 혼자 남아 있는데, 그 곁에서 떼어내 더럽고 지저분한 마당으로 질질 끌어냈다.

그리고 사냥개를 힘껏 걷어차며 소리쳤다.

"멍청한 개자식! 고양이도 못 쫓는 개가 무슨 쓸모가 있지?"

레인저는 강철을 덧댄 장화 앞부리로 걷어차인 옆구리가 으스러지는 것 같았다. 기침이 터져 나왔다. 목이 따끔따끔 쑤시다 못해 숨이 막혔다. 아무 소리도 낼 수 없었다.

여느 때 같으면 강철 장화에 옆구리를 걷어차인 순간, 캥캥 고통에 찬 비명을 지르며 괴로움에 울부짖었을 것이다. 그렇지만 레인저는 울부짖지 않았다. 몸 안에는 가냘픈 비명 소리 한 자락도 남아 있지 않았다. 목은 너무 쑤시고, 목소리는 짖다가 쉬었으며, 고개를 들고 짧게라도 짖을 힘이 전혀 없었다. 레인저는 무거운 몸을 끌고 스스로 마루 밑으로 돌아갔다. 레인저는 큰 소리로 울부짖을 수가 없었다. 눈물만이 줄줄 흘러내리며 부드러운 두 귀를 적셨다. 사빈, 작고 가냘프기 그지없는 사빈이 짜디짠 그 눈물을 핥았다.

39

작은 사빈. 사빈은 쌍둥이 오빠만큼 크지도, 윤기가 나지도 않았다. 그 대신 모든 게 둥글둥글했다. 은빛 털에 묻힌 얼굴이 보름달처럼 둥글었고, 잠잘 때 돌돌 만 몸통도 둥글었다.

사빈은 충실한 보호자 레인저 곁에 홀로 남았다. 오빠 없는 여동생으로, 어미 없는 딸로 혼자 남았다. 사빈에게 남은 건 무엇일까?

사빈은 고통 속에서 힘겹게 숨을 들이쉬고 내쉬는 레인저를 바라보았다. 사빈이 할 수 있는 일은 무엇일까? 사빈은 어미가 집으로 돌아오기를, 맛있는 생쥐를 대롱대롱 입에 물고 걸어 들어오기를 바랐다. 오빠가 냄새나는 장화 밖으로 팔짝 뛰어나오기를 바랐다. 사빈은 심지어 발톱으로 장화를 긁어 보기도 했다. 한 번, 두 번, 세 번, 그렇게 하면 마법으로 은빛 쌍둥이 오빠를 불러낼 수 있는 것처럼 말이다.

무엇보다 사빈은 레인저의 기분을 풀어 주고 싶었다. 사빈은 텅 빈 레인저의 먹이 그릇을 보았다. 제 배 속에서 꼬르륵 소리가 났다.

그러던 차에 사빈은 문득 깨달았다. 자신이 사냥꾼이 되어야 한다는 사실을 알아차린 것이다. 어미가 산 채로 가져다 주었던 온갖 작은 동물들, 자신과 퍽이 노리개로 삼았던 생쥐며 도마뱀 그리고 메뚜기가 가르쳐 준 게 있었다.

그 동물들을 통해 사빈은 자신이 약탈자가 될 수밖에 없는 운명이라는 걸 배웠다. 그걸 알아차린 순간, 사빈은 허리를 꼿꼿이 세우고 앉았다. 거칠거칠한 혓바닥으로 앞발 두 개를 슥 핥고, 작지만 날카로운 발톱을 조심스럽게 가다듬었다. 그런 다음 마루 밑의 경계선으로 걸어가서 무시무시한 바깥 세상을 내다보았다. 이제 곧 그 세상으로 나가게 될 것이다. 이제는 잃어버리고 없는 어미와 오빠처럼 말이다. 사빈은 큰 숨을 들이쉬고 레인저에게 다가가서, 레인저가 헐떡헐떡 거칠게 내쉬는 숨소리를 귀에 가득 채웠다. 그래, 곧 바깥으로 나갈 것이다. 하지만 밤이 될 때까지 기다려야 했다.

사빈은, 사하라 평원에 살았던 위대한 암사자의 후예이며, 펀자브 어미 호랑이들의 피를 이어받은 손녀였다. 무시무시한 스라소니와 치타 그리고 표범, 모든 밤 사냥꾼들의 어린 후계자였다.

여기, 그 사빈이 있었다.

40

물에서만 마법의 동물이 탄생하는 건 아니다. 나무의 맨 꼭대기를 들여다보고, 깎아지른 절벽 꼭대기를 살펴보고, 옅은 구름을 들여다보라. 물속에 인어족이 있다면, 하늘에는 날개 달린 위대한 생물이 있다. 고대의 바다를 헤엄친 할머니, 반은 새 형상에 반은 인간의 형상을 한 토트 신의 영토인 나일 강에 가 본 할머니는 그 사실을 알아야 마땅했다. 할머니라면 매 사나이에 대해서 알고 있어야 했다.

할머니가 만약 버드나무, 자작나무, 히코리나무가 쓰는 언어를 알아들었다면, 나무들이 매 사나이에 대해서 얘기해 주었을 거다. 이 솔숲에서 말이다. 할머니가 참나무와 떡갈나무 그리고 노간주나무가 늘어놓는 이야기를 알아들었다면, 나무들이 매 사나이에 대해서 알고 있는 이야기들을 다 들려주었을 거다.

나무들은 이렇게 말했을 것이다. 아주 오래전에 이 땅에 젊은 매가 있었는데, 깃털은 아침 햇빛을 받으면 구릿빛으로 타오르고, 두 눈은 황금빛 반점이 찍힌 갈색이었다. 바람의 흐름을 타고 날다가 매섭게 급강하하는 모습을 보라. 거대한 소나무와 밤나무 꼭대기에 내려앉는 모습을 보라. 이 솔숲, 이 드넓은 습지와 늪지대, 느릿느릿한 거북과 거대한 아르마딜로가 사는 이곳은, 기나긴 여행 끝에 매가 만난 새로운 땅이었다.

그 매가, 날개 달린 마법의 동물이, 이 숲에 정착하기 위해 내려앉았다.

수정처럼 맑은 냇둑 쪽에 선 늙은 니사나무에 둥지를 튼 젊은 매에 대해서, 모카신 할머니는 마땅히 알고 있어야 했다. 그 새는 둥지에서 밤의 소리, 귀뚜라미, 매미, 부엉부엉 부엉이 소리를 들었다. 젊은 매는 예민한 귀로 토끼가 굴을 파고 가재가 움직이는 소리까지 알아챘다.

젊은 매.

저녁이면, 매는 사랑스러운 냇가에 늘어선 나무들 위에 즐겨 앉았다. 거기서 고개를 꼿꼿이 세우고 밤의 생물들이 내는 소리를 들었다. 올빼미와 황소개구리, 매미와 흰꼬리사슴의 소리들을. 나무들이 그렇듯이, 매도 굴뚝새와 휘파람새, 캐롤라이나 앵무새, 쏙독새와 까마귀와 붉은볏딱따구리의 노래를 알고 있었다. 매 또한 그 새들과 같은 종족 아닌가? 그렇지 않은가?

매는 마을 사람들의 노랫소리도 들었다. 냇가에 집을 짓고 사는 사람들, 캐도 부족이라고 알려진 사람들, 항아리로 물을 긷고, 허드렛일을 하면서 콧노래를 부르고, 아이들이 부리는 재롱을 보며 웃음을 터뜨리는 사람들의 노래 말이다. 매는 그 사람들의 목소리도 들었다. 인간의 피가 흐르는 몸의 한 부분이 북소리에 맞춰 고동쳤다. 매는 튼튼한 날개를 활짝 펴며 소리쳤다.

"크르르르르!"

어느 날 밤, 고요하고 적막한 시각, 매는 새로운 소리 하나를 들었다. 처음에는 무슨 소리인지 알아듣지 못했다. 곤충이나 새소리도 아니고, 개구리나 너구리가 내는 소리도 아니었다. 마을에서 나는 소리도 아니었다.

아니, 그 소리는 달랐다. 지금까지 들은 소리 가운데 가장 아름다운 소리였다. 가사 없이 흐르는 곡조. 가사 없는 노래. 그 소리는 냇물 건너편, 가장 어두운 깊은 숲, 늪, 큰 늪과 작은 늪 쪽에서 들려왔다. 모래 구덩이와 독 있는 뱀이 많아서 마을 사람들은 잘 안 가는 곳이었다.

매는 귀를 기울였다.

다시 소리가 들려왔다. 매는 숲에 깔린 칠흑 같은 밤공기를 뚫고 음악이 흘러오는 쪽으로 몸을 기울였다. 젊은 매는 자기가 듣고 있는 소리가 애정의 원천이라는 사실을 곧바로 알아차렸다. 매는 그 소리가 품은 아름다움과 맑고 사랑스러운 음률을 한꺼번에 이해했다. 밤이면 밤마다 매는 노래가 들려오는 쪽으로 귀를 기울였다. 처음에는 귀로 들었지만, 날이 갈수록 자신이 온몸으로 듣고 있다는 사실을 스스로 알아차렸다.

모카신 할머니는 그 매에 대해서 알고 있어야 마땅했다.

41

천 년이 흐른 뒤…… .

여기 또 다른 누군가가 소리를 듣고 있다.

퍽, 물에 젖고 추위에 떠는 퍽이,

엄마의 소리를 기다리고,

누이의 소리를 기다리고,

늙은 사냥개, 레인저의 소리를 기다리며,

흘러가는 냇물 소리를 듣고 있다.

퍽이 들은 건 모두 상실의 소리였다.

상실. 하찮고 보잘것없는 낱말이다. 허약하기 그지없는 낱말이다. 늙은 소나무 밑, 항아리 안에서 할머니가 조바심을 치고 있었다. 상실이라는 말은 이 어두운 곳에 갇히기 전, 수만 번씩 할머니를 삼켜 버린 낱말이었다.

"사아아앙실…… !"

할머니가 소곤거렸다.

그 낱말이 할머니의 살갗을 훑고 지나갔다.

42

천 년 전, 할머니는 어디에 있었나? 오래된 늪지대에서 헤엄을 치고, 냇가 바위 위에서 햇볕을 쪼이고, 축 늘어진 삼나무에서 잠을 자고 있었다. 그리고 매 사나이는 그때 나무들 사이를 감도는 음악 소리를 듣고 있었다. 세포 하나하나, 모든 힘줄, 구릿빛 깃털 하나하나를 다 동원하여 듣고 있었다. 숱하게 많은 밤이 지난 뒤, 매는 마음을 잡아끄는 노래를 부르는 가수를 찾아내야 한다는 걸 알았다. 매는 짠 냇물을 건너, 이리저리 움직이는 모래 구덩이 언덕을 지나, 열정의 음률을 찾아 날아갔다. 사랑스러운 음악의 흐름에 몸을 싣고, 마침내 질척질척한 모카신 할머니와 밤 노래의 영역까지 날아갔다. 매는 커다란 삼나무 위에 내려앉아서 두 모녀가 가장 우뚝 솟은 소나무 줄기를 감싸고 스르르 꼭대기까지 타고 오르는 모습을 지켜보았다. 반짝반짝 빛나는 비늘, 검다 못해 푸른 비늘을 지닌 밤 노래를 보며, 매 사나이는 그토록 사랑스러운 생물은 처음 만난다는 확신을 가졌다. 그런 감정은

한 번도 느껴 본 일이 없었다.

홀딱 반한 느낌. 나무들이 쓰는 어휘가 있다면 틀림없이 그렇게 표현했을 것이다. 새들은 또 다른 어휘로 표현했을지 모르지만 말이다.

솔숲은 새가 많기로 이름난 곳이다.

흰털발제비와 칼새와 딱새, 오리와 휘파람새와 찌르레기 같은 새들. 새들은 밤 노래의 노랫가락에 홀린 매 사나이를 보자, 큰 소리로 지저귀었다.

"형제님! 멀리 날아가세요!"

새들이 경고하는 소리를 들었지만, 매 사나이는 들은 척도 하지 않았다. 매 사나이가 바라는 노래는 그런 지저귐이 아니었다. 박새나 원앙 혹은 발구지의 노랫소리를 바란 게 아니었다. 매 사나이는 밤 노래의 노래가 필요했다. 두루미와 얼룩올빼미, 장다리물떼새와 물총새가 입을 모아 소리쳤다.

"멀리 날아가세요, 매 형제님. 멀리 날아가세요!"

그렇지만 매 사나이는 새들의 걱정스러운 경고에 전혀 관심이 없었다.

때까치와 상모솔새, 송골매가 미친 듯이 목청을 높였다.

"돌아가세요, 형제님. 날아가세요!"

매 사나이는 들은 척도 하지 않았다.

밤 노래가 부르는 노래가 날개 끝에서 날개 끝까지 매 사나이를 충만하게 만들었다. 그리고 솔숲을 선회하는 동안,

부드러운 바람에 깃털을 일렁이며, 매 사나이는 목청껏 소리쳤다.

"크르르르르르!"

밤하늘에 매 사나이의 갈망이 가득 피어올랐다.

많은 이들은 매 사나이가 들은 소리가 그저 바람의 한숨이거나 나뭇잎의 속삭임이었다고 여길지도 모른다. 우주에서 별이 굴러가는 소리였거나 냇물이 굽이쳐 흐르는 소리였다고 여길지도 모른다. 거북이 솔가리를 헤집고 기어가는 소리거나 악어가 뚱뚱한 발로 물살을 미는 소리였다고 생각할 수도 있다. 세상에는 추측해 볼 만한 소리가 많고도 많다. 하지만 매 사나이는 자신이 들은 소리가 무엇인지 알고 있었다.

43

동물이 소리를 내는 데는 까닭이 있다. 코요테는 해 질 무렵에 운다. 나이팅게일은 황제를 기쁘게 하기 위해 지저귄다. 프레리도그는 짝의 마음을 끌기 위해 짖는다. 밤 노래는 행복해서 노래를 부른다.

밤 노래는 나이 많은 어머니와 함께 신비한 숲의 방식들을 배웠다. 할머니는 딸에게 가장 맛 좋은 가재가 사는 곳을 알려 주었고, 나무를 타고 스르르 높이 꼭대기까지 올라가는 법을 가르쳐 주었다. 짠물이 흐르는 냇물 깊은 곳에 숨어 있는 비밀스러운 물속 동굴도 알려 주었다. 할머니만큼 솔숲을 잘 아는 이는 없었다. 아무도, 어쩌면 나무들만 빼고는 아무도 없었다.

그리고 할머니처럼 이야기를 들려주는 이도 없었다. 할머니는 밤 노래에게 그리스의 섬들과 지중해 연안을 따라 줄지어 선 하얀 사원에 대해서 이야기해 주었다. 아일랜드 해의 인어족 이야기와, 오래전에 사라져서 이제는 없지만 햇빛에 날개를 반짝이던 고대의 용 이야기를 들려주었다. 남편 이야기와 남편의 배신이 얽혀 있는 자신의 이야기는 조심스럽게 피했다. 슬픈 얘기는 굳이 할 필요가 없다고 생각한 걸까? 그 대신 할머니는 지구 끝에 사는 고래며 앨버트로스 그리고 온갖 펭귄들 이야기를 해 주었다.

밤 노래는 세상에서 가장 사랑받는 딸이었다. 할머니는 세상에서 가장 존경받는 어머니였다. 참으로 오랫동안 모카신 할머니 곁을 맴돌았던 외로움은 사라지고 없었다. 밤 노래와 함께, 할머니의 생은 더할 나위 없이 완벽했다. 할머니가 가는 곳이면 어디나 밤 노래가 함께 갔다. 그리고 밤 노래가 어슬렁거리는 곳에는 언제나 할머니가 바짝 뒤를 따르고 있었다. 둘은 떼려야 뗄 수 없는 사이였다.

그러나 어린 존재들이 모두 그렇듯이, 흐르는 시간과 함께 밤 노래는 쉬 들뜨는 젊은이로 자랐다. 이제 더 이상 작은 뱀이 아니었다. 여느 아가씨들처럼, 길고 사랑스러운 젊은 뱀으로 자란 밤 노래는 자신만의 모험을 갈망했다. 신비로움으로 가득했던 숲 속의 집이 시시하게 느껴지기 시작했다. 할머니가 들려주는 재미있는 이야기들은 마음만 더 들뜨게 만들었다. 게다가 그 무엇보다, 할머니가 늙어 보이기 시작했다. 넓은 바다나 언덕보다 더 늙어 보였고, 또 늙은 건 사실이었다. 밤 노래는 심하게 늙어 보이는 할머니의 모습에 싫증이 났다. 뭔가 새로운 걸 바라게 되었다.

날이 갈수록 밤 노래는 할머니가 눈을 감고 낮잠 자기를 기다리기 시작했다. 그리고 그 틈을 타서 혼자 슬그머니 빠져나갔다. 그저 자신이 볼 수 있는 걸 보고 들을 수 있는 걸 듣기 위해서였다.

오래지 않아, 밤 노래는 오후의 햇살을 뚫고 날개를 활짝 편 잘생긴 매에게 눈길을 주었다.

좁은 지하 감옥 안에 혼자 갇힌 할머니가 쉿, 날카로운 소리를 냈다.

'배신!'

오래된 낫가 테다소나무 아래, 깊은 땅속에서 할머니가 분노를 토해 냈다.

'배신, 배신, 배신.'

새삼스러울 것도 없다고, 할머니는 생각했다. 전혀.

44

내면을 깊이 들여다보면, 우리 모두는 서로 이어져 있다. 밤 노래는 자신 안에서, 딸을 끔찍하게 사랑하는 어머니의 억세고 강한 혈통을 느끼기도 했지만, 구릿빛 깃털과 황금빛 반점이 찍힌 눈을 가진 잘생긴 매 사나이를 쳐다본 순간, 마력을 지닌 셀키스, 매혹적인 온딘의 혈통 또한 느꼈다. 셀키스나 온딘은 둘 다 기운이 팔팔한 인어족이며, 먼 조상을 따지면 같은 라미아 종족이었다. 그 매혹적이기도 하고 아니기도 한 피가 함께 흐르는 존재였기 때문에, 밤 노래는 자신을 더할 수 없이 잘 길러 주고, 지켜 주고, 사랑해 주는 어머니가 잠들어서 부주의한 사이, 키 큰 나무에서 미끄러져 내려와 매 사나이의 날개 속으로 곧장 끌려들고 말았다.

그리고 전설에 나오는 변신 존재들이 다 그렇듯이, 매 사나이가 날개를 펼쳐서 감싸는 순간, 밤 노래는 비늘이 돋은 살갗을 벗고 인간의 살갗, 매끄럽고 아름다운 살갗으로 갈아입었다. 매 사나이도 날짐승의 형상을 벗어 던지고 인간의

형상으로, 키가 크고 잘생겼으며 검은 머리카락 속에 구릿빛 깃털이 섞이고, 황금빛이 감도는 검은 눈동자를 지닌, 온화한 남자로 변신했다.

여기 두 사람이, 새 살갗을 얻은 두 사람이, 서로를 마주 보고 있다. 매 사나이는 밤 노래에게 손을 내밀었다. 밤 노래는 그 손을 잡았다.

그리고 주위에서는 조심스러운 나무들이, 가장 나이 많은 나무들이 희미하게 반짝였다. 나무들은 모카신 할머니가 깨어나면, 몹시 분노하리라는 걸 알고 있었다. 나무들은 알고 있었지만, 그 순간에 일어난 일도 받아들였다. 둘의 사랑이 몹시 강렬했기 때문에 되돌릴 길이 없다는 사실을 말이다. 그래서 잠깐이나마 자신들만의 오랜 마법을 써서 잠자기 좋은 산들바람을 솨솨 일으켰다. 새로운 살갗을 입은 매 사나이와 밤 노래가 무사히 빠져나갈 때까지, 숲 속에 있는 모든 존재들이 깜박 잠들도록 만들었다. 숱한 슬픔과 숱한 분노, 숱한 절망을 보아 온 나무들은 사랑이라는 게 드물게 일어나는 놀라운 사건이라는 걸 알고 있었다. 그런 사랑을 이뤄 낸 둘을 도울 수 있다면 어떤 일이라도 다 해 줄 마음이었다.

45

하마터면 물에 빠져 죽을 뻔한 고양이는 기운을 차릴 시간이 필요했다. 삼색 어미 고양이를 잃어버리고, 누이와 참으로 다정한 사냥개 곁에서 떨어져 나온 고양이는 따뜻한 위안이 필요했다.

무엇보다 먹이와 쉴 곳, 특히 저녁이 가까워지면서 쉴 곳이 필요했다. 퍽은 주위를 살펴보았다. 바로 가까이에 무시무시한 냇물이 흐르고 있었다. 퍽은 오싹, 몸서리를 쳤다.

'물이다. 물가에 온 게 틀림없어.'

콜록, 기침이 나왔다. 퍽은 무섭기 그지없는 물가를 떠나 둑 위로 몸을 끌어 올렸다. 털에는 물 밑바닥이며 냇가에서 묻은 진흙이 온통 엉겨 붙어 있었다. 흠뻑 젖은 몸이 추웠다. 퍽은 다시 한 번 은빛 냇물을 돌아보고는 파르르 몸을 떨었다. 그러고는 저 멀리 상류 쪽을 한껏 고개를 빼서 바라보았다. 분명 등 뒤에 어미가 있었는데, 아니었나? 바로 등 뒤에서 퍽을 밀어 올려 주며 이렇게 말했다.

"헤엄쳐라, 헤엄쳐라, 헤엄쳐라."

그래서 시키는 대로 했다. 그런데 물 밖으로 겨우 나오고 보니, 어미는 흔적도 없이 자취를 감추고 말았다. 퍽은 굽이쳐 흐르는 냇물을 바라보았다. 어미는 어디 있나? 삼색 어미 고양이는 어디에? 바로 등 뒤에 있었는데.

퍽은 고개를 돌려 하류 쪽을 바라보았다. 어미 고양이는 어쩌면 곁에서 헤엄치며, 퍽이 거친 물살을 빠져나가게 해 주었는지도 모른다.

퍽은 물살이 진흙 기슭에 부딪치면서 소용돌이를 일으켜 쉿쉿 소리를 내는 광경을 지켜보았다.

멀리, 멀리, 멀리, 물살은 그렇게 말하는 것 같았다.

그리고 그때 바로 거기서, 눈물로 채워진 은빛 냇가에서, 퍽은 어미를 다시는 못 보게 될 거라는 사실을 알아차렸다. 다시는.

'다시는' 이라는 말은 부드럽게 발음되지만, 그 부드러운 음색이 품은 날카로운 모서리까지 숨기지는 못한다. 특히 규칙을 깨뜨리고 난생처음으로 그 말을 떠올려 보는 새끼 고양이에게는 더더욱.

꼼짝 않고 앉아 있는데, 흠뻑 젖은 몸이 추웠다. 퍽은 아무리 오래 차가운 물을 바라보아도, 다시는 어미를 만나지 못하리라는 걸 뼛속 깊이 깨달았다. '다시는'이라는 말이 퍽을 깊이 찍어 눌렀다. 그 말이 목덜미를 움켜쥐고 온몸을 뒤흔들었다. 퍽은 깊은 숨을, '다시는'이라는 말을 통째로 들이마셨다. 그리고 재채기를 하기 시작했다. '다시는'이라는 말이 코로, 눈으로, 흠뻑 젖은 털가죽 속으로 파고들었다.

퍽은 다시 한 번 파르르 몸을 떤 뒤, 건너편 기슭을 바라보았다. 레인저와 사빈은 어디에 있을까? 퍽은 귀를 쫑긋 세웠다. 틀림없이 레인저가 소리쳐 부를 거다. 사냥개가 목청을 높이면, 퍽이 알아듣고 어느 쪽인지 알 수 있을 거다. 퍽은 그럴 거라고 확신했다.

퍽은 높다란 둑 위에 앉아 있었다. 아래쪽에는 냇물이, 어미를 데려가고 하마터면 자신도 데려갈 뻔했던 냇물이 흐르고 있었다. 퍽은 귀에 익은 레인저의 소리를 기다렸다. 그렇지만 들리는 거라고는 귀뚜라미와 저녁 새들이 내는 소리뿐이었다. 퍽은 부르르 몸서리를 치고 고개를 돌렸다. 그러자 바로 눈앞에 죽어 가는 늙은 소나무가 보였다.

나무에 가까이 다가가 보니, 밑동에 어두컴컴한 공간이 있었다. 퍽은 더 가까이 다가갔다. 킁킁 냄새를 맡아 보았다. 안을 들여다보았다. 좁았지만, 잘 마른 곳이었다.

'마루 밑에 있어라. 마루 밑에 있으면 안전하단다.'

어미가 늘 하던 말이, 아직도 귓가에 맴돌았다.

퍽은 그 규칙을 깨뜨렸다. 그리고 이제 어미는 떠났고, 퍽 혼자 외롭게 남았다.

퍽은 안으로 들어갔다. 아늑하고 컴컴한 그곳에서, 배 속은 꼬르륵 소리로 요동을 쳤지만, 퍽은 젖은 몸을, 진흙투성이 몸을 동그랗게 웅크리고 얕은 잠에 빠져들었다. '다시는'이라는 말이 독하고 잔인하게 몸 위로 내려앉았다.

그 밑, 깊고 깊은 땅 밑, 지금 누운 자리에서 똑바로 아래쪽에 있는 땅 밑에, 고대의 생물이 역시 단단히 몸을 웅크리고 있다는 사실을 퍽이 어떻게 알 수 있겠나? 할머니 또한 그 땅 밑에서 잠들어 있었다.

언뜻 생각하기에 이 둘, 한쪽은 너무 어리고 한쪽은 너무 늙은 둘 사이에 공통점이 없는 것처럼 보이지만, 있었다.

상실은 좋건 싫건 누구나 겪을 수 있는 일이다. 퍽은 가족을 잃었다. 할머니는 밤 노래를 잃었다.

46

나무들, 오리나무와 목련나무, 월계수와 만나나무도 상실에 대해 알고 있다. 나무들은 나그네비둘기와 들소를 잃었다. 표범과 흑곰을 잃었다. 숲 속을 오래 떠돌던 캐도 부족을 잃었다.

나무들은 복수에 대해서도 알고 있다. 복수는 기억 속에 새겨진 채 오래, 참으로 오랫동안 여기에 머물고 있다. 천 년 동안이나.

매 사나이와 밤 노래가 몰래 떠난 뒤, 모카신 할머니는 증오라는 외투로 자신을 감쌌다. 너무 단단히 에워싸서 끝내는 증오밖에 모르는 존재로 변했다.

모두에게 상처를 입히는 분노와 증오가 의지하는 수단은 한 가지였다. 독. 독이 할머니의 입, 솜처럼 하얀 입을 가득 채웠다. 물보다, 공기보다, 오래전 배신하고 떠난 남자보다 더 사랑했던 존재를 한 남자가 빼앗아 갔다. 할머니의 딸. 밤 노래. 할머니는 복수를 맹세했다. 쓰디쓴 맹세는 할머니의 살갗을 매끄럽게 빛나게 하고 무시무시한 독니를 날카롭게 만들었다.

솔숲에서도 가장 어두운 곳에, 삼나무가 늘어선 습지에, 발 디디면 빠져 버리는 젖은 모래가 두껍게 쌓인 땅에, 밤 노래의 사촌이며 솜처럼 하얀 입을 가진 종족의 둥지에 자리를 잡고, 할머니는 분노를 이글이글 불태웠다.

인간은 감히 그쪽 숲에는 들어갈 엄두를 못 냈지만, 할머니가 머물기에는 안성맞춤의 장소였다. 거기에는 차갑고 단단한 분노가, 빛이란 빛은 모두 차단해 버리는 견고한 분노가 있었다.

할머니의 눈은 암흑에 익숙했기 때문에 그 앞에 얼씬거렸다가는 아무도 무사하지 못했다. 할머니는 새끼 올빼미와 밍크, 개구리, 산 것, 죽은 것, 닥치는 대로 먹어 치웠다. 할머니의 허기는 끝이 없었다. 백여 미터 떨어진 곳에 있는 늪토끼도 잡을 수 있었다.

할머니의 무시무시한 턱은, 마치 가위처럼 싹둑, 제물을 두 동강 냈다. 그리고 분노가 커질수록, 할머니의 몸집도 길고 두꺼워졌고 우람한 나무줄기처럼 커졌다.

할머니의 오랜 친구, 악어 왕조차도 선뜻 할머니에게 다가가지 못했다.

악어 왕이 할머니에게 말했다.

"누이여, 마음을 바꿔 보시오."

그러나 할머니는 그럴 수가 없었다.

"스으으으으읏! 머지않아, 밤 노래는 다시 내 곁으로 돌아올 거야."

악어 왕은 노란 눈을 감고, 무거운 한숨을 내쉬며, 깊고 흐린 타르틴 늪지대 바닥으로 가라앉았다.

47

어느 날, 악어 동갈치 낯바닥은 레인저를 데리고 너구리 사냥을 나갔다가 낡은 집을 발견했다. 시간을 거슬러서 사내와 사냥개가 지금보다 더 젊었을 때, 레인저가 사고 때문에 다리를 절기 전에 일어난 일이다. 우연히 발견한 집은 그때도 한쪽으로 기울어진 상태였다. 버려진 지 얼마나 오래된 집인지 그 누가 알까? 집에는 전기도 수도도 들어오지 않았다. 그렇지만 악어 동갈치 낯바닥은 두 가지 다 필요 없었다. 우편함이나 전화도 마찬가지였다.

숲에 사는 생물들은 악어 동갈치 낯바닥이 나타난 사실을 잘 몰랐다. 숨어 있는 허름한 선술집에서도 악어 동갈치 낯바닥과 눈을 마주치는 사람은 아무도 없었고, 악어 동갈치 낯바닥도 굳이 다른 사람과 눈길을 나누려 하지 않았다. 그저 언제나 앉는 어두운 구석 자리를 차지하고 쓴 술을 마실 뿐이었다. 돈을 주고받는 일도 없었다. 오로지 짐승 가죽으로만 거래했다. 기울어진 집 난간에 널어서 말리는 짐승 가죽만.

이 집. 툭 튀어나온 고지대에 들어앉은 기울어진 집, 트럭을 세워 놓고 낡은 간이침대를 잠자리 삼아 몸을 웅크리는 집, 사내는 누가 뭐라고 참견하는 사람 없는 이 집을 제멋대로 아무 때나 들락거리며 살았다. 쓰레기는 마당에 던지면 그만인 이 집, 그런다고 누가 신경이나 쓸까? 바깥에 있는 낡은 변소는 문도 닫지 않은 채 이용했다. 어쨌거나 여닫을 문도 없었으니까.

집이란 사람이 살면 더 좋아지기 마련이다. 사람의 숨결에는 촉촉한 기운이 있어서 오래된 목재를 윤기 나게 하고 공간에 기품을 불어넣는다. 사람이 깃들여 사는 집은 집터 위에 똑바른 형태로 자리를 잡는 경향이 있다. 보통은 그렇다. 어쩌면 이 집은 악어 동갈치 낯바닥이 들어와 살기 전부터 너무 오래 버려졌던 건지도 모른다.

하지만 가까이 다가가서 살펴보면, 악어 동갈치 낯바닥이 라이플총을 겨누고 늑대처럼 으르렁거릴 염려가 없을 때 바싹 다가가 살펴보면, 이 집이 자진해서 땅속으로 내려앉고 있다는 걸 알게 된다. 끔찍한 거주자한테서 벗어나 땅속으로 사라져 버리려면 그 길밖에 없다는 듯이 말이다.

48

사빈은 보았다. 사빈은 어슴푸레 밝아 오는 햇살 속으로 퍽이 발을 내딛는 순간, 잠에서 깨어났다. 사빈은 퍽이 발랑 눕는 것도 보았고, 햇볕이 퍽의 배 위로 쏟아지는 것도 보았다. 황금빛 햇살을 받아 빛나는 털도, 그 따스한 햇볕을 받으며 퍽이 빙그레 웃는 것도 보았다.

사빈은 퍽이 마루 밑에서 나가면 안 된다는 규칙을 깨뜨린 걸 알면서도, 퍽과 함께 빛이 비추는 곳에 발을 디뎌 볼 참이었다. 그런데 막 오빠를 소리쳐 부르려는 순간, 악어 동갈치 낯바닥이 나타났다.

사빈은 악어 동갈치 낯바닥이 오빠를 낚아채고, 뒤이어 어미까지 붙잡아서 갈색 삼베 주머니에 넣는 걸 보았고, 그 주머니를 트럭 화물칸에 던지는 것도 보았다. 사빈은 어미와 오빠에게 알려 주려고, 경고하려고 소리를 쳤지만, 때마침 퍽이 울부짖는 바람에 묻혀 버렸다.

사빈은 트럭이 멀어지는 모습도 보았다. 먼지, 트럭 뒷바

퀴에서 피어올라 자욱하게 퍼지는 먼지도 보았다.

사빈은 어미와 오빠를 실은 트럭이 흔적 없이 자취를 감추자 부르르 몸을 떠는 나무들도 보았다. 가냘픈 새끼 고양이가 봐서는 안 될 장면이라는 듯, 부르르 떠는 나무들을. 그런 다음 레인저가 사슬을 잡아당기며 가슴이 찢어질 듯 울부짖는 걸 보았다. 레인저의 가슴이 정말로 찢어지고 있다는 걸 사빈은 알았다.

사빈은 다 보았다. 레인저가 사슬을 힘껏, 힘껏, 힘껏 잡아당기는 걸 보았다. 레인저가 힘이 다 빠질 때까지 소리치고, 울부짖고, 짖어 대는 걸 보았다. 사슬이 목 살갗을 파고들면서 털가죽이 벌겋게, 아프게 벗겨지고 피가 배어 나왔다. 레인저는 아예 소리가 안 나올 때까지, 단 한 마디도 내뱉을 수 없는 지경에 이를 때까지 울부짖었다.

사빈은 레인저가 한쪽으로 기울어진 집, 뼈다귀와 가죽을 비롯한 여러 가지가 썩은 냄새를 풍기는 마루 밑으로 질질 몸을 끌고 돌아오는 걸 보았다. 마루 밑으로. 사빈이 할 수 있는 일이란, 그저 사냥개의 곁에서, 어미 배 속에 있을 때부터 노래를 불러 주던 사랑하는 사냥개의 곁에서 몸을 웅크리는 일밖에 없었다. 사빈은 레인저의 곁에 웅크리고 앉아서 보드라운 두 귀를 핥아 주며 가르랑거렸다. 그것밖에 할 수 있는 일이 없었다.

어미는 떠났다. 오빠도 떠났다. 그렇지만 아직 레인저가 있었다. 그리고 사빈은 머지않아 이곳을, 태어나서 지금까지 하나밖에 없는 장소로 알고 지낸 이곳을 떠나야 한다는 걸 알았다. 어린 마음이지만, 사빈은 레인저가 사슬에 묶인 처지로는 오래 버틸 수 없다는 걸 알고 있었다.

49

기억은 쉽게 빠져나간다. 사랑하는 사람을 잃는 일, 어머니나 아버지, 또는 쌍둥이 여동생이나 다정한 사냥개를 잃는 일처럼 끔찍한 일을 겪어도, 기억은 어느덧 부드러운 담요처럼 상실의 아픔을 덮어 준다.

그렇지만 퍽은 경우가 달랐다. 퍽은 기억했다. 빠른 시간 안에, 퍽은 삼색 어미 고양이와 한 약속을 지킬 방법을 찾아야 했다. 빠른 시간 안에, 레인저와 사빈을 찾아야 했다. 빠른 시간 안에, 배를 채워야 했다!

배 속에서 요란한 소리가 났다. 퍽은 하루 낮과 하루 밤 동안 아무것도 먹은 게 없었다. 오로지 벌컥벌컥 들이켠 물이 전부였다. 퍽은 일어나 앉아서 기지개를 켰다. 왼쪽 옆구리를 핥자 입 안에 진흙이 가득 들어찼다. 퍽은 진흙을 뱉어 냈다. 털가죽에는 진흙이 덕지덕지 엉겨 붙어 있었다. 갑자기 마른 냇물 바닥에 꼼짝없이 붙들린 느낌이 들었다. 그 진흙을 떨어내야 했다.

몇 시간 동안 퍽은 털을 당기고 핥고 뒹굴었다. 진흙은 찰떡처럼 털가죽에 들러붙어 있었다. 잡아당기자 털 오라기가 빠져나왔다.

"아야!"

퍽은 더럭 겁이 나기 시작했다.

퍽은 한참 더 당기고 핥고 뒹굴었다. 그러던 끝에 다시 울음을 터뜨리고 말았다. 살갗은 가렵고, 입은 바싹 마르고, 온몸은 진흙 범벅이었다.

퍽은 먼지 더미 위에 털썩 쓰러진 채 울었다. 군데군데 빠져 버린 은빛 털 때문에 울었다. 잃어버린 어미와 누이 그리고 사냥개 때문에 울었다.

엉엉 하염없이 운 끝에, 마침내 퍽은 몸을 일으켜 세우고 주위를 살펴보았다. 너무 많이 울었더니 딸꾹질이 쉴 새 없이 터져 나왔다. 아까는 배가 고팠는데, 이제는 굶주려서 죽을 지경이었다. 굶주린 고양이, 특히 갖은 고생 중에도 한창 성장기에 있는 고양이는 마른 진흙이 아무리 많다 해도, 그걸로 허기를 달랠 수는 없다.

고양이가 먹잇감을 살금살금 좇아가서 와락 움켜잡는 타고난 추적자라는 건 누구나 아는 사실이다. 퍽은 어미가 사냥 연습을 하라며 생쥐나 들쥐, 도마뱀을 물고 와서 남매에게 들려준 조언을 귀담아들어 둘걸 싶었다.

어미는 이렇게 말했다.

"언젠가는 너희들이 직접 먹이를 잡아야 한단다."

사빈은 그 말을 진지하게 들었다.

그렇지만 퍽은 놀이로만 여겼다. 특히 도마뱀은 몇 시간을 갖고 놀아도 질리지 않았다. 퍽은 도마뱀을 높이 던졌다가 앞발로 낚아채는 놀이를 좋아했다. 얼마나 재미있었는지 모른다. 하지만 배가 꼬르륵거리고 살갗이 가려운 지금, 그런 놀이에는 아무 흥미가 없었다.

문제는 먹이를 조용히, 살금살금 쫓아야 한다는 거였다. 딸꾹질 소리는 시끄럽다. 퍽은 숨을 참아 보려고 애를 썼다.

"딸꾹!"

등을 대고 누워 보기도 했다.

"딸꾹!"

다시 울음이 치밀어 올랐지만, 또 울었다가는 딸꾹질만 더 심해질 것 같았다. 딸꾹질을 하면서 먹잇감을 추적할 수는 없다. 새끼 고양이가 딸꾹질을 하는 모습은 참으로 처량하기 그지없다.

50

기록을 잘 간직한 나무들을 통해서, 천 년 전의 매 사나이와 밤 노래를 들여다볼까? 그래, 목련나무와 참나무와 작살나무가 여기 자신들의 종족에게 등을 돌린 두 사람이 있었다고 얘기해 줄 거다.

두 사람은 함께 정착할 곳을 찾아다녔다. 익숙하지 않은 다리와 발로 지칠 때까지 걸었다. 숲 속에 난 오솔길, 사슴과 곰 그리고 들소가 만든 오솔길을 따라 걸었다. 그러다가 질척질척한 늪 기슭에서 잠을 잤다. 정처 없이 걸어서 숲 가장자리를 지나자, 동쪽으로 흘러가는 넓고 아름다운 강이 눈앞에 펼쳐졌다. 둘은 잠시 그 아름다운 강의 모래 기슭에 터를 잡을까, 생각했다. 그렇지만 두 사람이 무척 사랑했던 나무 그늘이 없는 곳은 몹시 허전하게 느껴졌다.

무엇보다 그곳은 외로웠다. 인간은 다른 인간과 어울려 살아야 하는 법이다. 그건 인간의 피가 반만 섞인 경우도 마찬가지였다. 인간은 같이 웃음을 나눌 이웃이 필요하다. 서로 슬픔을 나눌 존재가 필요하다. 인간은 다른 인간과 함께 어울려서 헤엄을 치고, 요리를 하고, 사냥을 하고, 수다를 떨어야 한다. 무엇보다 서로 이야기를, 사랑과 지혜와 웃음을 담은 이야기를 나누며 살아야 한다.

매 사나이와 밤 노래에게도 다른 인간이 필요했다. 그래서 드넓은 하늘 아래 잔잔히 흘러가는 강, 기슭에 풀이 무성하게 자라난 강을 두고 발길을 돌려 다시 숲으로 들어갔다. 탁 트인 초원을 가로지르고 짐승이 낸 길을 되짚어서 냇가에 있는 마을로 갔다. 캐도 부족이 사는 마을이었다.

캐도 부족 사람들은 새로 들어온 매 사나이와 밤 노래를 위해 노래하고 춤추고 축하해 주며 한 식구처럼 반갑게 맞아 주었다. 그리고 두 사람을 같은 부족으로 받아들여 주었다. 비밀에 싸인 캐도 부족이지만, 한 가지는 널리 알려져 있다. 사람을 반가워하고, 넓은 가슴과 다정한 마음을 지녔다는 것. 이 젊은 한 쌍은 그렇게 가족을 만났다. 그리고 두 사람은 바로 그곳, 냇가 마을에 나뭇가지와 진흙을 이겨 오두막집을 짓고 가정을 꾸렸다.

나무에게 물어보면 그 집에 대해서 알려 줄 거다.

늙은 테다소나무에게 물으면 어린 고양이 한 마리에게 작은 굴을 제공한 사연도 이야기해 줄 거다. 그리고 소나무 아래 깊은 땅속, 죽어 가는 뿌리 사이, 아주 늙은 뱀이 사는 아름다운 옛날 항아리에 대해서도.

51

행복은 거기, 냇가에 지은 조그만 오두막에 있었다. 오래지 않아 매 사나이와 밤 노래는 아기를, 조그만 여자 아기를 낳았다. 아기들은 너나없이 빛나는 존재지만, 매 사나이는 자기 딸이야말로 반짝반짝 빛난다고 믿었다. 아기라면 다 반갑게 맞는 나무들은 말할 것도 없이 그 아기를 환영했다.

그리고 매 사나이는?

젊은 남자가 아버지가 되면, 머리 위의 하늘, 발아래 땅, 뜨고 지는 태양이 모두 새롭게 보인다. 온 세상이 난생처음 보는 것처럼, 어린 딸이 세상을 한꺼번에 거대하고 경이로운 모습으로 탈바꿈시켜 버린 것처럼 여긴다.

갓난 딸을 가슴에 안고 조그맣고 동그란 얼굴을 들여다보는 순간, 매 사나이는 단숨에 빠져들 것만 같은 깊은 사랑을 느꼈다. 그 새로운 사랑이 조금 두렵기까지 했다. 밤 노래에게 느끼는 사랑의 감정과는 다른, 더하고 덜한 차원이 아니라 그저 다른, 지켜 주고 싶고 조심스러워지는 사랑이었다.

아버지가 들여다보자, 딸아이는 새까만 눈을 가늘게 뜨고 쳐다보았다. 그러고는 매 사나이가 평생 잊지 못할 행동을 했다. 딸은 가냘픈 팔을 들더니, 자두만 한 주먹에서 손가락을 펴 아버지의 턱을 만졌다. 어찌나 진지한 표정이었는지, 매 사나이는 아기가 자신에게 하고 싶은 이야기가 있는 거라고 확신했다. 대체 무슨 이야기인지가 궁금할 따름이었다. 그저 아기의 가냘픈 손가락에 입을 맞추고 빙그레 웃는 일밖에, 달리 할 일이 없었다.

52

밤 노래도 어린 딸을 사랑했다. 밤 노래는 아기를 턱밑까지 바짝 끌어당겨 안고, 보들보들 보드라운 아기의 머리카락에 얼굴을 비볐다. 아기 냄새를 흠뻑 들이마셨다. 손가락으로 아기의 살갗을 고루고루 어루만졌다. 밤 노래는 아기의 머리에 수없이 뽀뽀를 퍼부었다.

마을 사람들은 낯선 존재인 밤 노래를 반갑게 대해 주었다. 캐도 부족에 대해서 아는 이라면, 그 사람들이 뛰어난 도공이라는 사실도 알게 된다. 밤 노래도 이내 도자기 만드는 기술을 익혔다. 딸이 잠든 사이, 밤 노래는 멋진 그릇들을 만들었다. 씨앗과 견과류, 옥수수를 담는 그릇, 물 담는 그릇, 가재를 담는 그릇, 드넓은 초원에서 자라는 까만 나무딸기즙을 담는 그릇 따위였다. 심지어는 장례식에 쓰는 항아리도 만들었다. 죽은 사람을 저승으로 떠나보낼 때, 먼저 가서 기다리고 있는 친척들에게 선물로 줄 음식이나 물을 담아서 함께 보내는 항아리였다.

그런 항아리 위에 밤 노래는 늘 벌새를 그려 넣었다. 잘 알려졌다시피, 그때도 사람들은 벌새가 죽은 이를 저승에 데려다 주고 다시 돌아온다고 생각했다. 밤 노래도 그걸 알고 있었다. 마을 사람들도 알았다. 그리고 나무들도 알고 있었다.

할머니가 갇혀 있는 항아리의 옆구리에서, 벌새 그림은 찾아볼 수 없다. 그 항아리에는 벌새 그림이 없다.

53

레인저만 아니라면, 사빈은 어둠이 내려와 온 집을 뒤덮을 때까지 기다렸다가, 마당 너머 어둠 속에서 노랗게 눈을 반짝이는 존재들이 있는 숲 속으로 떠났을 것이다. 그 숲에 누가 있는지, 누가 그렇게 노란빛을 뿜으며 눈을 깜박이는지 사빈은 몰랐다. 어쩌면 그저 개똥벌레, 숲 가장자리를 떠다니는 개똥벌레일 수도 있었다. 사빈은 그 불빛을 유령들이 희미한 등불을 켰다, 껐다, 되풀이하는 거라고 여길지도 모르지만, 알고 보면 단순한 존재들일 수도 있다. 이 숲에는 유령이 득시글거렸다. 아니, 그렇다는 이야기들이 떠돌았다. 사빈은 옛날 유령 이야기를 전해 듣지는 않았다. 사빈은 유령들이 따로따로 혼자 지내는 줄 알고 있었다.

반짝이는 빛들을 보면서 사빈은 그 눈빛의 주인이 자기가 아는 존재이기를, 개똥벌레나 유령이 아니라, 그저 솔숲에 사는 다른 짐승들, 지저분한 마당가에도 자주 나타나는 너구리나 여우, 토끼 같은 야행성 동물이기를 바랐다. 그리고 그

동물들과 함께 이 끔찍한 곳을 나가 멀리 떠나는 모습을 꿈꾸었다.

그렇지만 레인저를 두고 떠날 생각은 없었다. 언젠가는 사슬을 푸는 법을 알아내어, 둘이 함께 이 황량한 집과 소름 끼치는 집주인을 떠나서 뒤도 돌아보지 않을 작정이었다.

54

악어 동갈치 낯바닥도 유령에 대해 생각하고 있었다. 악어왕을 본 뒤부터, 사내는 자신이 유령의 장난에 홀린 게 아닌지 의심스러웠다. 정말로 삼십 미터짜리 악어를 보았던 걸까? 그런 생물이 존재하기나 하는 걸까? 잘못 본 걸지도 모른다는 의문이 마음속에서 꿈틀거렸다.

밤마다 사내는 낡은 배를 타고 타르틴 늪지대를 오르내리며 흐린 물 위로 노란 등유 랜턴 빛을 비추었다. 위스키 색깔처럼 흐린 물은 채 두 뼘 아래도 들여다보기 힘들었다. 암흑 속에 고운 모래가 장막처럼 드리워진 탓에 물속에 사는 생물들이 보이지 않았다.

그러나 따뜻한 불빛을 좋아하는 종류도 있었는데, 특히 모기와 나방이 몰려들었다. 조그만 갈색 박쥐가 불빛 안으로 날아 들어와서, 벌레를 낚아채는 일도 흔했다. 악어 동갈치 낯바닥은 벌레나 박쥐는 신경도 쓰지 않았다. 그저 손을 내저어서 쫓아 버리고 걸쭉한 흙탕물 속을 들여다볼 뿐이었다.

그 짐승은 대체 어디 있을까?

오래전 사슴을 쏘았던 소년과 지금의 악어 동갈치 낯바닥은 다른 사람이다. 서툰 사격 솜씨는 옛날 이야기였고, 이제 사내는 명사수다. 닥치는 대로 짐승들을 잡아서 가죽을 벗겼고, 심지어는 뱀 가죽까지 벗겼다. 사내의 포악한 손아귀에서 살아 도망친 건 살쾡이 한 마리뿐인데, 그것도 개가 잘못해서 벌어진 일이었다. 사내의 실수는 아니었다.

그런데 악어가 싸움을 걸었다. 악어라는 짐승만 사내에게 도전하고, 머리싸움을 시도하고, 경쟁한 만큼의 대가를 주었다. 다른 짐승들은 사내의 교활한 꾀와 라이플총 사격 솜씨를 당해 내지 못했다. 그런데 악어라면 이야기가 다르다. 사납고도 냉정한 동물이었다. 상대할 가치가 있는 대상이었다.

게다가 악어는 최고의 돈벌이 수단이기도 했다. 악어 뱃가죽은 뉴욕과 런던에서 잘사는 여자들이 좋아하는 지갑이 되고, 질척질척한 숲에는 좀처럼 발을 들이지 않고 비단 양말만 신는 남자들이 좋아하는 부드럽고 나긋나긋한 신발이 된다. 고급스러운 책상 앞에 앉아서 자동차가 즐비한 도로를 내다보는 높은 관료들의 서류 가방이 된다. 악어는 금이나 마찬가지였다.

악어 동갈치 낯바닥은 금에는 별 관심이 없었다. 금보다 더 큰 것에 흥미를 느꼈다. 인간들의 얼굴을 보는 것, 사내가 한적한 길에 있는 선술집 문을 열고 들어갈 때마다 고개를 돌려 버리는 그 인간들의 얼굴을 보는 데 목적이 있었다. 서로 잘났다고 떠들어 대는 인간들과, 그 인간들의 이야기에 관심이 있었다.

얼굴들. 사내는 코웃음을 쳤다. 삼십 미터짜리 악어가죽을 보면 그 인간들의 얼굴은 사내보다 더 흉하게 일그러질 거다. 보나 마나 충격과 놀라움에 빠져서 입술을 꼴사납게 비틀어 올릴 거다. 탐욕과 질투는 언제나 인간을 추하게 만드는 법이니까.

'그래.'

사내는 생각했다. 그건 금보다 더 큰 가치가 있는 일이다.

사내는 술병을 깊이 기울였다. 따뜻한 액체가 목을 타고 배 속으로 흘러드는 게 느껴졌다. 사내는 악어가 거기 있다는 걸 알았다. 악어를 느낄 수 있었다. 자신이 비추는 불빛 아래에, 그 늙은 생물이 숨어 있다는 사실을 느낄 수 있었다.

사내는 목소리를 낮게 깔고 말했다.

"너를 찾아내고 말 테다. 그때를 기다려라."

삼십 미터 아래에서 악어 왕이 빙그레 웃음을 지었다. 그러자 수많은 거품이 수면으로 떠오르며 배를 뒤흔들었다. 악어 동갈치 낮바닥은 급히 배 난간을 붙잡았다. 그리고 곁눈으로 물속을 살폈다.

사내가 뱃머리에 걸어 둔 랜턴을 봤다면, 바로 그 불빛 안에 벌새가 떠 있는 모습을 보았을 거다. 틀림없이 보았을 거다. 그리고 배가 흔들릴 때보다 더 크게 놀랐을 거다. 대체 언제부터 밤에 벌새가 날아다니고 있었을까?

배 아래에 커다란 녀석이 있었다. 사내는 그걸 확신했다. 사내는 다시 술을 한 모금 삼켰다.

55

퍽.

가렵고.

절망스럽고.

배고프고.

슬프고.

"딸꾹!"

이보다 더 나쁜 상황이 있을까? 더 나쁜 게 있다면, 벼룩이 오른쪽 귀 끝을 물어뜯는다는 거였다. 퍽은 뒷발로 귀를 긁어 댔다.

가려움과 절망감, 슬픔, 딸꾹질은 도저히 멈출 것 같지 않았다. 하지만 허기는 어떻게든 달랠 수 있을 것 같았다. 퍽은 조그만 굴 밖으로 발을 내밀고 밖을 내다보았다. 길고도 외로운 밤이 지나갔다. 태양이 막 솟아오르는 참이었다. 아아, 태양. 잠시 퍽은 황금빛 태양을 떠올렸다. 그 따스한 기운에 몸을 맡긴 순간을 떠올렸다.

하지만 제 발로 걸어 들어간 덫이 퍼뜩 생각났다. 퍽은 나뭇가지 사이로 쏟아져 내리는 햇살을 내다보았다. 어떻게 이 아름다운 빛이 그토록 위험해질 수 있을까?

'마루 밑에 있어라. 마루 밑에 있으면 안전하단다.'

퍽은 다시 어두운 굴속으로 들어갔다.

두려움이 온몸을 휘감았다. 태양의 손짓은 정말이지 거부하기 힘들었다. 바로 그때처럼 말이다. 온통 환하고 따뜻했다. 더할 수 없이 포근했다. 하지만 태양은 퍽을 배신하지 않았던가? 안전한 장소에서 꾀어내어 곧장 덫에 걸리게 만들지 않았던가?

문득 마음속에서 새로운 감정이 끓어올랐다. 분노!

마음 깊은 곳에서…… .

"크르르르르!"

또 한 번 치밀었다.

"크르르르르!"

그렇게 으르렁거리고 났더니 기분이 한결 나아졌다.

문득 할 일이 떠올랐다. 태양을 겁먹게 만드는 일! 퍽은 깊이 숨을 들이마신 다음, 힘껏 사나운 소리를 내질렀다.

"크르르르르르르!"

등줄기의 털이 한꺼번에 곤두섰다. 퍽은 다시 굴 입구를 돌아보았다. 태양은 그대로였다. 여전히 부드러운 햇살을 던지며, 주위를 에워싼 나무들을 따뜻하게 비추었다. 어떻게 하면 진흙 범벅 새끼 고양이가 태양을 겁줄 수 있을까? 퍽은 먼지 더미 위에 털썩 주저앉아서 힐끗, 바깥을 내다보았다. 사빈이 비웃는 소리가 들리는 것 같았다. 사빈. 누이는 어디에 있을까? 레인저는?

퍽은 숨을 깊이 들이마셨다.

그리고 또 한 번.

어라? 으르렁거리고 났더니 딸꾹질이 멈춘 것 같았다. 순간이지만, 퍽은 스스로 대견한 마음이 들었다. 적어도 딸꾹질은 이긴 셈이었다. 퍽은 일어나 앉아서 몸을 살짝 펴고 다시 한 번 숨을 들이마시며 확인했다. 딸꾹질은 안 나왔다. 그렇지만 만족스러운 순간은 잠깐이었다. 배 속은 아직도 쑤셨다. 그리고 말라붙은 진흙만큼이나 목이 말랐다.

퍽은 한참 그 자리에 누워 있었다. 누워 있는 동안, 햇빛은 점점 더 환해지고, 배 속은 점점 더 비어 갔다. 배가 고파서 어지러워지기 시작했다. 퍽은 이제 굴에서 나가 먹이를 찾아야 한다는 걸, 다시 어두워질 때까지 기다리고만 있을 수는 없다는 걸 알아챘다.

퍽은 있는 용기 없는 용기를 다 끌어모아서 바깥으로 발을 내디뎠다. 햇빛이 온몸 구석구석으로 쏟아졌다. 진흙이 엉겨 붙은 털가죽에도 스며들었다. 어쩌면 태양은, 이 따뜻한 금빛 태양은 그리 나쁜 녀석이 아닌 것도 같았다. 퍽은 태양한테 으르렁거린 게 좀 미안해졌다. 퍽은 다시 숨을 들이마셨다. 딸꾹질은 안 나왔다. 그걸 보면 으르렁거리기를 잘 한 것 같았다.

굴 밖으로 나오니, 낯선 소리가 귓속을 파고들었다. 기울어진 집 마루 밑에서 살 때에는, 친근한 소리만 들렸다. 사빈이 가르랑거리는 소리, 어미의 목소리, 위에서 쿵쾅거리는 사내의 무거운 발소리, 낡은 자동차 엔진이 부르릉거리는 소리, 레인저가 짖는 소리.

레인저는 어디 있을까? 왜 짖지 않을까? 퍽이 마루 밑으로 돌아가도록 이끌어 줄 레인저의 목소리는 어디 있을까? 퍽은 레인저의 목소리를 들으려고 두 귀를 쫑긋 세웠다. 자신이 거기서 얼마나 떨어진 곳에 있는지, 심지어는 어느 쪽으로 귀를 기울여야 하는지도 몰랐다. 그렇지만 레인저는 틀림없이 퍽을 소리쳐 부르고 있을 것이다. 그렇지 않을까?

퍽은 아주 조용히 앉아 있었다. 새로운 소리들이 귀에 들어찼다. 삐삐 찌르르르, 지지배배 끽끽, 모두 숲에서 흔히 나는 소리들이었다. 어미는 그 소리, 새와 곤충 그리고 다람쥐가 내는 소리에 대해서 퍽에게 이야기해 주었다.

퍽은 계속 듣고 있었다. 그런데 뭔가 다른…… 바람 소리일까? 나무를 흔드는 바람 소리일까? 위를 쳐다보았지만, 나무는 흔들림 없이 잠잠했다. 퍽은 소리가 나는 쪽으로 고개를 돌렸다. 저게 뭘까? 퍽은 그쪽으로 걸음을 옮겼다. 그리고 자리에 얼어붙었다.

냇물이었다. 맙소사! 몇 걸음도 안 떨어진 곳에 냇물이 흐르고 있었다. 진흙이 엉겨붙은 등줄기를 타고 바르르 전율이 일었다.

싸워야 할 적은 태양이 아니었다. 적은 물이었다! 퍽은 온 힘을 다해 냇가에서 도망치려고 했다. 그런데 다음 순간 멈춰 섰다.

냇물!

냇물이 답이었다. 어쩐지 집으로 돌아가는 길은 냇물과 관련이 있을 것 같았다.

집. 퍽은 가냘픈 어깨 너머로 어두운 굴을 바라보았다. 안전하고 보송보송한 곳이었다. 혼자 자기에 너무 넉넉한 공간이었다. 그리고 기울어진 집과 달리 상큼한 냄새가 풍겼다. 하지만 거기에는 어미가 없다. 레인저가 없다. 사빈도 없다.

퍽은 발간 네 발을 조심조심 내디뎠다. 빛줄기 속으로 걸어갔다. 냇가로 더 가까이 다가갔다. 바로 밑에 짠맛이 나는 작은 슬픔이 굽이쳐 흐르고 있었다. 퍽은 냇물 건너편을 바라보았다. 해가 비치는 둑 위에서 보니, 건너편은 어둡고 불친절하게 느껴졌다. 사빈과 레인저가 그 너머에 있었다. 어떻게 아는지는 퍽도 설명할 수 없었다. 그냥 알았으니까.

'돌아가라. 돌아가라. 돌아가라.'

배 속이 꿈틀거렸다.

'가서 사슬을 끊어야 한다.'

퍽은 두 눈을 감고 아래쪽에서 흘러가는 물소리를 들었다.

'돌아가겠다고 약속해라.'

늙은 나무 밑 깊은 땅속에서, 할머니가 기다란 몸 밑으로 고개를 수그렸다.

'아아, 약속.'

할머니는 약속에 대해 알고 있었다.

스으으읏…… .

오래전 할머니도 약속을 하나 했다. 할머니는 항아리 속을 맴돌았다. 약속이라는 것을 되뇌었다. 할머니는 약속에 대해서 알고 있었다. 약속에는 늘 대가가 따른다는 걸.

56

나무들과 함께 과거로 가 보자. 천 년 전, 작은 슬픔 냇가 건너편 숲, 숲에서 가장 울창하고 빽빽한 곳, 군데군데 작은 늪지대가 펼쳐진 곳으로 가 보자. 그곳으로 가서 모카신 할머니를, 날이 가고 해가 갈수록 부글부글 분노로 들끓는 할머니를 보자. 밤 노래가 매 사나이를 따라 떠난 뒤, 할머니의 독은 몸통 둘레만큼이나 많아졌다. 할머니는 해가 갈수록 커졌다. 입 속의 독은 더 독해졌다. 마침내 매 사나이가 밤 노래를 빼앗아 간 운명의 순간으로부터 십 년이 지난 어느 날, 할머니는 마침내 결심을, 끔찍했던 십 년 동안 키워 온 결심을 굳혔다.

할머니는 큰 소리로 외쳤다.

"이제 기다릴 만큼 기다렸다."

가장 큰 늪지대 기슭에 있는 울퉁불퉁한 삼나무 가지 위에서, 할머니가 하나밖에 없는 친구, 악어에게 소리쳐 말했다.

"친구여, 때가 왔네."

흐린 늪지대의 물 위로 악어가 떠올라서, 노란 두 눈을, 태양처럼 노란 두 눈을 끔벅였다. 악어 왕은 진지한 눈길로 할머니에게 말했다.

"신중해야 합니다."

할머니가 되받았다.

"신중하고말고."

할머니는 밤 노래를 다시 곁으로 불러들일 계획을 여러 차례에 걸쳐서 말해 왔다. 할머니는 둘이서 함께 나뭇가지를 타고 오르고, 물속 동굴을 탐험하고, 가재와 메기를 잡아먹고, 군데군데 질퍽거리는 따뜻한 숲 바닥에서 햇볕을 쪼이는 꿈을 꾸었다. 그런 꿈을 하도 자주 꾸어서 실제로 이루어진 것 같은 착각이 들 지경이었다. 착각이라는 게 아쉬운 듯, 할머니는 아래턱을 따라 긴 혀를 날름거렸다.

악어 왕이 힘주어 말했다.

"한번 일이 벌어지면 돌이킬 수 없소."

할머니가 쉿, 소리를 냈다.

"스으으읏! 돌이킬 수 없다는 건 잘 알고 있어."

두말할 나위 없이 잘 알고 있었다. 밤 노래가 뱀의 형상으로 돌아오면, 다시는 인간의 살갗을 입을 수 없다는 사실을 할머니는 잘 알고 있었다. 그건 모카신 할머니 마음에 쏙 드는 규칙이었다.

악어 왕이 물었다.

"밤 노래도 알고 있소?"

할머니는 그 질문에 대답하지 않았다. 중요한 건 딱 하나, 딸을 다시 곁으로 데려오는 거였다. 그게 다였다.

악어 왕이 쳐다보았지만, 할머니는 고개를 돌려 버렸다.

악어 왕이 다시 입을 열었다.

"그 아이가 선택하기 전에 반드시 알려 줘야 합니다."

할머니가 대답했다.

"알아들었어. 적당한 때가 되면 말해 주도록 하지."

그 말을 끝으로, 할머니는 삼나무를 타고 내려와 숲 건너편으로 나아가기 시작했다.

스르륵, 미끄러져 가는 할머니의 귀에 악어 왕이 외치는 소리가 들려왔다.

"그 아이가 선택하기 전에, 먼저 이야기해 주겠다고 약속하시오."

말을 마친 악어는 두 눈을 감고 늪 바닥으로 가라앉았다.

할머니가 속삭이듯 중얼거렸다.

"약속하지."

그렇지만 아무도, 심지어 나무들조차 그 말을 믿지 않았다.

57

굶주린 고양이가 어떻게 약속을 지킬 수 있을까? 좋은 점이 있다면, 고양이는 타고난 사냥꾼이라는 사실이다. 억센 뒷다리는 펄쩍 뛰어오르는 데 제격이다. 날카로운 발톱은 후려치는 도구다. 그리고 뾰족한 이빨은 덥석 물어뜯기에 좋다. 그리고 이제 딸꾹질도 멈췄으므로, 퍽은 얼마든지 소리 없이 살금살금 추적을 할 수 있었다. 그렇게 훌륭한 도구와 재능을 갖췄으니, 퍽이 아침으로 먹을 먹이를 쫓는 데는 문제 될 게 없어 보였다.

어쨌든 퍽은 어미가 남매를 위해 집으로 가져온 도마뱀이며 생쥐를 사빈이 잡아먹는 광경을 지켜본 경험이 있었다.

그렇지 않은가?

퍽은 사냥 길에 올랐다.

아침 내내, 퍽은 생쥐와 도마뱀, 아무튼 움직이는 거라면 뭐든지 찾아서 킁킁거리고 다녔다. 하지만 몇 시간이 지나도록 퍽이 잡아먹은 건, 눈앞으로 뛰어든 귀뚜라미 두어 마리가 다였다. 느닷없이 뛰어오른 귀뚜라미 때문에 놀라기는 했지만, 또 그다지 만족스러운 먹이도 아니었지만, 퍽은 기꺼이 먹어 치웠다.

사실 문제는 이거였다. 퍽도 인정할 수밖에 없는 것이, 기울어진 집 마루 밑에서 사냥 연습을 할 때, 퍽의 몫까지 사빈이 더 열심히 쫓아다녔다는 거다.

퍽은 둘 가운데 누이가 더 훌륭한 사냥꾼이라는 걸 알고 있었다. 하지만 고양잇과 동물의 세계에서는 암컷이 사냥에 앞장 서는 경우가 흔하다는 걸 퍽은 몰랐다. 사빈은 암사자, 암호랑이, 암컷 스라소니 같은 선조의 피를 충실하게 따르는 존재였다.

사빈. 누이를 생각하니 또 다른 아픔이 밀려왔다. 이 모든 사태가 벌어지기 전에, 퍽은 한 번도 쌍둥이 누이 곁에서 멀리 떨어진 일이 없었다. 아픔이 머리 끝부터 꼬리 끝까지 한 줄로 꿰어 잡아당기는 것처럼 팽팽하게 커졌다. 흔히들 쌍둥이를 묶어 주는 연결 고리는 다른 형제자매들보다 더 단단하다고 말한다. 그런 쌍둥이들은 늘 붙어 지내다시피 하기 때문에 상대의 생각을 읽을 수 있고, 서로의 심장은 일 초의 오차도 없이 동시에 뛰기 마련이다. 그리고 한쪽이 떨어져 나가면, 몹시 허전한 느낌에 휩싸인다. 가뜩이나 배고프고 온몸이 가려운 처지에 놓인 퍽은 더 허전했다.

상실감이 먹구름처럼 퍽을 뒤덮었다. 사빈을 잃은 상실감.

어미를 잃은 상실감. 레인저를 잃은 상실감. 아픔은 점점 더 커져 갔다.

퍽은 해가 비치는 곳을 찾아가 누웠다. 따뜻한 오후의 햇살이 살갗으로 스며드는 동안, 퍽은 어미가 작은 선물을 물고 집으로 돌아오던 날들을 떠올렸다. 그 선물이 지금은 아주 크게 느껴졌다. 퍽은 마음속 깊은 곳까지 더듬어 가며, 사빈이 낡은 생선 통발 뒤에 웅크리고 기다렸다가 조심성 없는 먹잇감이 지나가는 순간을 놓치지 않고 팔짝 뛰어나오던 모습을 떠올렸다. 퍽은 그 장면을 자꾸자꾸 되새겨 보았다.

햇볕 아래 누워서 기억을 더듬는 사이, 퍽은 갑자기 해가 사라지고 있다는 걸 알아챘다. 서늘한 그림자가 몸을 덮고 내려왔다. 오스스 한기가 일었다.

퍽은 자신을 에워싼 숲이 모두 숨을 멈춘 것처럼 적막해졌다는 걸 알아차렸다.

퍽은 태양이 어디로 움직였는지 알아보려는 듯 두리번거렸다. 금빛 햇살이 살짝 비추는 곳으로 걸어갔는데, 그마저도 닿자마자 사라져 버렸다. 태양이 장난을 치는 걸까? 으르렁거렸다고 화를 내는 걸까? 퍽은 다시 두리번거리다가 빛을 발견하고는 뒷다리를 굽혀서…… 펄쩍 뛰었다!

어마어마하게 큰 새가 퍽을 낚아채려는 순간, 아슬아슬하게 피한 거였다! 으악! 퍽은 온 힘을 다해서 안전한 굴속으로 달리고, 달리고, 또 달렸다.

'마루 밑에 있으면 안전하단다.'

새가 바짝 뒤를 쫓아 날아왔다. 거대한 날개가 펄럭거리며 일으키는 바람이 등 뒤로 느껴졌다. 퍽은 굴속으로 미끄러져 들어갔다. 그리고 고개를 돌리는 순간 이글이글 불타는 눈빛으로 굴을 들여다보는 큰 새와 마주쳤다.

퍽은 숨을 깊이 들이마신 다음…… 한껏 사나운 소리를 내뱉었다.

"이이이야아아옹!"

놀랍게도 효과가 있었다. 새가 날아가 버렸다.

숲에는 육식성 새가 많았다. 올빼미, 송골매, 붉은꼬리매 그리고 왜가리며 두루미 같은 다리 긴 물새들도 있었다. 퍽은 자신을 쫓아온 새가 어떤 새인지 알 수 없었다.

퍽이 아는 거라고는 큰 새였다는 사실뿐이었다. 퍽은 굴 입구에서 가장 멀리 떨어진 안쪽으로 깊이, 깊이, 더 깊이 웅크리고 들어갔다. 그곳에서 몸을 공처럼 동그랗게 말고 쪼그려 앉은 채, 한참 동안이나 숨을 헐떡였다.

사빈이 생선 통발 뒤에서 도마뱀을 기다리듯이, 새가 퍽을 기다리고 있을 줄 어찌 알 수 있을까? 새가 아직도 밖에 있을지 모른다. 퍽을 기다리면서. 그 생각을 하니 몸이 후들후들 떨렸다. 옆구리가 볼록볼록 들썩거렸다.

그렇지만 오래지 않아 잔뜩 웅크린 몸이 피곤해지기 시작했다. 다리가 뻣뻣하게 아파 왔다. 옆구리는 쑤시고 하도 숨을 몰아쉰 탓에 입이 바짝바짝 타들어 갔다. 그리고 다시 배가, 귀뚜라미를 잡아먹었다고는 하지만 여전히 텅 빈 배가 요란한 소리를 냈다. 언제까지나 암흑 속에서 웅크리고 있을 수는 없었다. 퍽은 일어나서 팽팽한 긴장감을 떨쳐 내려고 안간힘을 썼다. 조만간 밖으로 나가지 않으면 이 작고 어두운 곳에서 죽을 것 같았다. 퍽은 천천히 아픈 옆구리를 잡아 펴고 입구 쪽으로 살금살금 다가갔다. 거기서, 고개를 살짝 내밀고 조심조심 앞, 뒤, 위, 아래를 모두 살폈다. 날은 저물었고, 숲에는 어둠이 들어찼다. 새의 기척은 없었다. 퍽은 수염을 꼿꼿이 세우고 발을 내디뎠다. 그리고 공기 냄새를 킁킁 맡았다.

새 냄새는 안 났다.

생쥐 냄새가 났다.

거기, 굴 바로 앞, 퍽의 눈앞에, 갓 죽은 생쥐 한 마리가 있었다. 퍽이 한껏 소리를 지르자, 새가 깜짝 놀라서 생쥐를 떨어뜨린 게 틀림없었다.

생쥐가 벌써 죽었다는 건 알았지만, 퍽은 확실히 하기 위해서 녀석을 다시 한 번 죽이기로 했다. 퍽은 사빈이라면 어떻게 했을지 생각했다. 그래서 진흙이 엉겨 붙은 털을 잔뜩 곤두세우고, 등은 활처럼 구부린 다음, 네 발로 생명이 꺼진 생쥐 사체를 덥석 움켜잡았다.

그리고 생쥐를 이쪽저쪽으로 툭툭 치다가 높이 던졌다. 그런 다음 강력한 발톱으로 후려쳐서 날카로운 이빨로 콱, 깨물었다. 마침내 퍽은 빈틈없이 완벽하게 죽였다는 만족감을 느끼며, 생쥐 꼬리를 물고 굴속으로 들어가서 먹고, 먹고, 또 먹었다. 그렇게 맛있는 생쥐는 처음이었다. 퍽은 살점 하나 남기지 않고, 털과 뼈까지 다 먹고, 꼬리 끝만 조금 남겼다. 트림을 한 번 한 다음 남은 꼬리마저 해치웠다. 생쥐를 먹으며 퍽은 누이를, 사냥꾼을 떠올렸다. 누이는 오늘 밤 무엇을 먹고 있을까? 누이가 어미 대신 안전한 마루 밑에서 나가 먹이를 사냥하고 있을까? 퍽은 입가를 핥았다. 아주 맛좋은 생쥐였다. 퍽은 사빈도 이렇게 맛있는 먹이를 먹었으면 좋겠다고 생각했다. 할 수만 있다면 둘도 없는 누이동생과 이 맛좋은 생쥐를 나누고 싶었다. 누이한테는 기꺼이 더 큰 몫을 건넬 것이다. 기꺼이. 만족스럽게 배를 채운 퍽은 동그랗게 몸을 말고 단잠에 빠졌다.

굴 가까이에 있는 느릅나무 가지 위에서는, 쓸쓸한 새 한 마리가 어둠 속에서 까만 눈을 이글이글 불태우고 있었다. 그러다가 이윽고 구릿빛 날개를 활짝 펴고 날아가 버렸다.

58

천 년 전으로 돌아가 보자. 매 사나이와 밤 노래가 냇가 마을에서 사는 동안, 세월은 빠르게 흘러갔다. 매 사나이는 다른 사람의 말을 잘 들어 주는 재능, 나날이 깊어지는 지혜, 폭풍우가 닥칠 때나 들소가 이동하는 시기를 알아맞히는 능력으로, 마을에서 원로 대접을 받기에 이르렀다. 사람들은 매 사나이를 찾아와서 도움말을 청하며 우정을 쌓아 갔다.

부족 사람은 아니었지만, 다들 매 사나이를 좋아했다. 밤 노래는 가사 없이 부르는 신비한 노래와 더불어 아름다운 항아리를 빚는 솜씨로 널리 이름을 떨치기 시작했다. 특히 아이들은 자장가 삼아 밤 노래의 노래를 듣는 걸 좋아했다.

매 사나이와 밤 노래는 함께 딸이 자라는 모습을 지켜보았다. 자라면서 딸은 아버지처럼 키가 크고, 어머니처럼 멋진 용모를 갖춰 갔다. 딸은 마을에 사는 여느 아이들과 다른 점이 거의 없었다. 딱 한 가지만 빼고 거의.

직각으로 내리쬐이는 햇빛을 받으면 딸의 살갗은 희미하

게 빛을 냈다.

딸아이의 열 번째 생일이 다가오자, 밤 노래는 딸아이를 위해 특별한 항아리를 만들기로 마음먹었다.

밤 노래는 남편에게 말했다.

"우리 딸은 곧 아가씨가 될 거예요. 젊은 아가씨는 자기 항아리가 필요한 법이죠."

크고 멋진 항아리를 만들 생각이었다. 딸기며 견과류, 가재를 담을 항아리, 옥수수와 물을 담을 항아리였다. 소중한 딸에게 딱 들어맞는 소중한 항아리가 될 것이다.

이튿날, 밤 노래는 냇가로 걸어가서 걸쭉한 황토를 모아 통에 담았다. 그런 다음 손바닥으로 황토를 반죽하여 길게 사리고, 둥글게, 둥글게 감아서 항아리 형태를 만들었다. 그리고 손가락을 물에 적셔서 표면이 매끄러워질 때까지 안팎으로 골고루 문질렀다. 항아리 표면이 만족스러울 만큼 매끄러워지자, 테두리 근처를 엄지손톱으로 꾹 눌렀다. 그러고는 싱긋 웃음을 지었다. 완벽한 초승달 무늬가 찍혀 나왔다. 밤 노래는 딸을 떠올리며 웃었다. 갓 생겨난 달. 새로 밝은 한 해. 밤 노래는 손가락으로 조그만 달을 어루만졌다. 그리고 엄지손톱으로 꾹꾹, 조그만 초승달 무늬를 만들어 나갔다. 항아리 윗부분에 소용돌이처럼 빙 둘러 가며 초승달 무늬 백 개를 눌러 새겼다. 초승달 백 개. 무늬를 다 새긴 뒤, 밤 노래는 항아리를 평평한 바위 위에 올려놓고 햇빛에 말렸다.

해가 지기 시작하자 밤 노래는 매 사나이에게 말했다.

"불을 지펴야겠어요."

둘은 함께 가마에 지필 나무를 모으고, 부싯돌로 불꽃을 일으킨 다음, 불이 활, 활, 활, 타오르기를 기다렸다. 둘은 흙으로 빚은 항아리를 가마에 앉히고 기다렸다. 타오르는 불꽃에 항아리 안팎이 물샐틈없이 단단하게 구워질 때까지 기다렸다.

불길은 점점 뜨거워졌고 항아리는 점점 단단해졌다. 시간이 흐르고, 마침내 불꽃이 희미하게 잦아들다가 꺼졌다. 충분히 식힌 다음, 밤 노래는 항아리를 가마 밖으로 꺼내서 두 손으로 빙글빙글 돌려 보았다. 크고 묵직한 항아리였다. 밤 노래는 항아리를 어깨 위로 들어 올려 무게를 가늠하고, 매끄러운 표면에 귀를 대 보았다. 그런 다음 바닥에 내려놓고, 조개껍데기로 초승달 무늬 아래, 널찍한 항아리 표면에 그림을 새기기 시작했다.

밤 노래는 두 눈을 감고 손이 가는 대로, 손이 알아서 항아리 둘레에 그림을 새겨 넣도록 맡겨 두었다. 몇 시간이 흘렀다. 밤 노래의 손은 멈추지 않았다.

뱀의 형상으로 더 오래 살았던 밤 노래는, 스스로 알아서 움직이는 힘이 있는 듯한 손과 손가락을 신비하게 여겼다. 여전히 두 눈을 감은 채 밤 노래는 싱긋 웃었다. 손과 손가락은 계속 할 일을 알아서 하고 있었다. 시간이 더 흐르고, 마침내 커다란 항아리를 지탱하던 팔이 저려 왔다. 조개껍데기로 단단한 표면을 세게 누르다 보니, 손가락도 얼얼했다.

드디어 눈을 뜬 순간, 밤 노래는 두 눈을 의심했다. 항아리에 새긴 선들이 서로 오르내리고 감싸며 몸통 모양 하나를 이루고 있었다.

밤 노래는 큰 소리로 외쳤다.

"어머니!"

밤 노래는 주춤주춤 물러서다가 뒤로 털썩 주저앉고 말았다. 항아리에 새겨진 그림은, 길게 구불거리는 몸통하며, 외곽선과 함께 살아 움직이는 뚜렷한 마름모꼴 비늘하며, 틀림없는 뱀 형상이었다. 뱀이 초승달 백 개 아래에서 헤엄을 치고 있었다.

매 사나이가 소리쳤다.

"아름답구려."

정말로 아름다웠다.

그림을 보고 놀란 밤 노래가 더듬더듬 말했다.

"아름다워요."

밤 노래는 숨을 꿀꺽 삼키며 되풀이했다.

"아름다워요."

밤 노래의 눈에 간절한 열망의 빛이 어렸다. 항아리에 새겨진 그림은 어머니를, 자신이 지금의 딸보다 더 어렸을 때 돌봐 주었던 어머니를 그립게 하는 작은 불꽃이 되었다. 밤 노래는 고개를 가로저었다. 어머니는 어디 계실까, 그런 생각을 한걸까? 밤 노래는 어머니를 떠올리며 웃음을 지었다.

선물의 마무리로, 밤 노래는 뚜껑을, 항아리 테두리에 꼭 맞는 뚜껑을 만들었다. 안에 든 것이 새지 않도록 막아 주는 뚜껑. 밖에서 다른 것이 들어가지 않도록 막아 주는 뚜껑. 밤 노래가 마무리 손질을 하는 동안 매 사나이는 항아리를 잡아 주었다.

그 순간, 둘이 함께 항아리를, 딸의 열 번째 생일을 맞아 밤 노래가 만든 항아리를 보며 감탄하는 순간, 천 년 전의 바로 그 순간, 할머니가 움직이기 시작했다는 사실을 두 사람이 어찌 알 수 있을까?

59

새끼 고양이가 들어선 지역은, 솔숲에 사는 생물 가운데서도 '작은 동물 종'이 차지한 영역이었다. 큰 새와 맞닥뜨린 뒤, 며칠 동안 퍽은, 커다란 너구리 그리고 냄새가 아주 고약하고 시끄러운 멧돼지와도 맞닥뜨렸다. 두 번 다, 퍽은 크고 사나운 소리로 녀석들을 겁주었다.

"이이야아아아아아오오오옹!"

날카로운 외침은 공기를 가르며 퍼져 나갔다. 너구리도 멧돼지도 돌아서서 꽁무니를 뺐다. 두 녀석이 도망가며 뒤를 보았다면, 퍽 또한 반대편으로 내빼는 모습을 보았을 거다. 어쨌거나 새끼 고양이는 제 발톱과 이빨, 탄력 있는 다리, 날카로운 비명 소리가 다 쓸모 있는 무기가 될 수 있다는 걸 알아차렸다.

오래지 않아 퍽은 제가 가진 도구를 쓰는 법을 배웠다. 굴 가까운 곳에서 생쥐와 도마뱀을 몰아붙이기 좋은 장소도 알아냈다. 한번은 우연히 고개를 하늘로 빳빳이 쳐든 두더지와 마주치기도 했다. 그리고 마침내 용기를 끌어모아서 둑 아래 냇가로 내려가 깨끗한 물을 핥아 마시기에 이르렀다. 물은 짰지만, 그래도 마셨다. 물을 마신 다음에는, 기슭에 앉아서 굽이쳐 흘러가는 냇물을 바라보았다.

퍽은 굶주림과 갈증에서 벗어났다.

이제 퍽은 냇물을 건너야 한다. 레인저와 사빈이 냇물 건너에 있다. 퍽은 그럴 거라고 믿었다. 위에서, 둑 위에서는, 그리 넓어 보이지 않아서 힘차게 달리다가 뛰어오르면 냇물을 훌쩍 건널 수 있을 것 같다. 그런데 물가에서, 차가운 물이 발끝에 찰랑이는 물가에서, 온도는 낮고 바닥은 더 축축한 물가에서 바라보니, 건너편 땅은 또 다른 대륙처럼 멀고, 물은 드넓은 바다처럼 망망했다.

퍽은 건너편 둑을 쏘아보았다. 그 눈길 속으로, 조그만 무지개 같은 빛줄기 하나가, 물가에 떠 있는 게 들어왔다. 벌새였다!

퍽이 눈을 깜박인 사이, 벌새는 사라지고 없었다.

60

누구나 한 가지씩 가장 좋아하는 것이 있다. 하늘에게는 가장 좋아하는 혜성이 있다. 바람에게는 가장 좋아하는 협곡이 있다. 비에게는 가장 좋아하는 지붕이 있다. 그러면 나무에게는? 나무는 참으로 오래 살기에 가장 좋아하는 대상이 가끔 바뀐다. 왕솔나무나 뽕나무 또는 수양버들에게 물어보면 천 년 전에 자신들은 밤 노래를 찬미했다고 이야기할 거다. 그래, 밤 노래와 밤 노래가 부르는 아름다운 자장가를 찬미했다고 할 거다. 나무들은 밤 노래가 처음 나타난 순간부터 좋아했다.

밤 노래는 불가마 옆에 서서 자기가 만든 항아리를 뚫어져라 바라보았다. 밤 노래는 할머니를 수없이 생각했고, 그때마다 함께 보낸 오랜 시간들, 악어 등을 타고 흔들거리며 보낸 시간, 물속 동굴을 뒤져서 가재를 잡던 시간, 긴 몸으로 키 큰 나무를 휘감고 오르내렸던 시간들도 함께 떠올랐다. 밤 노래는 고개를 들어 하늘을 보았다. 손으로 차양을 만들어 나뭇잎 사이로 쏟아지는 환한 햇빛을 가렸다. 순간, 밤 노래는 나뭇가지들이 자신을 보고 손을 흔든다고 생각했다. 문득 날카롭고 강렬한 그리움이 칼날처럼 살갗을 꿰뚫었고, 밤 노래는 숨을 꿀꺽, 삼켰다.

십 년 내내, 밤 노래는 할머니를 그리워했다.

그렇지만 그리워질 때마다 애써 그 마음을 떨쳐 내려 했다. 그리움이 너무 커서 마음에 품기 힘들었기 때문이다. 그렇지만 지금 이 아름다운 항아리 표면에 할머니를 꼭 빼닮은 그림이 드러나자, 밤 노래는 곁에서 자신을 사랑해 주는 남편과 딸에 더하여 다른 얼굴 하나를 떠올렸다.

천 년 뒤, 새끼 고양이가 그때와 똑같은 냇가에 앉아서 물에 빠져 죽은 어미를 그리워하고 있다. 은빛 쌍둥이 누이를 그리워하고 있다. 다정한 사냥개를 그리워하고 있다. 그리움이 곳곳에 흐르고 있다.

61

기울어진 집 밑에서 레인저가 꿈틀거렸다. 밖은 캄캄했고, 들리는 거라고는 귀뚤귀뚤 귀뚜라미 우는 소리와 잠든 사빈이 이따금 가냘프게 가르랑거리는 소리뿐이었다. 레인저는 크고 축축한 혀로 사빈의 머리를 핥아 주었다. 레인저가 지켜보는 앞에서 사빈은 기지개를 켜고 몸을 뒤집었다. 그러다가 이내 다시 잠에 빠져들었다.

레인저는 일어나서 마당으로 살그머니 나갔다. 몇 해에 걸쳐 쌓인 깨진 병 조각이며 오래된 짐승 뼈다귀들로 마당은 지저분했다. 악어 동갈치 낯바닥은 라이플총으로 쏘아 잡은 짐승의 가죽은 벗겨서 현관에 널고 뼈다귀는 마당에 아무렇게나 던졌다. 레인저는 그 뼈다귀를 제 몫으로 알고 깨끗이 핥았다. 레인저는 혀를 날름거렸다.

오래전, 함께 사냥을 하고 돌아오면, 악어 동갈치 낯바닥이 갓 잡은 주머니쥐나 너구리 또는 늪토끼의 신선한 살코기를 던져 주어 실컷 먹을 수 있었다. 레인저는 숲에서 가장 뛰어난 사냥개였고, 악어 동갈치 낯바닥도 그 실력을 알고 있었다. 레인저는 귀한 사냥개의 혈통을 이어받은 자손이며, 은빛 사빈 강, 이 숲의 동쪽으로 흘러가는 넓은 은빛 강에서 자랐다. 레인저는 주인을 잘 따랐으며, 비버와 사슴 그리고 너구리를 앞장서서 찾아냈다. 한번은 희귀한 흑곰을 몰아붙이기도 했는데, 이 어두운 숲에 마지막으로 남은 녀석이었을 거다. 악어 동갈치 낯바닥은 상으로 바로 그 곰의 살을 저며서 던져 주었다.

사냥개가 멈칫거린 순간이 딱 한 번 있었다. 딱 한 번. 살쾡이 앞에서였다. 살쾡이는 사냥개 앞으로 똑바로 다가서서 쏘아보았다. 처음에 레인저는 자신이 왜 멈칫거리는지 모르고, 그저 살쾡이가 노란 눈을 들어서 쏘아본다는 사실만 알아차렸다. 레인저가 짖었지만, 살쾡이는 물러서지 않고 쏘아보았다. 레인저는 곧바로 뭔가를 눈치채고, 짖기를 멈추었다. 새끼. 새끼를 밴 살쾡이였다.

레인저는 고개를 숙였다. 그리고 길을 터 주었다. 살쾡이는 도망쳤다.

그 후로 레인저는 주인 손에 이끌려 사슬에 매인 신세가 되었고, 주인이 먹다 남은 찌꺼기나마 얻으면 다행인 처지가 되었다. 오래전 총탄이 박힌 다리가 화끈화끈 쑤셨다.

레인저는 사슬을 잡아당겼다. 아직도 목덜미가 아팠다. 그리고 악어 동갈치 낯바닥이 걷어찬 옆구리도 아팠다. 사슬이 팽팽해지며 털가죽을 파고들었다. 이 사슬, 이 녹슬고 낡은 사슬이 반경 육 미터 안에 레인저를 붙잡아 두고 있다.

삼색 고양이와 함께 지낼 때는 사슬에 묶인 걸 깜박 잊을 때가 많았다. 그런데 이제 레인저는 사슬을 잡아당기며 잃어버린 친구를, 둘도 없이 좋았던 친구를 떠올리고 있다. 그리고 퍽도 떠올린다. 아끼고 아끼는 그 사내 녀석을. 대체 둘은 어떻게 된 걸까?

기울어진 집을 에워싼 나무들, 이 늙은 사냥개를 오랫동안 지켜본 나무들, 사냥개가 부르는 구슬픈 노래를 사랑했던 나무들이 가지를 축 늘어뜨리며 한숨을 내쉬었다.

62

악어 동갈치 낯바닥은 처음에 개와 함께 지내는 게 좋았다. 개는 사빈 강 가까운 동쪽 어느 농장에서 훔쳐 왔다. 사내는 같이 지낼 친구가 생겨서 기뻤고, 사냥개는 사냥의 동반자로 같이 지낼 만한 가치를 입증해 주었다. 주인에게는 충성을 다하고, 야외로 나가서 자신들만의 축축한 왕국인 늪지대 숲을 마음껏 뛰어다니는 일을 즐거워했다. 숲 속에서 쓸쓸한 사내와 충성스러운 개는 둘도 없는 친구였다.

그러나 둘이서 살쾡이를 몰았던 그 밤이 닥쳐왔다. 개가 목청을 한껏 높여서 짖자, 악어 동갈치 낯바닥은 총 쏠 준비를 서둘렀다. 그런데 막 방아쇠를 당기는 순간, 어리석은 개가 총구 앞으로 뛰어들었고, 그 틈에 살쾡이는 사내의 시야에서 사라져 버렸다. 악어 동갈치 낯바닥은 살쾡이가 어둠 속에서 눈빛을 빛내며 이빨과 날카로운 발톱을 드러내던 그날 밤을 기억하고 있었다. 살쾡이는 도망치는 길에 날카로운 발톱으로 악어 동갈치 낯바닥의 다리를 할퀴었고, 그 탓에 사내는 종아리에 찌르는 듯 깊은 상처를 입었다. 악어 동갈치 낯바닥은 비명을 질렀다. 사냥개 앞다리에 총탄이 박힌 것쯤은 대수롭지도 않았다.

다른 사람이 그런 사고를 저질렀다면, 사냥개에게 몹시 미안해할 것이다. 그렇지만 악어 동갈치 낯바닥은 그런 사람이 아니다. 사내의 입장에서는, 자신이 겨눈 총구와 살쾡이 사이에 개가 끼어든 순간 개한테 배신을 당한 셈이었다.

그래서 그 멍청하고 괘씸한 개의 목에 사슬을 채워 말뚝에 묶어서 더러운 마당에 방치하는 것으로 본보기를 삼았다.

살아 있는 영혼을 믿지 마라.

믿지 마라.

63

지금은 냇가에 마을이 없지만, 천 년 전에는 있었다. 할머니는 둥근 오두막집들이 늘어선 마을 쪽으로 미끄러져 가며, 숨겨 온 분노를 억누르고 딸과 함께 보냈던 즐거운 시간에만 마음을 집중했다.

'아아아.'

할머니는 생각했다.

'곧 있으면 다시 그때처럼 좋은 시절이 올 거야.'

그런 생각을 하니 발길이 더 빨라졌다. 늙고 거대한 뱀은 있는 힘껏 속도를 냈다.

'머어어어어지않았어…….'

할머니는 쉿쉿, 중얼거렸다. 그 모습을 지켜보던 나무들은 몸을 떨었다.

한편, 마을에서는, 밤 노래가 자신을 보살펴 주고 길러 준 어머니에 대한 그리움이 가득한 눈으로 항아리 옆구리에 새긴 그림을 바라보고 있었다. 바로 그 어머니가 자신을 만나러 오고 있다는 사실을 어찌 알 수 있을까?

이튿날 아침, 밤 노래는 딸에게 항아리를 주었다. 지금까지 만든 그릇 가운데 가장 큰, 거대한 항아리였다. 거의 딸만큼 큰 항아리였다. 실제로 아이가 안에 들어가면, 턱밑까지 가려질 것 같았다.

딸아이가 가장 널찍한 옆구리 부분을 두 팔로 감싸니, 손가락 끝끼리 닿을락 말락 했다.

딸아이가 소리쳤다.

"와, 이렇게 아름다운 항아리는 처음 봐요."

그러더니 두 손으로 매끄러운 항아리 표면을 어루만졌다. 밤 노래는 딸아이가 손가락을 펴서 테두리 부분에 새겨진 초승달 백 개를 조심스럽게 만지는 모습을 지켜보았다. 딸아이가 모카신 할머니 형상을 만질 때에는 가만히 숨을 죽였다. 밤 노래는 딸아이가 선조 할머니의 몸통 윤곽이며 비늘을 만지는 사이 희미하게 빛을 발하기 시작했다고 확신했다. 갑자기 딸아이가 돌아서서 물었다.

"어디 계세요? 할머니는 어디 계시는 거예요?"

딸아이는 할머니에 대한 얘기를 겨우 몇 조각 주워들은 게 다였다. 할머니 얘기가 나오면 어머니가 슬퍼하는 것처럼 보였다. 그런데 오늘, 열 번째 생일을 맞은 오늘, 딸아이는 좀 더 알고 싶어졌다.

밤 노래는 한숨을 내쉬었다. 대답을 망설이다가, 빛을 내는 딸에게 얘기했다.

"할머니는 냇물이랑 나무들 그리고 늪지대가 품고 있는 온갖 비밀들을 다 알고 계신단다. 그 안에서 오래, 아주 오래 사셨거든."

딸아이는 골똘히 들었다. 그리고 물었다.

"근데 어디 계시는데요? 모카신 할머니는 어디 계세요?"

밤 노래는 멈칫거리다가, 다시 입을 열었다.

"냇물을 건너서 걸어가면 땅바닥이 푹신푹신한 곳이 나온단다. 발자국에 물이 차오르는 곳이야. 거기서 조금 더 가야 해. 그러면 물 한가운데에서 자라는 삼나무들이 나타나. 이끼가 장막처럼 치렁치렁 늘어져서 햇빛도 안 드는 곳이야. 땅이 이리저리 움직이기도 하고 흔들리기도 하는 곳인데, 거기 가면 할머니를 만날 수 있단다."

밤 노래는 아이가 늙은 뱀 그림을 톡톡 두드리는 모습을 바라보았다.

그러고는 무슨 까닭인지 설명할 수 없지만, 반짝반짝 빛을 내는 딸에게 이렇게 말했다.

"할머니처럼 숲을 잘 아는 분은 없어. 만약에 네가 길을 잃거나 도움이 필요한 일이 생기면 할머니가 도와주실 거야."

밤 노래는 마음속 깊이 그럴 거라고 믿었다. 그리고 저만치 떨어진 곳에서 항아리를 붙잡고 항아리 옆구리에 새긴 그림을 들여다보는 딸을 가만히 바라보았다.

여기 자신의 딸이 있었다. 심장의 소원으로 낳은 딸이었다. 자신과 매 사나이의 깊은 사랑에서 비롯된 딸이었다. 숲의 방식을 가르쳐 주고, 계절의 변화를 보여 주고, 수많은 이야기를 들려준 모카신 할머니를 저버리고 얻은 딸이었다.

바로 그 순간, 곁에 있는 딸아이를 보니 감사하는 마음이 물밀듯 밀려왔다.

밤 노래는 가만히 소곤거렸다.

"고마워."

나무와 별과 물과, 온 세상이, 반짝반짝 빛났다.

64

밤 노래가 어린 딸을 데리고 마음을 활짝 열고 있을 즈음, 할머니는 캐도 부족 마을에 다다랐다. 마을 건너편 냇가에 이르자, 뱀은 잠시 움직임을 멈췄다.

할머니는 숨을 가다듬었다. 인간의 몸을 지닌 밤 노래의 모습은 아직 못 봤지만, 어디서든지 곧바로 알아볼 자신이 있었다. 거기에 두 눈 사이가 넓은 여자가 있었다. 검다 못해 푸르게 보이는 머리카락을 지닌 여자가 있었다. 인간의 형상을 한 밤 노래는 아름다웠다.

할머니는 쉿 소리를 냈다. 스으으읏! 다른 인간의 얼굴 하나가 찌르는 듯한 아픔과 함께 떠올랐다. 자신이 마음을 주었던 남자, 오래전에 자신이 껴안았던 남자의 얼굴이었다. 그 남자도 자신을 버리고 떠났다. 그리고 이제 여기 밤 노래가, 십 년 동안 인간의 살갗을 입고, 인간 남자와 함께 지낸 밤 노래가 있었다.

'십 년.'

할머니는 생각했다. 십 년 내내, 할머니는 밤 노래가 돌아오기를 기다렸다. 이제 더는 기다릴 수가 없었다. 마음속에 분노가 혹처럼 단단하게 똬리를 틀었다. 할머니는 긴 꼬리를 들어서 철썩, 철썩 앞뒤로 내리쳤다.

당장 냇물을 건너가서 밤 노래를 몸으로 휘감아 물속으로 끌어들일 참이었다.

그런데 잠깐! 저건 뭐지? 생각지도 않았던 인간 하나가, 여자아이 하나가 있었다. 저 아이는 누구지?

맞은편 둑 위에서 밤 노래가 어린 여자아이를 껴안는 모습을 보며, 할머니는 눈을 끔벅거렸다. 아이는 희미한 빛을 내뿜고 있었다. 햇빛을 받은 아이의 살갗이 빨간색, 초록색, 파란색, 남색, 노란색으로 다채롭게 빛났다.

할머니가 중얼거렸다.

"딸이로군!"

할머니는 빙그레 웃었다. 아이의 빛나는 살갗에서, 오래된 피, 마법의 피, 고대의 혈통을 알아차렸다.

"딸내미야."

이 새로운 사실 앞에서 할머니는 잠시 행동을 멈추었다.

할머니는 밤 노래에게 뱀의 형상으로 돌아오라고 강요할 수 없다는 걸 알았다. 밤 노래가 스스로 선택해야 했다. 제가 알아서 기꺼이 돌아오게 해야 했다. 밤 노래가 자진해서 오지 않으면, 그때는 마음먹은 대로 거대한 몸으로 휘감아서 물속으로 끌어들이면 그뿐이었다. 이제 할머니는 밤 노래 곁에서 매 사나이뿐 아니라 딸아이까지 떼어 놓아야 하는 처지에 놓여 있었다.

문득 악어가 했던 말이 할머니 마음속에서 떠올랐다.

'밤 노래도 그 결과에 대해서 알고 있소? 뱀의 형상을 취하면, 이제 다시는 인간의 몸으로 돌아갈 수 없다는 걸 알고 있소? 그걸 알고 있는 거요?'

'흥.'

할머니는 생각했다. 밤 노래가 그 규칙을 알든 말든 상관없었다. 딱 한 가지, 할머니가 중요하게 여긴 것은, 십 년 내내 마음에 품은 문제는, 오로지 하나, 밤 노래를 돌아오게 하는 일이었으니까! 친구인 악어 왕에게 약속한 것 따위는 하나도 중요하지 않았다.

할머니에게 그 문제는 약속을 배신하는 차원이 아니라, 반드시 필요한 일을 하는 거였다. 딸을 되찾을 수만 있다면 무슨 일이든 할 생각이었다.

할머니는 다시 한 번 냇물 건너편을 바라보았다. 거기였다. 거기 밤 노래가 있었다. 여자아이가 있었다. 그리고 또 한 사람. 매 사나이가 있었다!

스으으으으읏!

65

세상은 일정한 형태로 이루어진다. 나무의 형태를 이루는 건 나이테다. 빗방울은 바싹 마른 흙바닥에 떨어질 때 형태를 보여 준다. 태양은 아침부터 저녁까지 궤도를 따라 움직인다. 퍽의 생활도 이내 어떤 형태를 이루기 시작했다.

아침이 밝으면, 퍽은 늙은 소나무 밑동에 있는 아늑한 굴에서 눈을 뜨고 여명의 첫 햇살이 굴 입구로 비쳐 들기를 기다렸다. 그러고는 잽싸게 냇가로 나가서 물을 마셨다.

아침 사냥을 마치면 햇빛이 드는 곳을 찾아가서 낮잠을 자고, 다시 사냥을 하고 또 낮잠을 잤다.

사냥. 낮잠. 사냥. 낮잠. 마침내 하루가 저물면, 퍽은 굴속으로 기어 들어가서 몸을 웅크리고 잠을 잤다.

그런 생활 형태는 확실히 마음을 가라앉혀 주었다. 저녁마다 퍽은 조그만 잠자리에서, 깊고 깊은 어둠이 포근히 감싸 주기를 기다렸다가 잠이 들었다. 퍽은 아침이면 믿음직한 태양이 잠을 깨워 준다는 걸 알았고, 저녁이면 충실한 어둠이 등을 토닥여서 잠들게 해 준다는 걸 알았다.

그러던 어느 날, 펵은 잠이 든 지 채 몇 시간도 지나지 않아, 뒤척이다가 놀라서 눈을 떴다. 굴 밖으로 빛줄기 하나가 나타난 거였다.

태양이 일찍 솟았나? 색깔을 바꿨나? 태양이 평소와 다른 시간에 뜨면, 빛의 색도 바뀌는 걸까? 그 빛줄기는 황금색이 아니라 은색이었다.

고양이라면 그게 달빛이라는 걸 알기 마련이지만, 이 고양이, 펵은 달이 제 주기에 따라 다른 형태를 보여 주는 밤 시간에 밖에 나간 적이 한 번도 없었다. 밤이 찾아들면 늘 기울어진 집 마루 밑 아니면 이 조그만 굴속에 웅크리고 있었다.

굴 입구를 비집고 안을 들여다보는 은은한 빛이 펵의 마음을 잡아끌었다. 대개는 놀라면 마음이 편치 않다. 그런데 이 이상한 빛은, 노란 햇빛과 다른 이 빛은, 어쩐지 마음을 끌었고, 펵은 그 빛이 전혀 두렵지 않다는 걸 알아차렸다. 펵은 자리에서 일어나 기지개를 켠 다음 밖으로 걸어 나갔다. 그리고 숨을 죽였다. 주위가 온통, 온 숲이 은빛으로 반짝이고 있었다. 펵은 위를 쳐다보았다. 나뭇가지 사이로, 은은한 빛을 내며 갓 차오르기 시작한 초승달이 보였다. 만약 펵이 제 모습을 볼 수 있다면, 제 이마 위에서 조그만 흰색 반점 하나가 빛나고 있다는 걸 알아차렸을 거다.

펵은 둑 옆으로 걸어가서 거세게 흘러가는 냇물을 내려다보았다. 조각조각 부서진 달빛이 물 위에서 춤추고 있었다. 심지어는 다른 날 같으면 너무 깜깜해서 보이지도 않던 건너편까지 달빛으로 가득 덮여 있었다.

한참 달빛을 보고 있는데, 시커먼 형상이 물기슭을 따라 움직이는 게 눈에 들어왔다. 온몸의 털이 바짝 곤두섰다. 퍽은 도망쳐야겠다고 생각했다. 재빨리 굴로 도망쳐야겠다고. 어떤 동물인지는 모르지만, 냇물 건너편에서 무언가 움직이고 있었다. 퍽은 다시 자리에 앉아서 지켜보았다.

시커먼 물체가 물가에 더 가까이 오자, 퍽은 그게 한 마리가 아니라, 두 마리, 아니, 세 마리라는 걸 알아챘다.

동물들이 물가로 더 가까이 다가오자, 환한 달빛에 그 모습이 드러났다. 주머니쥐! 틀림없었다. 퍽은 전에도 주머니쥐를 본 일이 있었다. 하마터면 제 이름이 주머니쥐가 될 뻔하지 않았나? 여기 커다란 주머니쥐 한 마리와 작은 녀석 두 마리, 어미와 새끼 두 마리가 있었다.

은은한 초승달 빛 아래서, 퍽은 주머니쥐 세 마리가 한데 모여 물을 마시는 모습을 지켜보았다. 그리고 새끼들이 장난치고 노는 동안 어미가 편안하게 앉아서 몸가축하는 걸 보았다. 새끼들이 서로 물을 튀기며 엎치락뒤치락하는 걸 보았다. 새끼들은 한참 동안 그렇게 놀다가, 이번에는 앞뒤로 쫓고 쫓기면서 둑을 오르내렸다. 그러고는 서로 엉겨서 한 덩어리가 되어 데굴데굴 굴렀다. 잠시 뒤, 두 녀석은 어미를 가운데 두고 커다랗게 원을 그리며 뱅글뱅글 맴돌았다. 마침내 몸가축을 끝낸 어미가, 새끼들을 불러 모으더니, 이번에는 새끼들의 털을 손질해 주기 시작했다. 퍽은 어미가 새끼의 온몸을 구석구석 핥아 주는 모습을 지켜보았다.

갑자기 진흙이 엉겨 붙은 제 털가죽이 가려워졌다. 퍽은 뒷다리로 귀 뒤를 긁었지만, 소용이 없었다. 퍽은 은빛 땅바닥에 나뒹굴었다. 지금 필요한 건 제 어미의 거칠거칠한 혀, 뒷목을 핥아 줄 누이의 혀, 몸을 깨끗이 씻어 줄 레인저의 축축한 혀였다.

퍽은 그게 필요했다.

퍽은 가족이 필요했다. 퍽은 은빛 물살을 내려다보았다. 어미가 떠나고 없다는 건 알고 있었다. 그렇지만 그 사실을 안다고 해서 떠나고 없는 어미의 필요성까지 없어지는 건 아니었다.

이번에는 고개를 들고, 먼 둑을 쳐다보았다. 어디에, 사빈과 레인저는 어디에 있을까? 둘은 퍽을 염려하고 있을까? 둘도 퍽을 그리워할까? 레인저는 왜 소리쳐 부르지 않을까? 왜 소리 높여서 서글픈 노래를 부르지 않을까? 레인저만 짖어 주면, 퍽은 둘을 찾아낼 수 있을 것 같았다.

냇물 건너편에서는 어미 주머니쥐가 소소한 일상을 마치고, 새끼 두 마리를 양옆으로 바짝 불러 모았다. 그러고는 셋이 함께 깊고 어두운 숲 속으로 돌아갔다. 퍽은 이 모습을 모두 지켜보았다.

그리고 거기 어디쯤, 냇물 건너편 숲 한가운데 어디쯤, 기울어진 집 밑에서 사빈이 걸어 나와 밤하늘을 쳐다보았다. 거기, 하늘에 뜬 초승달이 사빈의 눈에 들어왔다. 초승달이 짙푸른 하늘에 매달린 채 희미하게 빛나고 있었다.

'퍽.'

사빈은 생각했다. 초승달을 보니 퍽이 떠올랐다.

66

분노가 지닌 특유의 색조, 분노가 지닌 어두운 색조는 가늘고 허약한 것들을 모조리 뒤덮어 버린다.

천 년 전, 할머니가 분노에 사로잡히지만 않았다면, 냇물 건너편에서 밤 노래와 매 사나이 그리고 어린 딸이 서로 얼싸안고 서 있는 모습을 보며 조금은 다른, 단란함 비슷한 느낌을 받았을지도 모른다.

모카신 할머니보다 지혜로운 이라면 그 풍경에서 친근한 감동, 할머니가 손녀딸에게 으레 느끼는 친밀한 애정, 나무와 바람과 별만큼이나 유서 깊은 애정을 느꼈을 거다. 바로 그 순간 몸을 돌려, 딸이 행복하게 잘 지내고 있다는 만족감과 함께 늪지대에 있는 컴컴한 보금자리로 돌아갔을 거다. 세 식구가 행복하게 지내도록 남겨 두고 떠났을 거다. 세 식구가 화목하게 지내는 모습을 보고 크게 기뻐하며 조용히 작별 인사를 했을 거다. 그런 방법도 있었다.

할머니는 사랑을 택할 수도 있었다.

그렇지만 할머니는 사랑의 감정을 잊은 지 오래여서, 눈으로 보면서도 알아차리지 못했다. 그 대신 가족에게 둘러싸인 밤 노래를 본 순간, 오로지 허기, 딸을 혼자 차지하고 싶은 허기만 느꼈다.

할머니는 육중한 몸을 둘둘 말아서 똬리를 틀었다. 마치 종을 칠 순간을 기다리며 단단히 몸을 사린 시계태엽처럼.

마을 쪽 냇가에서는, 세 사람이 나란히 어깨를 겯고 모카신 할머니 눈앞에서 점점 멀어져 갔다.

할머니가 중얼거렸다.

"기다리마."

그리고 기다렸다. 할머니는 기다렸다.

이내 나무들 너머로 해가 졌다. 짙푸른 하늘이 나뭇가지와 나뭇잎 사이를 꽉 채웠다. 할머니는 마을에서 모닥불이 피어올라 활활 타오르고, 그 불꽃이 사위어 들 때까지 기다렸다. 잠들지 않은 나무들의 굵은 가지 사이로 별들이 고개를 내미는 동안에도 기다렸다. 기다리고 기다렸다. 십 년을 기다렸으므로, 잠시 더 기다리는 것쯤은 얼마든지 할 수 있었다. 할머니는 낮게 흥얼거리기 시작했다. 솜처럼 새하얀 입에서 새어 나오는 소리는 너무 낮아서, 낮은 소리에 민감한 붉은 늑대조차도 들을 수 없고, 느낄 수 없었다. 낮은 소리로 우는 황소개구리도 눈치채지 못했다. 오로지 뱀들만, 방울뱀, 산호뱀, 살모사 같은 뱀들만 할머니가 흥얼거리는 소리를 들었고, 그게 무슨 소리인지 알았다.

할머니는 숨을 깊게 들이마시고 다시 흥얼거렸다. 그리고 지켜보며 기다렸다. 그리고 흥얼거렸다. 할머니 둘레로 독 있는 뱀들이 몰려들었다. 나뭇가지를 타고 스르르, 양치류 식물과 어두운 숲에 쓰러진 통나무 밑을 기어서 스르르 몰려 들었다.

"내게 오너라."

할머니가 흥얼거렸다.

"오너라."

그러자 온갖 뱀 종족이 왔다. 할머니의 양자가 된 모카신 독사들까지 모두 몰려왔다. 거기서 뱀들은 지켜보았다.

"누우우우우이이이이여!"

뱀들이 소리쳤다.

"대애애애가가 따릅니다! 늘 대가가 따릅니다."

"그으으으래!"

할머니가 읊조렸다.

"대애애애가!"

그런 다음 할머니는 뱀 종족의 소리에 귀를 닫고 자신의 목적에만 정신을 집중했다.

마침내 반대편 둑에서, 형체 하나가 냇물 쪽으로 걸어오는 모습이 보였다.

할머니의 긴 몸에서 날카로운 소리가 빠져나오며, 비늘이 한꺼번에 빛났다.

'돼애앴어……!'

밤 노래였다. 할머니는 젊은 여자가 물가에서 무릎을 꿇고 시원한 물에 손을 담그는 걸 지켜보았다. 여자가 손가락 사이로 물을 흘리는 모습을 보고, 다시 두 손을 물에 담갔다가 날렵하게 세수하는 모습을 지켜보았다. 너무 어두워서 윤곽만 보였지만, 그걸로 충분했다.

할머니는 둑에서 똬리를 틀었다. 그리고 노래를 부르기 시작했다. 처음에는 희미했지만, 가사를 읊조리면서 노랫소리는 점점 더 커졌다.

내게 오너라, 내 사랑하는 딸

부드러운 물속으로 들어오너라.

낯선 살갗을 벗어 던져라.

다이아몬드 같은 비늘을 다시 입어라.

매끄럽고 신비한 딸이여, 내게 오너라.

내게 오너라.

노래를 마치고, 할머니는 깊은 숨을 들이마셨다. 그건 보통 노래가 아니었다. 물에서 비롯한 변신 존재들, 인어, 온딘, 라미아 족 사이에 널리 알려진 노래였다. 보이지 않는 끈으로 딸을 잡아당기는 마법의 주문이었다.

나무들은 그 소리가 마법의 주문이라는 걸 알았지만, 냇가 마을에 아직 깨어 있는 보통 사람들이라면 그저 산들바람이 나뭇가지를 흔들고 지나갈 때 솔잎이 우수수, 서로 부딪치는 소리라고 생각할 만했다. 흰꼬리사슴이 초원에서 어린잎을 뜯어먹는 소리려니, 여길 만했다. 귀를 바짝 기울이면, 딱새 한 무리가 바람 한 점 없는 하늘을 날아가는 소리라고 생각할 수도 있었다.

그렇지만 밤 노래는 마을에 사는 보통 사람이 아니었다. 몸속에 물에서 나온 전설의 조상들이 물려준 마법의 피가 흐르는 밤 노래는, 냇물 기슭에 선 밤 노래는 가슴이 뛰기 시작했다. 거칠고 사나운 북소리처럼 쿵쿵 뛰기 시작했다. 밤 노래의 귀에, 파충류 사촌들, 방울뱀을 비롯한 뱀들의 소리가 들려왔다.

"딸이여."

사촌들이 경고했다.

"대애애애가가 따른다!"

밤 노래는 멈칫했다. 경고하는 소리일까? 아무래도 돌아서서 그 자리를 떠나야 할 것 같았다. 숲이 이렇게 읊조리는 것 같았다.

"조심해라, 조심해라, 조심해라."

그 소리는 몹시 다급하게 들렸다. 밤 노래는 살모사, 돼지코뱀, 주황색과 검은색 산호뱀을 알아챘다. 밤 노래의 자매들이었다. 형제들이었다. 밤 노래는 물 가까이 다가섰다.

"돌아서!"

형제자매가 축축한 충고로 공기를 가득 채웠다. 냇물이 발목을 적시고 모래 둑에 부딪쳤다. 암흑 속에서도, 밤 노래는 반짝이는 물결을 볼 수 있었다. 그리고 다시 노랫소리가 들려왔다.

내게 오너라, 내 사랑하는 딸…… .

밤 노래는 숨을 삼켰다.

"어머니!"

그리고 남편과 딸이 마을에 있는 오두막에서 잠든 사이, 밤 노래는 두 팔을 냇물 쪽으로 활짝 벌렸다. 십 년 동안 보지 못한 어머니였다. 십 년 내내 어머니에 대한 기억을 생각 저편으로 밀어 버리려 했지만, 뜻대로 되지 않았다. 그런데 지금 어머니가, 여기서 자기를 부르고 있었다.

순간 밤 노래는 어린 시절을, 진흙탕 늪지대에서 헤엄치고, 늙은 악어 등 위에서 햇볕을 쪼이고, 물속 동굴에서 가재를 잡던 기억을 떠올렸다. 밤 노래는 나뭇가지 끝에 똬리를 틀었던 밤들을 기억하고, 자기를 내려다보며 깜박이던 별들을 기억했다.

어머니.

사랑하는 어머니.

밤 노래는 어머니의 부름에 기꺼이 대답할 마음이 준비되어 있었다.

그리고 잠시도 망설이지 않고, 물속으로 걸어 들어갔다.

67

이따금 퍽은 가물거리는 작은 벌새의 빛을 보았다. 벌새는 볼 때마다 놀라웠다. 방금 여기 있었는데, 금세 사라지고 없다. 퍽이 지내는 냇가로 와서 퍽의 나무를 맴돌 때도 있었다. (퍽은 이제 그 나무를 '내 나무'로 여겼다.) 퍽은 그 나무에 대고 발톱을 날카롭게 갈았다. 시원한 나무 그늘에 몸을 맡겼다. 나무껍질에 몸을 문질러서 털에 덕지덕지 묻은 진흙을 떨어 보려고 했다. 심지어는 그 나무에 자기 냄새를 묻혀 표시를 해 놓기도 했다.

퍽의 나무, 이 늙은 테다소나무는 비록 여생은 얼마 안 남았지만, 제 새끼(나무는 이제 퍽을 '내 새끼'로 여겼다.)가 냇물을 건너고 싶어 한다는 걸 알았다. 그리고 나무 한 그루가 뭔가를 알면, 다른 나무들도 다 알게 되는 법이다. 나무 여러 그루가 한데 모이면 합창단이나 다름없기에, 숲에는 많은 지식이 흘러 다녔다.

퍽이 느릅나무와 소귀나무, 참나무와 밤나무의 신호를 알아들었다면, 타르틴 늪지대와 작은 타르틴 늪지대 사이에 있는 땅이 모래 구덩이라는 걸 알았을 거다. 나무들이 하는 경고에 귀를 기울였을 거다.

"들어가지 마라, 꼬마 형제여, 들어가지 마라. 타르틴 자매를 조심해라!"

퍽은 냇물 건너편에 있는 오래된 숲을 바라보았다. 사빈과 레인저가 그 너머 기울어진 집 밑에 있었다. 퍽은 둘을 찾아야 했다. 그건 약속이었다.

68

나무들이 경고하려고 애쓴 대상은 퍽이 처음은 아니었다. 다른 존재도 있었다. 천 년 전, 나무들은 매 사나이에게 경고하려고 애를 썼다. 나무들은 그랬다.

밤 노래가 냇물로 들어가자마자, 매 사나이는 잠에서 깨어났다. 매 사나이는 일어나 앉아서 눈을 비볐다. 얼마나 오래 잤을까? 매 사나이는 잠이 덜 깬 채, 머리를 흔들었다. 눈이 깜깜한 어둠에 익숙해지기를 기다렸다. 매 사나이는 기지개를 켜며 하품했다. 맞은편에는 딸이 잠들어 있고, 그 곁에는 아내가 만든 항아리가 놓여 있었다. 매 사나이는 빙그레 웃음을 지었다.

그러다가 늘 곁에서 자는 밤 노래의 돗자리가 비었다는 걸 알아챘다. 돗자리는 휑뎅그렁하게 비어 있었다.

매 사나이는 빈 돗자리를, 차갑게 식은 단정한 돗자리를 바라보았다. 칼날처럼 날카로운 두려움이 가슴을 아프게 훑고 지나갔다. 밤 노래, 밤 노래가 어디 갔을까? 큰 소리를 지를 뻔했지만, 매 사나이는 행여 잠든 딸이 놀랄까 봐 꿀꺽 삼켰다.

매 사나이는 급히 오두막을 빠져나와 냇가로 달려갔다. 처음에는 상류 쪽을 살피고 물결이 휘어지는 만곡부로 갔다. 거기 수양버들이 차가운 물속으로 가지를 늘어뜨리고 있었다. 매 사나이는 밤이면 아내가 자주 그곳에 나와 머리를 감는다는 걸 알고 있었다.

그러나 짠물이 굽이쳐 흘러가는 냇가에 아내의 모습은 없었다.

별안간 공기를 휘젓는 소리가 나서, 매 사나이는 고개를 들었다. 새 떼. 수천 마리에 이르는 새 떼가 어두운 하늘을 날고 있었다. 매 사나이는 새들이 전하는 소식을 들어 보려 했지만, 잠잠했다. 다만 바람을 거스르며 퍼드덕거리는 날갯짓 소리만 들려왔다. 매 사나이의 가슴이 두방망이질 쳤다. 좋은 징조가 아니었다.

매 사나이는 발길을 돌려서 하류 쪽으로, 마을을 지나 하류 쪽으로 걸어 내려갔다. 냇물로 첨벙거리며 들어가서 기슭에 있는 옅은 물속에 섰다. 매 사나이는 건너편 둑을, 숲에서 가장 울창한 곳을, 가시나무와 덩굴 식물, 독 담쟁이 넝쿨이 커다란 소나무 가지들을 휘감고 올라가는 울창한 곳을 바라보았다. 가슴이 거세게 뛰었다. 밤 노래가 어두운 숲 속에서, 저 건너 숲 속에서 헤맬 리 없었다. 그곳에는 커다란 모래 구덩이가 있어서 사슴이나 흑곰 같은 짐승이라도 무심코 들어서면 사정없이 빨려 들어간다. 한번은 구덩이 속에 배까지 빠진 들소를 온 마을 사람들과 함께 본 일이 있었다. 들소는 구덩이에서 빠져나오려고 하루가 넘도록 허우적거렸다. 탁한 소리로 귀청이 터지도록 울부짖는 들소를 보는 건 끔찍했다. 마침내 모래가 짐승을 밑으로 끌어 내리는 걸로 승리를 거두었다.

그렇게 큰 먹잇감이 눈앞에서 사라져 버린 게 너무 아쉬워서 매 사나이는 발을 동동 굴렀다. 하지만 그 짐승 가까이 다가가려고 시도했다가는 누구라도 목숨을 잃을 게 틀림없었다. 발버둥치는 동물과 쑥쑥 꺼지는 모래 구덩이에 휩쓸려서 사람도 같이 빨려 들 게 뻔했다. 매 사나이는 거대한 동물이 사라져 가는 모습을 선 채로 맥없이 지켜보았다.

그 들소를 떠올리니 온몸이 후들후들 떨렸다. 매 사나이는 힘없이 주저앉고 말았다. 사랑하는 아내, 밤 노래는 대체 어디에 있을까?

타르틴 늪지대와 동생 늪지대가 차지한 영토 어디쯤에서, 누군가가 울부짖고 있다는 걸 매 사나이는 몰랐다. 밤 노래였다. 밤 노래는 울창하고 빽빽한 숲의 공기를 통해 매 사나이의 존재를 느낄 수 있었고, 매 사나이가 자기를 찾고 있다는 사실을 알았다. 그렇지만 두 눈을 들어 하늘을 보는 것 외에 할 수 있는 일이 없었다. 하늘에는 새 떼가 소리 없이 날고 있었지만, 그 가운데에 남편은, 자신을 위해 날개를 포기한 남편은 없었다.

여기, 인간의 살갗을 벗고 뱀 형상을 입은 한 여자가 있다. 기쁜 마음으로 어머니를, 아낌없이 사랑하고 몹시 믿었던 어머니를 기꺼이 따라나선 여자가 있다. 여기, 검다 못해 푸르게 보이는 비늘로, 반짝반짝 빛나는 비늘로 몸을 감싼 여자가 있다. 그리고 또 여기, 한번 뱀의 형상으로 돌아가서 물속으로 들어가면 다시는 인간 세계로 가지 못한다는 걸 몰랐던 여자가 있다. 다시는.

여기, 배신당한 한 여자가 있다. 자신이 사랑했던 대상에게 배신당한 여자가 있다. 그리고 남편과 딸, 세상에서 가장 사랑하는 두 사람 곁을 영원히 떠나야 하는 여자가 있다. 그 아픔이 여자의 길고 울퉁불퉁한 몸 안팎을 한 땀 한 땀 꿰뚫었고, 타는 듯한 아픔의 실이 온몸을 잡아당기며 소름 끼치는 매듭으로 맺혔다. 밤 노래는 괴로움에 몸부림치다가, 끝내 기진맥진해서 늙은 삼나무에 칭칭 몸을 감은 채, 묵묵히 침묵하는 나무들에게 귀를 기울이고 또 기울였다.

그토록 처절한 슬픔 앞에서 나무들이 무슨 말을 할 수 있을까? 나무들은 오로지 우울하고 서글픈 마음으로 침묵하는 길밖에 없었다.

나뭇가지 아래 칙칙한 늪지대의 물속에서, 악어가 금빛 눈을, 태양 같은 금빛 눈을 뜨고 할머니를 쳐다보며 말했다.

"밤 노래한테 이야기를 안 했구려."

할머니는 대답하지 않았다. 그 대신 육중한 몸으로 늪을 휘젓자, 바닥에 가라앉아 있던 썩은 나뭇잎과 가지 따위가 악취를 풍기며 떠오르고, 물빛이 먹구름처럼 흐려지더니, 더러운 거품이 부글부글 끓어올랐다. 미안해하는 기색은 찾아볼 수가 없었다.

할머니는 밤 노래를 되찾았다. 안 그런가? 딸이 지금 당장 행복하지 않다고 해서 문제 될 건 전혀 없었다. 때가 되면 밤 노래는 매 사나이를, 온 숲이 울리도록, 칙칙한 공기에 목소리가 배어들도록 외쳐 대는 매 사나이를 까맣게 잊게 될 테니까.

69

나무들은 시간 조정자로서, 한 시간, 두 시간, 하루, 이틀, 한 해, 두 해, 시간을 모두 모아서 둥근 나이테에 보관한다. 나무들은 망각이 결코 쉽지 않다는 걸 알고 있다. 참나무, 습지성 떡갈나무, 옻나무 들은 누릴 시간이 차고도 넘친다. 그리고 나무들은 기억했다. 스스로 빛을 내는 아이, 밤 노래와 매 사나이의 딸을 기억했다. 그 끔찍한 아침을 기억했다.

여기, 열 살배기 아이가 있다. 나무에게 십 년은 순간에 불과한 시간이다. 여기, 아기 때부터 아버지가 튼튼한 두 팔로 안아 준 아이가, 밤마다 엄마가 노래를 불러 준 아이가 있다.

나무들은 깜깜한 가족의 오두막에서 홀로 눈을 뜬 아이를 기억한다. 외로움이 아이를 깨웠을까? 아이는 가만히 누워서 귀를 기울였다. 멀리서 아버지가 외치는 소리가 들려왔다. 그리고 색다른 소리도 들려왔다. 무슨 소리지? 아이는 팔꿈치를 괴고 고개를 들었다. 소리가 좀 더 잘 들렸다. 바람 소리일 수도 있었다. 아니, 바람은 아니었다. 비, 이른 아침에 내리는 빗소리일까? 그것도 아니었다. 그러다가 알아차렸다. 갑자기 공기를 두드리는 소리, 수천 마리 새 떼가 날개를 퍼덕이며 하늘을 나는 소리였다.

아이는 두리번거렸다. 해는 뜨지 않았고, 아직 어두웠다.

보통 새들은 날이 밝아야 일어난다. 그런데 무슨 일로 이렇게 빨리 일어났을까? 그리고 왜 저렇게 조용할까? 아이 귀에는 그 흔한 지저귐 소리도 안 들렸다. 찌르레기와 꾀꼬리 그리고 딱새 소리도 없고 그저 퍼드덕거리는 날갯짓 소리만 났다. 새들이 왜 지저귀지 않을까?

처음에 아이는 꿈을 꾸고 있다고 생각했다. 날갯짓 소리가 두 귀에 가득했다. 그런 뒤에 아버지 목소리가 들려왔다. 아버지와 새, 양쪽 다 가까이 있는 것 같기도 하고, 멀리 있는 것 같기도 했다. 개똥지빠귀, 원앙, 상모솔새가 하늘을 가득 덮은 모양이었다. 아이는 눈을 뜨고 귀를 기울였다. 아버지는 누구를 소리쳐 부를까? 새들은 왜 소란을 떨까? 아이는 일어나 앉았다. 희미하게 날이 밝아 오면서, 열린 문틈으로 진주색의 가는 빛줄기가 새어 들어왔다. 이른 새벽이었다. 그리고 다시 새 떼가 마을 위 높은 하늘에서 빙빙 맴도는 소리가 들려왔다. 아이는 돗자리에 앉아서 오두막 안을 둘러보았다.

아버지, 없다.

어머니, 없다.

혼자였다. 오로지 혼자. 두려움이 스멀스멀 등줄기를 타고 흘렀다. 매 사나이와 밤 노래 없이 홀로 깨어난 아침은 처음이었다.

뭔가 꺼림칙한 느낌이 조그만 몸에 가득 차오르며 온몸을 잡아당겼다. 꺼림칙한 느낌. 꺼림칙한 느낌이 발끝부터 밀려 올라왔다. 여기, 저기, 구석구석에 그 느낌이 배어 있었다.

갑자기 매 사나이의 목소리가 아이의 살갗과 뼛속을 꿰뚫고 지나가며 잠이 번쩍 깼다. 아이는 문득 아버지가 소리쳐 부르는 사람이 바로 어머니라는 사실을 알아차렸다.

아이는 어머니가 있어야 하는데, 썰렁하게 비어 있는 돗자리를 바라보았다. 어머니는 어디 갔을까? 대체 무슨 일이 일어났을까?

밖은, 하늘을 뒤덮은 새 떼로 새카맸다. 새들이 퍼덕퍼덕 날개 치는 소리가 새벽을 두드렸다.

아이는 아버지 목소리에 귀를 기울였다.

아버지는 끝없이 되풀이해서 소리쳤다. 아이는 손으로 두 귀를 찰싹찰싹 때렸다. 그래도 아버지의 절박한 목소리는 지워지지 않았다. 머리 위를 맴도는 새들의 날개 소리도 지워지지 않았다. 아버지는 쉬지 않고 어머니의 이름을 불렀다. 밤 노래. 도대체 어디에 있을까? 무슨 일이 벌어진 걸까? 아이는 돗자리에서 일어나 밖을 내다보았다. 흐린 하늘에서, 붉은 빛 한 줄기가 이른 아침의 구름에 반사되어 나뭇가지 사이로 새어 들었다. 새벽, 새 떼, 하늘 가득 부리를 꾹 다문 새들이 날았다. 아이는 냇물 쪽을 바라보았다. 아버지 목소리는 그쪽에서 들려왔다. 아버지는 어머니를 부르고, 또 부르고, 쉬지 않고 소리쳤다. 뭔가 꺼림칙했다.

꺼림칙한 느낌이 가득했다. 아이 앞 땅바닥에도 꺼림칙한 느낌이 내려앉아 있었다. 침묵하는 새 떼 사이에도 흘러 다녔다.

꺼림칙한 느낌. 그 느낌이 아이의 다리를 타고 올라와 가슴속으로 들어갔다.

아이는 다시 아버지의 목소리를 들었다. 어머니에게 무슨 일이 벌어진 게 틀림없었다. 아름다운 어머니, 부드러운 팔로 안아 주던 어머니, 자장가를 불러 주던 어머니. 어머니. 어머니는 어디 있을까? 아이는 고개를 돌리고, 밤 노래가 바로 전날 만들어 준 거대한 항아리를 바라보았다.

생일 축하 항아리, 테두리에 초승달 무늬 백 개가 새겨진 항아리. 아이는 항아리를 들어 올렸다. 항아리를, 이 항아리를 두고 오두막을 나갈 수는 없었다. 아이는 두 팔을 한껏 벌려서 항아리를 감쌌다. 항아리가 너무 무거워서, 아이는 끙끙댔다.

'서둘러야 해.'

아이는 생각했다.

'서둘러야 한단 말이야.'

그리고 두 팔로 항아리를 안고 오두막을 나왔다. 매끄럽고 둥근 항아리 표면이 아이의 가슴을 꽉 눌렀다. 살갗에 닿은 항아리가 차가웠다. 아이는 빨리 걸으려고 애를 썼지만, 항아리 무게 때문에 점점 느려졌다. 아이는 넘어지거나, 항아리를 떨어뜨리지 않으려고 조심했다. 아, 빛을 내는 아이여, 어머니가 너에게 만들어 준 이 항아리를 떨어뜨리지 마라. 절대로. 아이는 한 발, 한 발, 조심조심, 걸음을 재촉하며 냇가 쪽으로 갔다.

머리 위에서 새 떼가 맴돌았다. 낮게 깔린 구름을 헤치며 나는 날개 소리가 들렸다. 한 걸음 내디딜 때마다 항아리는 점점 더 무거워졌다.

마침내 물가에 닿자, 아이는 무거운 짐을 부드러운 모래 위로 내렸다. 아이는 숨을 깊이 들이마시고 아래를, 거세게 흘러가는 잿빛 물살을 내려다보았다. 둑을 따라 황토가, 항아리를 만든 흙과 똑같은 황토가 보였다.

생일 축하 항아리.

아이는 항아리를, 항아리의 힘찬 곡선을, 뚜렷한 형태를, 아름다운 그림을, 모카신 할머니 그림을 바라보았다.

아버지가 외치는 소리가 또 들려왔다. 어머니를 찾아 부르는 소리.

곳곳에 꺼림칙한 느낌이 배어 있었다. 항아리 밑에 있는 모래 속에도 있었다.

물 위에도 떠다녔다.

새 떼의 무수한 날갯짓 속에도 있었다.

어머니는 어디 있을까?

어린 여자아이, 스스로 빛을 내는 아이는, 물기슭을 오르내리며 샅샅이 살폈다. 아이의 어머니는 여기, 틀림없이 여기 어디쯤에 있을 것 같았다. 숲에서는 아직도 아버지가 소리 높여 외치고 있었다. 새들은 왜 저렇게 기분이 언짢을까? 아이 밑에서 물결이 소용돌이쳤다.

아이는 고개를 돌려 항아리를 보았다. 가는 빛 한 줄기가 항아리를, 거기에 새겨진 할머니 그림을 비추었다. 여기, 어머니가 딸에 대한 사랑을 담아서 만든 항아리가 있다. 어머니처럼 아름답고, 새들처럼, 모카신 할머니처럼 아름다운 항아리가 있다.

갑자기 구름이 해를 가리면서, 항아리를 비추던 빛도 사라졌다. 꺼림칙한 느낌이 아이의 마음을 휘감았다.

아이는 소리쳤다.

"어머니!"

아이의 소리가 냇물을 건너고, 무성한 나뭇가지 사이를 뚫고, 소금기 밴 습지의 질척질척한 땅 위를 미끄러져 날아가 숲에 가득 울려 퍼졌다.

"어머니!"

아이의 외침이 나무 꼭대기를 타고, 흐린 늪지대의 물 위

를 지나고, 침묵하는 새들의 깃털을 타고 멀리 울렸다. 아이는 자꾸만, 자꾸만 소리쳐 불렀지만, 어머니는 대답하지 않았다. 아이는 입을 다문 채 눈앞에서 소용돌이치는 물을 바라보았다.

부드러운 진흙 위에 무슨 흔적이 있었다. 낯익은 흔적, 틀림없는 흔적. 어머니의 발자국이었다. 아이는 발자국 옆에 무릎을 꿇고 앉았다. 그래, 어머니의 발자국이 분명했다.

어머니는 바로 이곳에서 물속으로 걸어 들어간 게 틀림없었다. 바로 여기, 냇물이 휘어져 흐르는 곳, 물살이 기슭을 치고 멀리, 멀리, 멀리 굽이쳐 가는 곳에서. 아이는 그것이 어머니의 흔적이라는 걸 알았다.

아이는 일어나서 다시 소리쳤다. 그러나 이번에 외쳐 부른 사람은 어머니가 아니라 아버지였다.

70

그리 멀지 않은 곳에서, 매 사나이가 멈칫했다. 누군가 매 사나이를 부르고 있었다. 처음에는 그 소리에 가슴이 두근거렸다. 밤 노래일까? 밤 노래와 비슷한 목소리였다. 그래, 아내였다. 아내가 부르고 있었고, 아내를 반드시 찾아야 했다.

매 사나이는 소리쳤다.

"나 여기 있소! 여기야!"

매 사나이는 다시 귀를 기울이고, 밤 노래의 목소리를 기다렸다. 정적이 흘렀다. 하늘을 맴도는 새 떼 소리밖에 들리지 않았다. 새들이 하늘에서 망을 보고 있다는 걸 알았지만, 새들이 나타난 사실이 불안했다. 매 사나이는 두 손을 모아 귀에 댔다. 어느 쪽에서 소리가 들려왔을까? 매 사나이는 꼼짝 않고 서 있었다. 다시 목소리가 들렸다. 가냘픈 목소리로 외치고 있었다.

딸이었다! 딸이 잠에서 깬 게 틀림없었다. 딸만 혼자 두고 나온 참이었다. 어머니도, 아버지도 없이 혼자 두고. 매 사나이는 숲 속 오솔길을 팽개치고 마을 쪽으로 달렸다. 이제는 자신을 부르는 소리가 또렷하게 들려왔다. 아이의 목소리에 두려움이 섞여 있었다. 달리자, 매 사나이는 생각했다. 빛나는 딸에게로, 혼자 남은 어린 딸에게로 가자. 달리자.

숲에서 나와 보니, 딸은 냇가 둑 위에서 빛을 내며 서 있고, 그 위에는 새들이 후광처럼 떠 있었다. 너무나 가냘픈 딸의 모습을 보자 매 사나이는 가슴을 에는 듯 아팠다. 빛나는 딸은 몹시도 가냘팠다. 매 사나이는 빛나고 가냘픈 아이를, 자신과 밤 노래가 낳은 딸을, 다급히 두 팔로 안아 올렸다.

곳곳에 꺼림칙한 느낌이 도사리고 있었다.

아침 공기 속에도 깃들어 있었다.

아버지와 딸의 팔에도 내려앉아 있었다.

아버지와 딸의 등줄기에서도 꿈틀거렸다.

여기, 냇가 둑 위에서, 한 아버지가 어린 딸을, 아침 햇살을 받아 살갗이 반짝이는 어린 딸을 안은 채 서 있었다. 그리고 여기, 어린 여자아이가, 아버지를 꼭 붙들고 매달려 있었다. 둘 다 하늘을 맴도는 새들처럼 말이 없었다.

마침내 꼭 껴안은 팔을 풀자, 아이는 아버지의 손을 잡고 어머니의 흔적이 남아 있는 곳으로 이끌었다. 매 사나이는 바닥을 내려다보았다. 그래, 거기 아내의 발자국이 있었다. 그렇지만 그 발자국 바로 옆을 보고 매 사나이는 주춤주춤 뒷걸음질을 쳤다.

매 사나이가 외쳤다.

"안 돼!"

매 사나이는 딸의 손을 세게 틀어쥐고 부르짖었다.

"안 돼애애애애애애애!"

거기, 아내의 발자국 옆에 구불구불 구부러진 뱀의 흔적이 있었다.

71

이 숲의 역사는 그 어느 역사보다 오래됐다. 공룡이며 마스토돈 그리고 하늘을 찌를 듯이 키가 큰 거대한 양치류보다 앞선 시대부터 존재했다. 제아무리 오래된 것보다 더 오래된 곳이다. 그렇지만 초창기부터, 고대의 바다가 육지에서 떨어져 나가 남쪽 멕시코 만으로 흘러든 지 얼마 안 된 무렵부터, 이 숲에서 고양잇과 동물들이 살았다.

나무들의 언어를 알아듣기만 한다면, 그 동물들에 대한 이야기를 들을 수 있다. 아라비아 칼처럼 날카로운 칼날 송곳니를 가진 호랑이가 있었다. 호랑이들은 수풀에 새끼를 낳고 양치류를 보금자리 삼아 수천 년 동안 포효하며 지냈다. 이제는 거의 다 사라지고, 몇 마리만 화석으로 남아 있다.

그다음에는 윤기 나는 퓨마, 표범, 살쾡이가 나타났다. 하지만 이들 역시 털가죽 따위를 바라고 쫓아다니는 사냥꾼들을 피해 다른 숲으로 숨어들거나, 멕시코로 허둥지둥 도망쳐 대부분 사라져 버렸다. 이제는 살쾡이마저 몇 마리 남지 않았고, 퓨마도 찾아보기 힘들다.

나무들은 특히 그 동물들, 재규어런디며 스라소니, 퓨마를 그리워했다. 나무들은 고양잇과 동물들을 사랑했다. 나무가 가려울 때는 고양잇과 동물들이 긁어 주는 게 최고였다. 나무들은 고양잇과 동물들의 날카로운 발톱을 좋아했다. 녀석들이 줄기에 대고 몸을 비비며 가르랑거리는 걸 좋아했다. 가지가 갈라지는 지점에서 종일토록 잠든 녀석들을 품고 있는 걸 좋아했다.

지난 시절, 고양잇과 동물들처럼 멋진 사냥꾼은 없었다.

그런데 여기 사빈이, 식육목 고양잇과 혈통을 이어받은 작은 동물이 나타났다. 사빈이 앞선 선조들처럼 조심성 없는 생쥐를 살금살금 쫓아가서 잡아채는 모습을 지켜보라. 날랜 불도마뱀을 와락 움켜잡는 동작을 보라. 용감하게 약탈을 감행하는 사빈을 경외하라.

사빈은 어미처럼 감쪽같이 땅 밑을 드나드는 법을 배우고, 스스로 재빠르게 행동하는 훈련을 했다. 어린 사빈, 이 조그만 은빛 고양이는, 칼날 송곳니를 가진 선조의 후예였다.

그러나 사냥에 능숙해져도 이룰 수 없는 게 있었다. 사빈에게는 아직 어미가 필요했다. 머리를 편안히 기댈 어미의 부드러운 배가 필요했고, 제 얼굴과 귀 그리고 털을 핥아 줄 어미의 혀가 필요했다. 그리고 오빠도 필요했다. 축 늘어진 레인저의 귀 밑에서 함께 웅크릴 형제가 필요했다. 퍽이 필요했다. 그리고 그 무엇보다, 레인저의 노래, 밤공기를 타고 흐르는 레인저의 깊고 구슬픈 목소리가 필요했다. 레인저를 말뚝에 묶은 녹슨 사슬을 끊는 방법이 필요했다. 그 사슬을 끊고 둘이서 함께, 이 기울어진 집의 끔찍한 주인 사내 손아귀를 벗어나, 뒤도 돌아보지 않고 떠날 방법이 필요했다.

용맹한 사냥꾼, 사빈을 보라.

믿음직한 친구, 사빈을 보라.

사자처럼 용감한, 사빈을 보라.

72

천 년 동안 항아리에 갇힌 뱀은 무엇을 의지하며 버틸까? 모카신 할머니 같은 마법의 존재도 참고 견딜 방편은 있어야 한다. 혼자 마음에 품은 소망만으로는 부족한 게 사실이었다. 제아무리 마법의 피가 흐르는 뱀이라지만, 홀로 견디기는 힘들다. 할머니는 황토 감옥 안에서 빙빙 맴돌았다. 희망이 항아리를 가득 채웠다.

천 년 전 그날 밤, 밤 노래가 냇물 속으로 미끄러져 들어간 뒤, 매 사나이는 악착같이 희망에 매달렸다. 거미줄에 매달린 거미처럼 희망을 붙들고 늘어졌다. 목숨과도 바꿀 희망이었다. 자신이 잘못 알았기를 바라는 희망, 모래 위에 남아 있는 끔찍한 흔적을 잘못 해석했기를 바라는 희망이었다. 밝고도 믿을 수 없는 희망이, 매 사나이를 휩싸고 있었다.

매 사나이의 딸, 스스로 빛을 내는 어린 딸아이는, 아버지가 희망에 매달려서 냇가 둑을 따라 위아래로 오르내리는 모습을, 붉은빛이 감도는 기슭을 두 발로 짓이기고 다니는 모습을 지켜보았다. 매 사나이가 밤 노래의 이름을, 목이 아프고 쉬도록 부르고 또 부르는 소리를, 밤 노래가 헤엄쳐서 다시 곁으로 돌아오기를 바라는 희망으로, 소리쳐 부르고 또 부르는 소리를 들었다. 밤 노래. 희망은 매 사나이의 가슴에, 다리에, 넓적다리에, 발에 붙어 있었다. 희망은 매 사나이의 온몸을 뒤덮고, 땀처럼 살갗에 배어 나왔다.

이 희망에 사로잡혀서, 매 사나이는 물에서 얼굴을 돌릴 수가 없었다. 그러다가 끝내 걸음을 멈추고 땅바닥에 털썩 주저앉았다.

아이는 매 사나이마저 잃을까 봐, 매 사나이도 사라져 버릴까 봐 두려웠다. 아이가 어머니의 발자국을 가리킨 다음부터, 아이의 아버지는 한 번도 딸에게 눈길을 돌리지 않았다. 밤이 어머니를 빼앗아 갔듯, 온갖 희망이 아이에게서 아버지를 빼앗아 갔다.

마침내 매 사나이가 허위허위 걷던 발길을 멈추고 냇가에 주저앉자, 아이는 아버지 곁으로 걸어가서 나란히 앉았다. 아이는 무슨 말을 해야 할지 몰랐다. 이 엄청난 상실을 표현할 말이 없었다. 그래서 아버지의 어깨에 머리를 기대고, 갓 태어난 날 그랬던 것처럼, 손을 들어서 아버지의 턱을 어루만졌다. 그렇게 하는 것밖에는 달리 할 수 있는 게 없었다.

마침내 하늘을 맴돌던 새들이 둥지로 돌아갔다. 새들은 할 수 있는 일을 모두 마쳤다. 어린아이는 매 사나이에게 기대어, 항아리 표면에 새겨진 초승달 백 개와 거대한 뱀 그림을 바라보았다. 아이는 우아한 곡선으로 이루어진 뱀의 윤곽과 정확한 마름모꼴 비늘, 두 눈 사이가 넓게 벌어진 커다란 머리를 눈여겨보았다. 아이가 곁눈으로 보자, 뱀의 혀가 마치 아이에게 무슨 말이라도 하려는 듯, 반짝반짝 일렁였다. 문득 아이는 어머니에게 무슨 일이 생겼는지 알려 줄 수 있는 존재, 어머니가 사라진 이유를 설명해 줄 존재, 숲을 가장 잘 아는 존재가 누구인지 깨달았다.

희망이, 찬란하게 빛나는 희망이, 보이지 않는 깃털을 번쩍거리며 아이의 어깨 위로 날아와 앉았다. 희망이 아이 주위의 공기를 휘젓고, 아이의 귀에 대고 속삭였다. 아이가 큰 소리로 그 이름을 외치게 했다.

"할머니."

아이는 해야 할 일이 무엇인지 알아차렸다. 모카신 할머니를 찾아야 했다. 할머니라면 도와줄 거다. 할머니라면 아이의 어머니를 어디서 찾을지 알려 줄 거다. 아이가 어떻게 하면 아버지를 도울 수 있는지 알려 줄 거다.

고대의 마법을 지닌 할머니. 할머니는 알고 있을 거다.

73

그날 밤, 아버지가 잠든 사이, 아이는 돗자리에서 일어나 앉았다. 옆에는 항아리가 놓여 있었다. 희미한 초승달 빛이 스며드는 가운데, 아이는 매끄러운 항아리 뚜껑 테두리를 엄지손가락으로 어루만졌다. 그렇게 어루만지자, 어머니가 손가락으로 문질러 마지막 손질을 했던 매끄러운 표면의 감촉이 느껴졌다. 항아리가 낮은 소리로 노래를 읊조리는 것 같았다. 아이는 자리에서 일어나 두 팔로 힘껏 단단히 항아리를 감싸 안았다. 처음보다는 덜 무거운 것 같았다. 아이는 살며시 오두막을 나와서, 아무도 깨지 않도록, 특히 희망으로 가득 찬 아버지가 깨지 않도록 조심하며 냇가로 갔다.

냇가에 이르자 아이는, 그날 아침 일찍 그랬던 것처럼, 다시 항아리를 부드러운 모래 위에 내려놓았다.

아이가 입을 열었다.

"네 곁으로 돌아올게."

그리고 매끄럽고 둥근 항아리 둘레를 손으로 어루만졌다.

그러자 대답이라도 하듯, 어머니가 엄지손톱으로 새긴 초승달들이 창백한 달빛 속에서 빛나며 어둠을 반짝 밝혔다. 이윽고 아이는 돌아서서, 지워진 어머니의 발자국 위에 발을 내디디며 물속으로 걸어 들어갔다. 물이 너무 차가워서 하마터면 소리를 지를 뻔했지만 아이는 꾹 눌러 참았다.

물이 턱까지 차오르자, 아이는 숨을 참고 물 위에 누웠다.

아이는 몇 번이나 냇물 위에 둥둥 떠 보았을까? 아이의 어머니는 물결에 몸을 맡기고, 물결을 타는 법을 가르쳐 주었다. 물결을 타고 놀 때는 어머니가 늘 함께 아이를 붙잡고 있다가 돌아갈 무렵에는 마을 쪽 기슭으로 밀어 주었다. 이제 여기, 물속에서 아이는 혼자였다. 조그만 몸을 휘감는 물살이 어머니와 함께 있을 때보다 더 빠르게 느껴졌다. 아이는 어깨 너머로 고개를 돌려서 마지막으로 항아리를 보았다. 할머니 그림이 반짝 빛났다.

물살이 얼굴을 찰싹 때렸다. 순간 두려움 한 줄기가 가슴을 훑고 지나갔다. 아이는 물살에 떠밀려 허우적거리기 시작했다. 문득 할머니가 어머니에게 무슨 일이 벌어졌는지 알려 줄 거라는 생각이 다시 떠올랐다. 모카신 할머니를 찾아야 했다. 아이는 힘을 빼고 물살에 몸을 맡겼다. 물결을 따라 잔잔히 남쪽으로 흘러가도록, 은빛 물결을 타고 건너편까지 밀려가도록 맡겨 두었다. 이윽고 건너편에 닿자 아이는 조용한 둑 위로 올라가서, 깊고 깊은 숲 속으로 발을 내디뎠다.

나무들만은 그 사실을 눈치챘지만, 한마디도 할 수 없었다. 할 수만 있다면 아이에게 너무 멀리 왔다고 알려 주었을 거다. 천 년 전, 할머니를 찾아 나선 이 아이, 매 사나이와 밤 노래의 하나밖에 없는 딸, 물결을 타고 냇물을 건넌 아이는 너무 멀리 떠밀려 왔다. 어쨌든 여기, 희망에 벅찬 어린 여자아이가 있다. 길 잃은 아이.

74

누군가가 사냥 길에 올랐다. 악어 동갈치 낮바닥. 사내는 밤낮으로 악어 왕을 잡아 죽이는 꿈에 부풀어 있었다. 사내가 밤마다 늪지대에 배를 띄우는 시간이 점점 늘어났다. 몇 번에 걸쳐, 그 짐승이 배 밑에서 거품을 뿜어 올렸다. 그렇지만 거품이 이는 장소는 때마다 달랐다. 그리고 밤마다 일어나는 일도 아니었다.

악어 동갈치 낮바닥은 악어가 그곳에 있다는 걸 알았다. 그 괴물이 자신을 놀린다는 걸 알았다. 놈은 보통 악어가 아니었다. 사내는 악어를 끌어낼 방법을 골똘히 연구하기 시작했다. 쓸 만한 미끼, 튼튼한 사슬, 긴 손잡이가 달린 칼, 그리고 라이플총이 필요했다. 사내는 아버지의 라이플총을 꽉 움켜쥐고 흐린 물을 노려보았다.

날카롭고 냉정한 결심이 사내의 가슴에서 꿈틀거렸다.

사내는 두 눈을 감고 마음속으로 외딴 길에 있는 허름한 선술집, 무성한 참나무와 곱향나무, 풍나무와 니사나무 가지 아래 묻힌 채 숨어 있는 선술집에 들어설 때마다 비웃어 대는 덫 사냥꾼이며 밀렵꾼들의 얼굴을 떠올렸다. 숱한 밤을 그 선술집에서 보냈지만, 같이 마시자고 부르는 사람은 하나도 없었다. 건강이 어떤지 묻는 사람도, 진짜 이름이 무엇인지 묻는 사람도 없었다.

사람들은 사내의 일그러질 대로 일그러진 얼굴을 역겨워했다. 역겨운 시선들은 사내의 아버지가 낸 흉터 깊숙이 스며들었다.

그 인간들 앞에 삼십 미터짜리 악어가죽을 들고 나타나면 무슨 말을 할까? 그때는 사내에게 어떤 이름을 붙여 줄까?

항아리 안에서 할머니는 자신의 이름들을 떠올렸다.

라미아. 최초의 이름이자 가장 오래된 이름이다.

아내. 사랑했지만 등을 돌리고 떠난 사람이 준 이름이다.

누이. 살모사, 돼지코뱀, 노란 구렁이를 비롯한 파충류 사촌들 그리고 친구인 악어 왕이 부여한 이름이다.

모카신 할머니. 입이 하얀 종족이 바친 이름이자, 가장 널리 알려진 이름이다.

그리고 가장 중요한 이름이 있다.

어머니. 밤 노래가 불러 준 이름이다. 할머니는 반짝이는 비늘에 덮인 몸속에 고개를 움츠리고 한숨을 내쉬었다.

어머니.

75

기나긴 시간 동안 밤 노래를 찾아 헤맨 뒤에, 목이 아프도록 이름을 소리쳐 부르고 또 부른 뒤에, 숲 속을 찾아다닌 뒤에, 매 사나이는 실상을 알아차렸다. 밤 노래가 규칙을 깨고, 뱀의 살갗을 입었기 때문에 남편을 잃게 된 걸 알고 있는지 궁금했다. 아내가 집으로 돌아오지 않는 이유는 그것밖에 없다고 생각했다.

밤 노래는 규칙을 알고 있었을까?

매 사나이는 기억을 더듬었다. 그렇지만 그 규칙을 두고 아내와 이야기를 나눈 기억은 떠오르지 않았다. 그 규칙이야 변신 존재라면 누구나 다 알았기 때문에 아내도 당연히 아는 줄 알았다. 다 아는 게 아니었나? 틀림없이 아내의 어머니가 얘기해 주었을 거라고, 매 사나이는 생각했다. 모카신 할머니. 그 어머니가 반드시 아내에게 알려 주었어야 마땅했다.

오두막 안, 돗자리 위에 쓰러진 매 사나이는, 온몸 구석구석, 뼈 마디마디가 다 지친 상태로 깊은 잠에 빠져들었다. 가

느다란 달이 떠오르는 것도 몰랐다. 딸이 항아리를 들고 오두막을 빠져나간 것도 몰랐다. 지붕 위로 해가 솟아오르고 날씨가 점점 따뜻해지는 것도 몰랐다. 그 대신, 걷잡을 수 없는 피로감만 느꼈다. 매 사나이는 자고, 자고, 또 잤다.

매 사나이는 참으로 오랫동안 쓸쓸한 잠 속에서 헤맸다. 자면서 꿈을 꾸었다. 날개를 활짝 펴고 따뜻한 기류를 타고 나는 꿈, 나무들 위로 높이 솟구쳐 넓고 푸른 땅을 굽어보는 꿈을 꾸었다. 자신을 하늘로 힘껏 띄워 주고, 소용돌이치게 해 주는 바람을 느꼈다. 저 멀리 남쪽으로 푸른 물이 보이고, 별 아래에서 방향을 바꾸자 칠흑 같은 밤하늘이 다가왔다.

비행. 하늘로 높이 솟구쳐 올라 본 게 얼마나 오래전 일이던가? 십 년이 넘었다! 긴 시간. 비행. 매 사나이는 비행이 그리웠고, 두 팔을 활짝 펴고 하늘 높이 솟구치고 싶은 열망으로 마음이 아팠다. 비행.

꿈속에서 매 사나이는 공중을 비행했다. 그런데 그 모든 즐거움을 왜 포기했나? 매 사나이는 초록색 숲으로 선회하며 내려갔다. 왜?

그때 자장가가, 가사 없는 아름다운 노래가, 곧장 날아와 귓속으로 파고든 노래가 떠올랐다. 밤 노래! 갑자기 비행은 중요하지 않게 되었다. 중요한 건 딱 하나, 밤 노래였다. 밤 노래가 전부였다. 꿈속에서 매 사나이는 빙글빙글 돌며, 빠르게, 급속도로 떨어졌다.

그래, 매 사나이는 다른 비행을 하기 위해, 마음의 비행을 하기 위해 날개를 포기했다. 밤 노래.

그런데 거기 또 한 사람이 있지 않았던가?

또 한 사람. 빛을 받으면 살갗의 색이 변하면서, 스스로 반짝이는 사람, 딸이 있었다. 그래.

딸.

매 사나이는 딸을 떠올렸다. 딸에게 매 사나이는 자신만의 노래, 아버지의 노래를 불러 주었다. 그때 잠이 무거운 팔로 매 사나이를 감쌌다.

매 사나이에게는 또 다른 이름이 있었다.

아버지.

76

타르틴 늪지대에서도 가장 깊은 물에서, 악어 왕은 밤마다 사내가 통나무배를 타고 오르내리는 모습을 지켜보았다. 악어 왕은 사내를 보는 걸 차츰 놀이로 여기기에 이르렀다. 사내가 찾고 있는 게 자신이라는 걸 잘 알고 있었다. 언젠가는 사내가 자신을 꾀어낼 거라는 사실도 알고 있었다. 사내는 위험한 놀이를 펼치고 있었다.

그렇지만 악어 왕은 위험 따위는 염두에 두지 않았다. 아주 오래전에도 악어를 끈질기게 쫓던 인간들이 있었다. 수백 년 전, 고대의 마을 사람들이 악어 왕을 찾아서 대담하게 영토를 침범했다.

불쌍하게도 그 인간들은 두 늪지대 사이의 삼각 지대에 있는 모래 구덩이를 건너는 서글픈 실수를 저지르고 말았다. 악어는 둑 위로 몸을 끌고 올라가서 인간들이 모래 구덩이 밑으로 빠져드는 모습을 지켜보았다. 그때 처절하게 울부짖던 소리가 아직도 귓가에 쟁쟁했다. 악어 왕의 눈앞에서 먹잇감이 모래 속으로 빨려 드는 광경은 아쉬웠지만, 도와주고 싶어도 방법이 없었다. 비참하여라.

악어 왕은 배를 몰고 다니는 사내가 그와 같은 실수를 저지르지는 않을 거라고 생각했다. 그러나 다른 실수를 저지르게 될 거라는 걸 알았다.

실수.

땅속에 묻힌 감옥 안에서, 할머니가 맴을 돌았다. 실수.

스으으으으읏!

누구나 실수를 저지른다.

그리고 실수에는 언제나 대가가 따른다.

77

늙은 나무 밑둥치에 있는 굴 입구에, 퍽이 앉아 있었다. 요며칠 동안 퍽은 세 가지 중요한 일을 이루어 냈다. 잠잘 곳을 찾아내고, 배를 채웠으며, 달에 대해 알게 되었다. 그렇게 자잘한 성취감을 맛보기는 했지만, 마루 밑에서 나오면 안 된다는 규칙을 깨뜨린 실수를 떨쳐 낼 수는 없었다. 실수의 흔적은 곳곳에 남아 있었다. 진흙이 엉겨 붙은 털가죽에, 해가 살짝 비쳐 드는 장소에, 밑을 굽어보는 나무들 사이에 덕지덕지 묻어 있었다. 실수, 실수, 실수.

가장 큰 흔적은 퍽이 어미를 마지막으로 보았던 냇물, 짠물이 세차게 흘러가는 냇물에 남아 있었다.

'돌아가겠다고 약속해라.'

냇물이 퍽에게 그렇게 말하는 것 같았다. 그건 약속이었다. 약속.

그리고 그 약속은 기울어진 집 말뚝에 묶인 사슬이 레인저를 압박하는 것처럼 단단하게 퍽을 압박했다.

레인저. 퍽은 귀를 쫑긋 세웠다. 늙은 개는 왜 안 짖을까? 신호가 없이는 찾아갈 방향을 알 수 없었다. 퍽은 콸콸 흘러가는 냇물을 굽어보았다. 냇물을 보며 눈을 깜박였다. 벌새가 보였다. 벌새가, 조그만 무지개 같은 벌새가 물 바로 위에 떠 있다가 사라졌다.

갑자기 햇빛이 환하던 자리에 시커먼 그늘이 드리워졌다.

퍽은 고개를 쳐들었다. 새! 생쥐를 떨어뜨린 새처럼 커다란 새였다. 퍽은 털을 부풀렸다. 그 새가 잃어버린 생쥐를 찾으러 왔을까? 어린 고양이는 쉿, 소리를 냈다. 지난번에 겁을 준 것처럼 다시 으르렁거릴 수도 있었다.

하지만 이번에는 조용한 굴속으로 미끄러져 들어가서 동그랗게 웅크렸다. 털 뭉치든 진흙 뭉치든 뭐라고 하든, 아무튼 동그란 뭉치 모양으로 웅크렸다.

외로움.

냇물처럼 깊은 외로움.

78

나무들은 대지의 심장부에 내린 뿌리를 통해, 하늘을 가리는 가지를 안테나 삼아, 무슨 일이 뒤틀리거나 잘못됐을 때, 온갖 떨림이나 움직임을 감지하는 능력을 갖고 있다. 천 년 전 나무들은, 다시 뱀의 형상을 입은 밤 노래가 서서히 죽어가기 시작했다는 걸 알았다. 할머니가 다시는 인간의 마을로 돌아갈 수 없다고, 남은 생 내내 뱀의 살갗을 벗어날 수 없는 게 운명이라고 얘기한 순간부터, 밤 노래는 늪지대에 있는 삼나무 가지를 타고 올라가서 내려올 생각을 하지 않았다. 밤 노래는 먹이도 거절했다. 노래도 부르지 않았다.

처음에는 할머니도 밤 노래를 혼자 내버려 두었다. 할머니는 생각했다.

'조금 있으면 기분이 나아질 거야.'

할머니는 기다렸다. 그리고 지켜보았다.

어느 날 아침, 해가 뜨기 시작할 무렵, 할머니는 밤 노래를 올려다보다가 그만 숨을 꿀꺽 삼켰다. 딸의 색깔이 달라졌기 때문이었다. 한때 검다 못해 푸르던, 빛나던 살갗이, 석탄처럼 까맣게 변해 있었다. 이제는 전혀 빛이 나지 않았고, 황금빛 햇살을 받는데도 누르스름한 기가 감도는 자줏빛으로만 보였다.

인간으로 치자면, 멍이 든 것처럼, 피하에 피가 괴어 퍼렇게 멍이 든 것처럼 보였다. 할머니는 깜짝 놀랐다. 할머니는 밤 노래를 소리쳐 불렀다.

"내게 오너라, 사랑하는 딸."

하지만 밤 노래는 할머니의 목소리를 들을 수 없었다. 들을 수 있는 거라고는 오직 메아리쳐서 울리는 남편과 딸의 목소리였다. 둘 다 가까이에 있지는 않았지만, 오로지 그 소리만 들렸다. 앞으로도 그 소리만 듣게 될 것이다.

밤 노래는 할머니가 외쳐 부르는 소리는 듣지 않았다.

"노래해라, 딸아. 노래해!"

할머니의 소리는 전혀 듣지 않았다.

할머니가 먹고 헤엄치고 노래하라고 애걸했지만, 밤 노래는 가지 위에 똬리를 튼 채, 몹시도 사랑하는 두 사람의 목소리만 들었다. 듣고, 듣고, 또 들어서 두 사람의 목소리가 머릿속에서 물결쳤고, 마름모꼴 비늘 하나하나에 스며들었다.

색깔을 잃어 가며, 곁에 없는 두 사람의 목소리만 들으며, 밤 노래는 얼마나 견뎠을까? 뽕나무와 오구나무와 삼나무의 언어를 통역할 수만 있다면, 밤 노래가 그리 오래 버티지 못했다고 이야기해 줄 거다.

밤 노래의 색은 점점 바래져서, 자주색이 연한 자주색으로, 노란색으로, 회색으로 변하다가 마침내 어느 날 아침, 아무 색깔도 없이 그저 텅 빈 몸만 남았다. 여기, 인어족의 후예 하나가 상심으로, 비늘 하나하나가 유리처럼 맑아지며 투명한 몸으로 죽어 갔다.

그리고 마름모꼴 비늘이 하나하나 없어지는 동안, 밤 노래의 딸은 머나먼 숲 어딘가에서 완전히 길을 잃었고, 마을에서는 밤 노래의 남편이 깊고 깊은 잠에 사로잡힌 채 꼼짝도 하지 못했다.

끝내 온몸이 다 없어진 밤 노래는, 깊은 솔숲에 사는 생물들이 모두가 사랑했던 밤 노래는, 그리고 누구보다 남편과 딸이 사랑했던 밤 노래는, 공기 속으로 흩어져 버렸다.

79

밤 노래와 매 사나이, 이 둘의 딸아이는 냇물을 건넜지만, 남쪽으로 멀리 떠내려 왔다는 걸, 가야 할 곳에서 꽤 먼 곳으로 와 버렸다는 걸 모르고 있었다. 아이는 몸을 흔들어서 물기를 떨어내고 낯익은 니사나무에 등을 기댄 채, 아침이 밝아 나뭇가지 사이로 햇빛이 들기를 기다렸다.

아이는 주위를 살펴보았다. 모든 게 낯설었다. 아이는 자신이 처한 상황을 파악하기 위해, 할머니를 찾는 방법을 알려 준 엄마의 이야기를 떠올리기 위해 두 눈을 깜박였다.

'냇물을 건너서 걸어가면 땅바닥이 푹신푹신한 곳이 나온단다. 발자국에 물이 차오르는 곳이야. 거기서 조금 더 가야 해. 그러면 물 한가운데에서 자라는 삼나무들이 나타나. 이끼가 장막처럼 치렁치렁 늘어져 햇빛이 잘 안 드는 곳이야.'

'땅이 이리저리 움직이기도 하고 흔들리기도 하는 곳인데, 거기 가면 할머니를 만날 수 있단다.'

아이는 눈앞에 펼쳐진 풍경을 뜯어보았다. 잘 모르는 눈에는 그곳이 마을을 둘러싼 풍경과 똑같이 보일 것이다. 하지만 울창한 숲에서 자란 아이는, 나무를 알고, 나무들 사이의 닮은 점과 다른 점을 안다. 밤 노래의 딸이 본 건 흔히 보는 평범한 나무들이었다. 그렇지만 나무와 나무 사이가 너무 멀리 떨어져 있었다.

여기, 소나무와 호랑가시나무와 느릅나무는 아이가 아는 소나무와 호랑가시나무, 느릅나무와 달리 서로 바짝 붙어 있지 않았고, 가지가 얽혀 있지도 않았다. 나무들은 가지를 넓게 펼치고, 줄기 사이도 널찍널찍 벌어져 있었다. 아이는 전보다 훨씬 넓고 푸른 하늘이 보인다는 사실을 알아차렸다. 드넓고 짙푸른 하늘이었다. 아이는 두 팔을 벌리고 하늘의 기운을 맞았다. 잠시나마 아이는 행복했다.

그러다가 발밑을 내려다본 순간, 땅바닥도 다르다는 걸 알아챘다. 풀은 더 많고 떨어진 솔잎은 적었다. 아이가 익히 아는 습지의 부드러운 땅보다 단단했다. 아이는 두리번거렸다. 여기는 어디일까?

무성한 삼나무 숲과는 거리가 먼 곳이었다. 늪지대에서도 가장 어두컴컴한 땅이 아니었다. 바닥은 너무 단단하고, 나무 사이는 너무 널찍널찍 떨어져 있었다. 하늘은 너무 컸다.

아이는 스스로에게 물었다.

"여기는 어디지?"

80

천 년 뒤, 군데군데 잿빛 털이 섞인 은빛 새끼 고양이 한 마리가 냇물 건너편을 바라보며 똑같이 물었다. 아래쪽에서, 물이 콸콸 굽이쳐 흐르며 이렇게 속삭였다.

"여기, 여기, 여기"

단조로운 주문 같았다. 퍽은 어리둥절했다. 여기는 어딜까? 사빈은, 쌍둥이 동생은 어디 있을까? 레인저는, 사냥개 아빠는? 마루 밑에 있는 집은 어디로 가야 있을까?

고양이는 냇물에게 답을 구해 보려 했다.

"여기, 여기, 여기."

냇물이 다시 속삭였다. 냇물이 고양이를 놀리고 있었다. 고양이는 건너편을 바라보았다. 그곳으로 건너가야 했다. 어떻게든. 곧.

81

밤 노래가 영영 사라져 버렸지만, 할머니는 눈물 한 방울 흘리지 않았다. 그 대신 다시 한 번 곁을 떠나 버린 딸 때문에 무섭게 화가 났다. 할머니는 점점 더 게걸스럽게 먹어 댔다. 움직이는 생물은 모조리 집어 삼켰다. 아무리 먹어도 만족스럽지 않았다. 잠을 자는 대신, 쥐와 여우를 잡았다. 낮잠을 자는 대신, 늪지대 깊이 헤엄쳐 들어가서 물고기와 새끼 악어를 비롯해 헤엄치는 생물을 모조리 잡아먹었다. 밍크, 비버, 심지어는 다른 뱀들까지 먹어 치웠다.

할머니는 가위 같은 턱으로 먹이를 낚아채서 나뭇가지 부러뜨리듯 두 동강이 냈다. 운 나쁘게 할머니의 앞길을 가로지른 짐승은 영락없이 두 조각이 나고 말았다. 솜처럼 하얀 그 입 속을 들여다보지 마라. 그 끔찍한 하얀 입 속을 들여다보지 마라.

할머니의 식욕은 어마어마했고, 그에 따라 몸집도 어마어마하게 커졌다. 할머니는 점점 더 커졌다. 그리고 몸집이 커

지는 만큼 분노도 커졌다. 딸은 자신이 아니라 다른 인간을
선택했다. 다른 인간 둘을 선택했다.

매 사나이.

딸아이.

매 사나이.

딸아이.

매 사나이.

그리고…….

'아아.'

할머니는 생각했다.

'딸아이.'

마침내 할머니는 게걸스럽게 먹는 걸 멈추었다.

딸내미.

그리고 반짝반짝 빛나던 아이를 떠올렸다. 밤 노래의 딸.

잠시 뒤, 할머니가 말했다.

"밤 노래를 가질 수 없다면, 딸내미를 가지겠다."

그리고 소리 높여 웃기 시작했다. 끝없는 웃음소리에 나무들이 푸르르 몸을 떨었다.

'그래.'

할머니는 생각했다.

'딸내미를 가지겠다.'

할머니는 늙은 삼나무 그루터기에 똬리를 틀고 계획을 짜

기 시작했다.

할머니는 어린아이를 컴컴한 잠자리로 데리고 와서 붙잡아 두기로 했다. 냇물이며 늪지대의 방식을 가르쳐 주고, 가재가 사는 물속 동굴을 보여 주고, 악어 친구를 소개해 주기로 했다. 둘이서 같이 인간들을 따돌리기로 했다. 그런 생각을 하자 빙그레 웃음이 나왔다. 오래지 않아 아이는 밤 노래가 한때 그랬듯이, 할머니를 숭배하게 될 거다. 앙갚음으로 아이를 데려와 친구로 삼으면 이제 외로울 일도 없을 거다.

"고오오오옷……."

할머니가 쉿, 소리를 냈다.

"고오오오옷, 좋은 때가 올 거야."

그리고 이번에는 순진하게 굴지 않을 생각이었다. 좀 더 주의 깊게, 좀 더 까다롭게 지킬 생각이었다. 누구나 한 번 애정을 받으면, 그 경험을 잊지 못하는 법이다. 할머니는 밤 노래가 준 애정을 잊지 않았다. 그렇지만 이번에는 의심 없이 받아들이지 않을 생각이었다. 이번에는 놓치지 않을 생각이었다.

할머니의 계획을 듣고, 악어 왕이 물었다.

"누이, 만일 아이가 인간의 살갗을 벗지 못하면 어떻게 할 거요?"

할머니는 멈칫했다. 그건 생각해 보지 않은 일이었다. 한 순간은 깜짝 놀랐다. 그러다가 빙그레 웃었다.

할머니가 말했다.

"그 아이는 고대 마법의 피를 이어받았어. 인간의 형상만 가진 게 아니지."

악어 왕이 물었다.

"그걸 어떻게 확신하오?"

"그 아이는 밤 노래의 딸이야. 안 그런가?"

악어 왕은 노란 눈을 끔벅였다.

"형상이 어떻든, 아이는 아이일 뿐이오."

할머니가 코웃음 쳤다.

"그 아이는 내 거야."

그리고 다시 덧붙였다.

"내가 데리고 올 거야."

그 말을 끝으로, 할머니는 긴 몸을 늘여서 다시 캐도 마을 쪽으로 기어가기 시작했다. 그 아이가 지금 자신을 찾고 있다는 사실은 몰랐다. 그 아이가 길을 잃었다는 것도 몰랐다.

할머니는 솔가리가 떨어진 땅바닥을 미끄러지고, 질척질척한 늪지대를 들고 나며 나아갔다.

"딸내미, 내가 그 딸내미를 데리고 오겠어."

냇물 쪽으로, 인간이 사는 마을 쪽으로, 스스로 빛을 내는 아이에게로 가는 길 내내, 할머니는 그렇게 읊조리고, 읊조렸다.

"스으으으읏. 데리고 와서 내가 차지할 거야."

마침내 반가운 냇가에 다다랐다. 할머니는 거대한 몸으로 차갑게 휘감는 여울물을 스치듯 지나갔다. 그리고 고개를 꼿꼿이 들었다. 아이는 어디 있을까? 딸아이는? 틀림없이 근처에 있을 거다. 안 그런가? 고대의 조상들처럼 그 아이도 물에 마음을 빼앗길 거다. 안 그런가?

할머니는 둑 옆을 두리번거렸다. 보이는 건 항아리, 오후의 햇빛을 받아 반짝이는 항아리뿐이었다.

82

매 사나이가 잠든 사이, 송골매, 참새, 어치, 개똥지빠귀, 홍관조, 되새를 비롯한 새들이 밤새도록 오두막 밖을 지켰다. 새들은 소리쳐 말했다.

"형제여! 인간의 살갗을 벗고 나오시오."

매 사나이는 점점 더 깊은 잠에 빠졌다. 규칙이 하나 있었다. 매 사나이를 얽어매는 규칙이었다. 오래된 규칙이었다. 한번 인간의 살갗을 벗으면, 다시는 되돌아갈 수 없다. 매 사나이는 그 규칙을 알고 있었다. 밤 노래는 왜 몰랐을까?

"깃털을 되찾으시오."

새들이, 얼룩 올빼미와 쏙독새, 메추라기가 외쳤다.

"우리랑 같이 멀리 날아갑시다."

물떼새와 홍내지빠귀와 개꿩이 소리쳤다.

하지만 그럴 수가 없었다. 딸이 있으니까. 딸은 어떤 존재인가? 딸은 인간이었다. 딸을 위해 매 사나이는 인간의 형상을 지키고 있어야 했다. 깃털을 가진 몸으로 돌아간다면, 밤 노래와 더불어 딸까지 한꺼번에 잃게 된다. 피로감을 못 이긴 채, 매 사나이는 더 혼곤한 잠 속으로 빠져들었다.

잠. 쏟아지는 잠이 매 사나이를 거대하고 적막한 공허의 세계로 끌어들였다. 그리고 새들, 붉은어깨검정새, 콩새, 산비둘기는 내내 높은 하늘을 맴돌았다.

기나긴 사흘 밤, 사흘 낮이 지난 뒤, 매 사나이는 마침내 눈을 떴다. 금빛이 감도는 새카만 눈은 잠든 사이에 흘린 눈물로 얼룩져 있었다. 매 사나이는 손가락으로 눈가를 문질렀다. 그리고 방을 휘둘러보았다. 비어 있었다. 몹시 허전하게 비어 있었다. 거대한 공허가 도사리고 있었다.

매 사나이의 옆, 밤 노래가 잠들던 돗자리는 아직도 비어 있었다. 매 사나이는 손으로 돗자리를 가만히 쓸어 보았다. 그러고는 다른 쪽을 살펴보았다. 딸이 잠자던 돗자리도 비어 있었다.

딸! 어디 갔을까? 얼마나 오래 잤을까? 아이는 언제 나갔을까? 그제야 매 사나이는 알아챘다. 항아리도 없었다.

83

고양이는 날 때부터 잠꾸러기인데, 퍽도 예외는 아니었다. 퍽은 잠자는 데 많은 시간을 썼다. 틈틈이 사냥 기술을 갈고 닦아서, 오래지 않아 길고 붉은 솔가리 밑에 집을 지은 작은 생쥐들을 살금살금 익숙하게 쫓아다녔다. 가끔 불도마뱀이며 청개구리를 쫓기도 했는데, 그 녀석들은 맛보다는 잡는 재미가 있었다.

사냥을 하면 누이가 생각났다. 퍽은 사빈이 낡은 생선 통발 곁에서 자신을 기다리다가, 털을 바짝 곤두세우고 앞발을 번쩍 치켜든 채 뛰쳐나오며 으르렁거리던 모습을 떠올렸다. 크르르르르! 그 생각을 하면 빙그레 웃음이 나왔다.

맛있는 생쥐로 배를 채운 뒤, 퍽은 사빈이 보면 조금쯤은 오빠를 자랑스러워할 거라고 생각했다. 퍽은 짠 냇물 기슭에 앉아서 물을 내려다보았다. 눈을 감자, 어미가 바로 곁에서 너덜너덜한 잿빛 털에 묻은 진흙을 핥아 주는 느낌이 들었다. 며칠 만에 처음으로, 퍽은 가르랑거렸다.

가르랑거리는 소리는 기도나 마찬가지다. 나무들은 고양잇과 동물이 가르랑거리는 소리를 그 어떤 기도보다 순수하게 여긴다. 그 소리 안에 기도를 이루는 양대 구성 요소인 감사와 열망이 섞여 있다고 믿는다.

그런데 여기 어린 고양이 한 마리가, 누이와 레인저에게로 가는 길을 찾겠다며 가르랑가르랑, 기도를 하고 있다. 퍽은 눈을 뜨고 냇물 건너편을 바라보았다. 누이와 레인저는 거기, 그 건너편 어디쯤에 있었다.

"약속해라."

어미는 그렇게 말했다. 그리고 퍽은 약속했다.

'약속'이 깜부기불처럼 퍽의 가슴속에서 타고 있었다. 하지만 그 따뜻한 소망과는 달리, 냇물은 차갑고 깊었다. 그리고 이제 냇물은 퍽의 마음속에 또 다른 대상으로 자리를 잡았다. 적. 그리고 다른 적들처럼, 냇물도 영리하고 교활했다. 넓은 강으로 굽이쳐 흘러가며 퍽을 비웃고 위협했다. 퍽은 냇물이 어미를 집어삼켰듯이, 자신도 집어삼킬 수 있다고 생각했다.

그래서 바라보기만 했다.

그냥 바라보기만 했다.

그러던 어느 날, 커다란 나뭇가지 하나가 물 위에 떠 있는 게 보였다. 나뭇가지는 냇물 이쪽 기슭에 쿵 부딪쳤다가 저쪽으로 떠밀려 가고, 저쪽 기슭에 쿵 부딪쳤다가 이쪽으로 다시 떠밀려 왔다.

그다지 특이한 광경은 아니었다. 퍽은 그런 식으로 떠내려 가는 나뭇가지를 여러 번 봤다. 그런데 유난히 화창한 날, 유난히 커다란 나뭇가지 위에 거북 다섯 마리가 올라타고 있었다. 거북들은 마치 새들처럼, 나뭇가지 위에 앉아 있었다. 꼭 새들처럼.

그래, 맞아. 거북들이 나뭇가지를 타고 있었다. 물 위에서 말이다.

퍽은 일어나 앉았다. 그리고 거북들을 지켜보았다. 이번에는 이쪽 기슭에 있었다. 곧 건너편으로 떠밀려 가더니, 그쪽 기슭에 쿵 부딪쳤다. 건너편. 퍽이 가고 싶은 곳. 저 건너편. 나뭇가지에 탄 거북들.

퍽은 폭이 좁은 하류 쪽으로 달려가서, 이쪽, 저쪽으로 오가는 나뭇가지를 기다렸다가 팔짝 뛰어오르면 되겠다는 생각이 들었다.

그러면 나뭇가지가 거북을 태우고 가듯, 퍽을 데리고 건너편까지 떠밀려 갈 것이다. 너무 쉬워서 숨이 막힐 지경이었다. 그래, 나뭇가지를 타고 건너편까지 가서 뛰어내리면 그만이었다. 거북이 하면, 퍽도 할 수 있을 테니까.

퍽은 발딱 일어나서 거북이 탄 나뭇가지를 따라 내려가기 시작했다. 처음에는 길게 떠내려 가는 나뭇가지를 따라 둑 위에서 종종걸음을 쳤지만, 나뭇가지 끝 부분이 기슭에 가까이 다가오는 순간을 놓치지 않아야 한다는 사실을 퍼뜩 깨달았다. 퍽은 속도를 내서 마구 뛰었다. 마침내 냇물이 살짝 휘어지는 지점에 이르자, 나뭇가지 끝이 퍽 쪽으로 곧장 가까워지고 있었다.

점점 더 가까워졌다. 거의 다 왔다.

그래!

퍽이 조르르 둑을 타고 내려가자, 거북을 태운 나뭇가지가 코앞으로 다가왔다.

'좋아.'

눈을 질끈 감고…… .

펄쩍!

퍽이 나뭇가지 위로 뛰어오르자마자, 깜짝 놀란 거북들이 물속으로 미끄러져 들어갔다. 그 기세에, 고양이는 뛰어오르고 거북은 물속으로 빠지는 기세에 나뭇가지가 빙그르르 돌기 시작했다. 퍽은 빙그르르 도는 나뭇가지 위를 달렸다. 퍽은 날쌘 고양이었다. 꽤 날쌔게 달릴 수 있었지만, 핑글핑글 휘도는 나뭇가지를 이기기에는 힘이 부족했다. 퍽은 나뭇가지에 네 발톱을 깊이 박았다. 그건 더 큰 실수였다. 달리기를 멈추고 매달린 순간, 빙그르르 도는 나뭇가지를 따라 물속으로 떨어질 수밖에 없었으니까.

풍덩!

차가운 물이 퍽을 강타했다. 물이 벌컥벌컥 입 안으로 들

이닥치자, 숨이 막히기 시작했다.

"이야옹!"

그렇게 빙그르르 도는 바람에 떠내려가지 못한 채, 나뭇가지는 다행히도 아직 기슭에 머물러 있었다. 물에 풍덩 빠지기는 했지만, 퍽은 다시 정신을 차렸다. 배까지 물에 잠겨 있었다. 퍽은 기침을 해서 입 안에 있던 물을 뱉어 냈다. 그리고 둑 위로 기어 올라가 숨을 가다듬었다. 고개를 들어 보니, 거북들은 다시 나뭇가지 위로 올라가서 흔들흔들 떠내려가고 있었다. 녀석들은 퍽에게 눈길도 주지 않았다. 퍽은 자리에 앉아서 그 모습을 지켜보았다. 그러다가 건너편 기슭을 다시 한 번 바라보았다. 그 어느 때보다 더 멀어 보였다.

퍽은 젖은 털을 핥으며 기침했다.

물에 빠진 경험을 하고 나서 얻은 좋은 점이 딱 한 가지 있었다. 차가운 물이 말라붙은 진흙과 털을 씻어 준 덕에, 흠뻑 젖었지만, 몰라보게 깨끗해졌다는 거다.

그건 작은 위안일 뿐이었다. 털이 깨끗해졌다고 해서 냇물 건너편이 더 가까워진 건 아니었다. 퍽은 젖은 몸을 부르르 흔들었다. 처음에는 한 발을 흔들어 물을 떨어내고, 그다음에는 또 다른 발을, 그러고 나서 온몸을 흔들었다. 공중으로 흩어진 물방울이 오후의 햇살을 받아 작은 빛 가루처럼 반짝였다.

물방울들이 바닥으로 떨어지자, 바로 등 뒤에서 다다닥,

재빠르게 파닥이는 날개 소리가 들려왔다. 퍽은 어깨 너머로 고개를 돌렸다. 또 그 새였다.

벌새.

이 쪽에 있다가,

저 쪽으로 갔다가,

사라졌다.

84

천 년 전, 바로 그 냇가에 있는 나무 밑으로 돌아가 보자. 할머니가 손녀딸을, 스스로 빛을 내는 아이를 찾아 둑을 미끄러져 가는 장면으로 가 보자.

그날 햇빛은 버려진 항아리를 유난히 환하게 비추었다. 할머니는 항아리를 쳐다보았다. 바로 며칠 전, 밤 노래를 데리러 온 날 한 번 본 항아리였다. 그 세 사람, 밤 노래, 매 사나이, 딸아이가 손에 손을 맞잡고 에워싸던 항아리였다. 세 사람이 껴안는 모습, 서로 웃음 짓는 모습도 보았다. 이제 할머니가 거대한 몸을 둑 위로 끌어 올리더니 느릿느릿 그 항아리 둘레를 맴돌기 시작했다.

여기, 둥근 형태에 완벽한 균형을 갖춘 아름답고 우아한 항아리가, 커다란 항아리가 있었다. 여기, 쓸모를 생각하며 만든 항아리, 물과 딸기와 곡식을 채우려고 만든 항아리가 있었다. 또한 여기, 감탄을 자아내는 항아리가 있었다. 할머니는 항아리 테두리를 따라 새긴 초승달 백 개에서 예술성을 읽어 냈다.

그런데 아아…… 옆구리에 뱀 그림이 있었다. 어쩐지 눈길이 가는 그림이었다. 할머니는 고개를 세우고 구불구불 휘어진 그림 선에 턱을 대고, 혀로 빙 둘러 좇아 보았다. 그러다가 뒤로 주저앉았다. 밤 노래였다!

단단한 황토에 배어 있는 딸의 냄새를 맡을 수 있었다. 할머니는 놀라움으로 숨을 삼켰다. 이 항아리. 자신의 딸이 직접 만든, 이 사랑스러운 항아리. 다음 순간 할머니는 쉿, 소리를 냈다.

스으으으읏!

밤 노래! 그게 밤 노래의 항아리라는 걸 아는 순간, 할머니는 걷잡을 수 없는 외로움을 느꼈다. 밤 노래는 할머니를 버렸다. 한 번도 아니고 두 번씩이나 버렸다. 할머니는 몸을 치켜세우고 항아리를 칠 태세를 갖췄다. 항아리 따위는 무시무시한 턱으로 얼마든지 깨뜨릴 수 있었다. 할머니는 몸을 둘둘 말아 똬리를 틀었다. 입 안 가득 독이 차오르는 느낌, 유연한 뼈 마디마디, 툭툭 불거진 근육이 팽팽하게 긴장하는 느낌이 들었다.

이 항아리는 할머니의 적이었다. 밤 노래가 만든 항아리였다. 바깥 둘레에 할머니 자신의 그림을 새겨 놓은 항아리였다. 할머니는 시위를 당긴 화살처럼 몸을 뒤로 잡아당기고 새하얀 입을 벌려서…… .

항아리를 내리치려는 순간, 온몸의 근육을 팽팽히 당기고 준비를 마친 순간, 느닷없이 뒤에서 누군가 억센 손아귀로 할머니의 목을 움켜쥐었다.

할머니는 컥컥, 독을 뱉었다. 온몸을 뒤틀며 꿈틀꿈틀 몸부림을 쳤다. 숨이 콱 막혔다. 할머니 목을 움켜쥔 아귀힘은 억셌다. 참으로 억셌다. 할머니는 얇은 혀에 고이는 자신의 독 맛을 느꼈다. 마름모꼴 비늘에서 방울방울 배어 나온 물기가 몸통으로 흘러내렸다. 할머니는 다시 몸을 뒤틀었다. 억센 손아귀가 더욱 단단히 힘을 주었다.

"너!"

낮은 목소리가 들려왔다. 순간, 할머니는 그 사람이 누구인지 알아차렸다.

매 사나이.

매 사나이가 할머니를 돌려 잡자, 둘은 서로 얼굴을 마주하게 되었다. 매 사나이는 할머니를 움켜쥔 손을 얼굴에서 멀찍이 떨어뜨렸다. 그렇게 하지 않으면 할머니가 얼굴을 곧장 공격할 테니 말이다.

하지만 지금 당장은 할머니도 꼼짝을 할 수 없었다. 매 사나이의 손아귀에 단단히 붙들려 있으니까. 매 사나이의 까만 눈에서 금빛 섬광이 번뜩였다. 할머니는 매 사나이의 머리카락에 구릿빛 깃털이 섞여 있는 걸 보았다. 아아아, 모카신 할머니는 그제야 매 사나이가 평범한 인간이 아니라는 사실을 알아챘다.

매 사나이는 할머니의 두 눈을 똑바로 쏘아보며 말했다.

"둘한테 무슨 짓을 한 거냐?"

할머니가 대답했다.

"밤 노래는 없다."

그리고 비웃음을 섞어서 덧붙였다.

"너랑 그 아이 관계도 끝이 난 거다."

할머니는 매 사나이의 반짝이는 눈에 슬픈 빛이 어리는 걸 보았다. 하지만 오래 머물지는 않았다.

할머니가 매 사나이에게 말했다.

"밤 노래를 만나기에는 너무 늦었다."

할머니는 매 사나이가 다른 인간들처럼 맥없이 허물어지며 울부짖기를 기대했다. 하지만 매 사나이는 할머니를 뒤흔들기 시작했다.

"내 딸은 어떻게 했지?"

할머니는 컥컥, 기침이 나왔다. 독이 튀었다. 독이 할머니의 목구멍을 타고 흘러내렸다.

할머니가 물었다.

"무슨 소리야?"

"내 딸은 지금 어디에 있나? 대체 그 아이한테 무슨 짓을 한 거냐고?"

순간 할머니는 매 사나이의 약점을 알아챘다. 여기, 할머니의 술수에 놀아날 수 있는 남자가 있다. 남자에게 거짓말을 해서 자신을 풀어 주게 한 다음, 잽싸게 해치우고 손녀딸을 잡으러 가면 그뿐이었다. 그래, 딸내미. 곧 있으면 그 아이는 할머니가 독차지하게 될 거다.

그리고 조금만 더 날쌔게 움직이면 이 술수를 이룰 수 있을 거다. 하지만 뭐라고 입을 열기도 전에, 매 사나이는 할머니를 더 세게 움켜쥐었다. 할머니는 몸부림을 치며, 채찍 같은 꼬리로 매 사나이의 넓적다리를 후려쳤다. 그 바람에 매 사나이는 다리에 크고 깊은 상처를 입고 말았다.

매 사나이는 고통으로 신음했다.

여기, 아내를 잃고 어린 딸을 찾지 못해 고뇌에 찬 남자가 있다. 매 사나이는 슬픔도 희망도 꿈도 없었다. 여기, 불같이 성난 한 남자가 있다.

이글이글 타오르는 분노를 안고, 매 사나이는 딸의 항아리, 크고 아름다운 항아리의 뚜껑을 연 다음, 할머니를 쑤셔 넣었다. 꿈틀거리는 할머니의 거대한 몸뚱이를, 매끄러운 항아리 속 깊이 틀어넣었다. 깨끗한 물과 가재를 담으려던 항아리, 옥수수와 곡식을 담으려던 항아리, 어머니가 딸에게 선물로 준 항아리에 박아 넣었다.

매 사나이가 소리쳤다.

"이젠 네 차례다!"

매 사나이는 늙은 뱀을 아름다운 항아리 안에 구겨 넣고

아귀가 꼭 맞는 뚜껑을 쾅 닫았다. 그리고 뚜껑이 벗겨지지 않게 하기 위해서, 냇가에 있던 큼지막하고 무거운 돌을 들어서 뚜껑을 눌렀다.

그런 다음 매 사나이는 땅을 파기 시작했다. 맨 손으로, 냇가에 있는 단단하고 차진 찰흙을 파고, 파고, 또 팠다. 마침내 항아리를 푹 파묻을 만한 구덩이가, 깊은 구덩이가 생겼다. 이 항아리를 파묻을 구덩이. 끔찍한 내용물과 함께 파묻을 구덩이.

매 사나이는 항아리를 구덩이 속으로 내리고 진흙으로 메웠다. 찌르는 듯한 상처는 아랑곳하지 않았다. 할머니가 사악한 꼬리로 쳐서 생긴 넓적다리 상처가 아픈 줄은 알았지만, 손이 아픈 줄은 몰랐다. 손부터 시작해서 팔까지 부어오르고 있었지만 미처 알아차리지 못했다. 독이 정맥, 동맥을 타고 흐르는 줄은 몰랐다. 매 사나이의 혈통, 피닉스, 락, 토트와 같은 고대 마법의 불사조, 이제는 잊혀진 변신 새들의 혈통에 독이 섞인 줄은 모르고 있었다.

매 사나이가 눈치 못 챈 건 또 있었다. 구덩이에 떨어진 솔방울이었다. 그 솔방울은 그 자리에, 지표 바로 밑에 묻힌 채 길고 목마른 가뭄을 견디다가, 사나운 불길이 주위를 휩쓴 어느 날 껍질을 깨고 나온다. 그리고 싹을 틔우고, 냇가 황토 깊숙이 뿌리를 내리며 항아리를 얽어매게 된다. 작은 줄기는 태양을 바라며 자라나다가 점점 무성해진다. 그곳에서 소나무는 천 년 동안 수천 차례의 폭풍우를 견디다가, 어느 해 폭풍우 막바지에 내리친 모진 벼락을 맞고 크게 부러진 뒤, 생을 마감하는 시기에 접어들게 된다.

이 나무.

이 크고도 사랑스러운 나무.

85

악어 동갈치 낮바닥은 악어가 자신을 우롱하며 놀이를 즐기고 있다는 사실을 알았다. 사내는 화가 났다. 밤마다 똑같았다. 사내는 밤마다 물기슭에서 거품이 떠오르기를 기다렸다. 거품이 솟는 곳으로 배를 저어 가지만, 그곳에 닿았다 싶으면 뒤쪽에서 거품이 솟았다.

사내는 술병을 깊이 기울였다. 보드카. 싸고 독한 술이 불처럼 화끈하게 목을 타고 내려갔다. 술은 속으로 들어갈수록 더 뜨겁게 타올랐다.

술기운과 함께, 악어에 대한 분노는 더 이글이글 타올랐다. 그러던 어느 날, 배를 둑 쪽으로 저어 가는데 밑바닥에서 쿵, 소리가 났다. 악어나 물고기, 또는 지난 백 년 사이에 이곳에 널리 퍼진 늪너구리들이 배에 부딪치는 일은 흔했다. 진흙 위에 집을 짓고, 기슭에 자란 백합을 먹고 사는 물쥐도 있었다.

쿵!

다시 소리가 났다.

쿵, 쿵, 쿵!

부딪치고, 부딪치고, 또 부딪쳤다.

악어 동갈치 낯바닥은 알았다. 이건 물쥐나 물고기가 아니었다. 배가 이쪽, 저쪽으로 흔들리기 시작했다. 악어 동갈치 낯바닥은 엉덩방아를 찧으며 주저앉았다.

배를 저을 때 방향을 잡는 삿대가 물속으로 미끄러져 들어갔다. 사내는 궁지에 몰렸다는 걸 알아채고 공포감에 휩싸였다. 기슭은 일 미터쯤 떨어져 있었기 때문에, 내려서 배를 둑으로 끌어당기면 됐다.

그렇지만 기슭에 한 발만 디뎠다가는, 악어한테 끌려들어갈 거라는 사실을 알고 있었다. 갑자기 사내는 화가 치밀어 올랐다! 배가 마구 흔들리는데도, 사내는 밑에 있는 악어에게 욕설을 퍼부었다. 보드카가 목울대를 타고 오르며, 짜증이 섞인 쓴맛을 자아냈다.

쿵, 쿵, 쿵!

흔들, 흔들, 흔들.

배가 소용돌이에 휩쓸린 것처럼 원을 그리며 뱅글뱅글 돌기 시작했다.

"그만해애애애애!"

사내가 목이 터져라, 소리를 지르자 부딪침은 멈췄지만, 배는 그래도 뱅글뱅글 돌았다. 어지럼증이 사내를 집어삼켰다. 사내가 외친 소리는 공기를 가르고 악어와 함께 늪 속으로 가라앉았다. 악어 동갈치 낯바닥은 술병을 입에 대고 벌컥벌컥 마셨다.

쓴 약 같은 술이 목구멍을 타고 내려갔다. 흔들흔들, 배가 아까보다는 살살 흔들렸다. 정확히 이십오 년 전, 숲에서 사슴이 죽을 때까지 쫓아갔던 날 이후로, 참으로 오랜만에 사내는 다시 공포감에 휩싸였다. 불쾌한 두려움이 스멀스멀 가슴을 훑고 지나갔다. 사내는 숨을 몰아쉬었다.

그러다가 사내는 코웃음을 쳤다. 그때의 싸움에서 사내는 이겼다. 이번에도 이길 거였다.

사내는 술병을 들어 물속에 있는 짐승에게 경의를 표했다. 그리고 다시 벌컥벌컥 마셨다. 속이 타들어 가는 듯했다.

뱃전 너머를 바라보자, 기슭이 코앞에 다가와 있었다. 배가 기슭으로 움직이는 기척도 못 느낀 거였다. 사내는 독한 보드카를 다시 한 모금 깊이 마셨다. 그러고는 후들후들 떨리는 다리로 일어나서 재빨리 풀밭 위로 뛰어내린 다음 배를 끌어당겼다. 머리가 어질어질했다. 배 속에서 술과 뒤섞인 쓴물이 솟구쳐 오르며 구역질이 났다. 사내는 풀밭에 주저앉았다. 그리고 눈을 감고 안정이 되기를 기다렸지만 별 소용이 없었다. 사내는 축축한 풀밭 위에 그대로 누워 버렸다. 마지막으로 귓가에 들려온 건 이른 아침, 먹이를 찾아 나선 모기가 왱왱거리는 소리였다.

86

기울어진 집 밑에서, 사빈은 뭔가 잘못됐다는 걸 알아차렸다. 해가 높이 떴는데도, 사내가 돌아오지 않았다. 드문 일이었다. 지금까지 살면서 사빈이 알기로, 사내는 해가 나무 너머로 질 무렵 집을 나갔다가, 해가 떠오를 무렵 돌아왔다.

사빈은 악어 동갈치 낮바닥의 그런 일상에 맞춰서 저녁 사냥을 나갔다. 사내가 집을 나서자마자, 마루 밑에서 빠져나와 먹잇감을 찾아다니다가, 사내가 다시 돌아오기 전에 들어왔다. 사빈이 마루 밑으로 돌아온 지 몇 시간이 지났다. 그런데 사내는 아직도 돌아오지 않았다.

사내가 이대로 영영 돌아오지 않는다면, 그처럼 기쁜 일도 없을 거다. 그렇게만 된다면, 사내 몰래 숨어 지내는 두려움을 시원하게 떨쳐 버릴 수 있을 거다. 딱 한 가지가 걸렸다. 레인저의 사슬. 레인저한테 먹이를 주는 사내가 아직은 필요했다. 이따금 먹이 주는 걸 잊어버리기는 했지만 말이다.

레인저는 사슬에 묶인 몸이라서 사빈과 함께 사냥을 할 수 없었다. 사빈은 작은 도마뱀이며 생쥐를 잡아다 주는 것으로 레인저의 아쉬움을 달래 주었다. 레인저는 늘 고마워했지만, 그걸로 실컷 배가 부르지는 않았다.

사내가 안 돌아오면 사슬에 묶인 레인저는 어떻게 될까?

'아니야.'

사빈은 생각했다.

'틀림없이 돌아올 거야.'

사빈은 컴컴한 구석에 누워 잠든 레인저에게 고개를 돌리고는, 그 늙은 친구에게 몸을 비볐다. 그리고 레인저의 커다란 귀밑에 웅크리고 앉아서 가르랑거리기 시작했다. 레인저가 꿈틀거렸다. 레인저는 배가 고프고 목도 말랐다. 그렇지만 곁에 사빈이 웅크리고 있었다. 사빈이 부드럽게 가르랑거리는 소리가 레인저의 머릿속에 가득 들어찼다.

꼬마 사빈. 레인저 곁에 하나 남은 존재였다. 충실한 사빈. 사빈을 얼마나 많이 사랑하는지, 사빈이 얼마나 큰 가치를 지닌 존재인지, 레인저가 그걸 말로 표현할 수 있을까?

레인저는 다시 잠을 자 보려고 했지만, 악어 동갈치 낮바닥이 나타나지 않아서 염려가 되기는 마찬가지였다. 주인을 몹시 증오했지만, 먹이와 물을 주는 인간이기도 했다. 레인저는 사슬에 묶인 채 굶어 죽을 만큼 하찮은 존재는 아니었다. 틀림없이 그랬다.

87

펵은 냇물에서 기어 나온 뒤로, 시간이 얼마나 흘렀는지 알 수 없었다. 아는 게 있다면, 날이 갈수록 강을 건너고 싶은 마음이 점점 더 강해진다는 거였다. 날마다 어미의 목소리가 귀에 울렸다.

'약속해라. 돌아가겠다고 약속해라.'

아침마다 배를 채운 다음, 펵은 둑으로 걸어가서 강적인 냇물을 굽어보았다. 펵은 냇물 건너에 누이와 사냥개가 있다는 걸 알고 있었다. 어찌어찌 물을 건넌다 해도, 어디로 가서 둘을 찾을까? 어느 쪽으로 가야 할까? 올바른 방향이 어느 쪽인지 가르쳐 줄 신호가 필요했다.

레인저는 왜 안 짖을까? 그 질문을 얼마나 더 해야 할까? 얼마나 더? 그리고 얼마나 더 대답을 듣지 못한 채, 기다려야 할까? 그런데 오늘 물기슭에 서 있는데, 무시무시한 대답이, 펵이 한사코 피해 왔던 대답이 저절로 떠올랐다.

'질문, 레인저는 왜 안 짖을까?'

'대답, 끔찍한 일이 벌어졌으니까.'

그건 퍽의 눈앞에서, 언제나 그림자처럼 맴돌던 대답이었다. 크르르르르! 그 대답에 담긴 실상이 윙윙, 귀를 울렸다. 등줄기에서 털이 곤두섰다.

무슨 끔찍한 일이 벌어진 게 틀림없다.

그럴 거라는 확신이 맹렬한 돌풍처럼 퍽의 뼈마디를 쳤다. 퍽이 알기로는, 그것만이 유일한 답이었다. 그렇지 않다면 레인저는 지금쯤 벌써 짖고도 남았을 터다. 고개를 높이 쳐들고 자신이 사랑하는 은빛 꼬마 고양이와 삼색 어미 고양이를 위해 짖었을 거다.

무슨 끔찍한 일이 벌어진 게 틀림없었다.

태양은 하늘 높이 떠 있었다. 냇물은 거세게 굽이쳐 흘러갔다. 퍽은 기울어진 집으로 다시 돌아가야만 했다. 무슨 끔찍한 일이 벌어진 게 틀림없다. 퍽이 다시 으르렁거리려는 순간…….

"찌르 찌르 찌르 찌르 찌르."

퍽은 뱅글뱅글 맴돌며 살폈다. 주위에는 아무도 없었다. 햇살이 환하게 비치는 숲 바닥을 살펴보았지만, 날아가는 새 그림자도 보이지 않았다.

"찌르 찌르 찌르 찌르."

어디서 나는 소리일까? 그때 퍽의 굴 가까이에 서 있는 참나무 위에서 도토리 껍질이 우수수 떨어졌다. 퍽은 고개를 들었다.

"찌르 찌르 찌르 찌르 찌르."

다람쥐! 하도 높은 나뭇가지에 앉아 있어서, 퍽은 자르르 윤기가 흐르는 갈색 동물의 정체를 겨우 알아보았다. 퍽이 쳐다보니, 다람쥐가 털 뭉치 같은 꼬리를 앞뒤로 휙휙 흔들고 있었다.

새들 말고 나무 위로 그렇게 높이 올라가는 동물을 퍽은 처음 보았다.

대체 얼마나 높지? 육 미터? 구 미터? 퍽은 그 높이에 감탄했다. 그런데 눈 깜짝할 사이에, 다람쥐가 가지에서 가지로 휙, 건너뛰더니 가장 작은 줄기 맨 끝으로 걸어가서 가는 잔가지들을 타고 조르르 내달렸다. 다람쥐는 도토리 껍질을 벗길 때만 잠깐 멈춰 서서 찌꺼기를 밑으로 떨어뜨렸다.

퍽은 눈을 떼지 않고 지켜보았다. 다람쥐는 종종걸음으로 이 나무에서 저 나무, 이 줄기에서 저 줄기, 이 가지에서 저 가지로 건너뛰더니, 보기에는 쉽지만 퍽이 직접 하기에는 너무나 어려운 일을 해냈다. 다람쥐가 냇물을 건너간 거였다.

퍽은 털썩 엉덩방아를 찧으며, 놀라서 입을 쩍, 벌렸다.

물을 건너간 조그만 동물은 무성한 숲 속으로 자취를 감췄다. 왜 그 생각을 못 했을까? 퍽은 날카로운 제 발톱을 들여다보았다. 그만하면 나무를 타고 오를 능력은 갖춘 셈 아닐까? 퍽은 살짝 으르렁거리며 발톱으로 허공을 할퀴었다. 퍽은 꼿꼿이 몸을 세우고 오른쪽 어깨를 핥았다.

퍽은 사라지고 없는 다람쥐의 흔적을 좇았다. 나뭇가지들을 자세히 뜯어보았다. 냇물 건너편을 바라보았다. 퍽이 가고 싶은 곳은 거기, 저 건너편이었다.

할머니도 가고 싶은 곳이 있었다. 항아리, 생일 축하 항아리 속만 아니라면 어디라도 좋았다. 쓸쓸한 항아리 속에서 천 년이 흐르고, 생일이 천 번 지나갔다. 할머니는 새하얀 입을 쩍 벌리며 하품했다. 고오오오옷, 할머니가 쉿, 쉿, 소리를 냈다.

'곧 좋은 때가 올 거야.'

88

악어 동갈치 낮바닥이 눈을 뜬 시각은 한낮이었다. 나무 위로 불타는 태양이 사내의 뺨을 파고들었다. 사내는 눈을 껌벅거렸다. 몇 년 만에 처음으로 대낮을 밖에서 보냈다. 그게 익숙하지 않아서 눈을 떴는데, 얼굴이 쿡쿡 쑤셨다.

사내는 얼굴을 문질렀다. 불이 붙은 것 같았다! 손도 뜨겁기는 마찬가지였다. 사내는 손등을 살폈다. 여기저기 울퉁불퉁 부어 있었다. 타르틴 늪지대의 둑 위에서 아침 나절을 보내는 사이, 모기 떼가 손이며 얼굴을 실컷 물어뜯은 거였다. 그리고 누르스름한 살갗은 타오르는 햇빛에 울긋불긋 흉하게 그을렸다. 사내는 자리에서 일어나 물기슭으로 걸어갔다. 그리고 시원한 물에 손을 담가 얼굴을 씻었다.

물은 고약한 냄새가 나는 늪지대에 백만 년은 고여 있었던 것처럼 퀴퀴한 냄새를 풍겼다. 실제로 오래 고인 물이기도 했다. 이 오래된 늪지대, 이 타르틴 늪지대. 늪 바닥에서는 악어 왕이 깊은 잠에 빠져 있었다.

악어 동갈치 낯바닥은 햇볕에 탄 얼굴을 찡그렸다. 그러고는 허리를 펴고 숲길을, 자신만 아는 숲길, 모래 구덩이 가장자리를 스치고 지나가는 숲길을 따라 걸었다. 기울어진 집 쪽으로 걸어갔다.

개 짖는 소리가 들리나 싶어서 귀를 기울였지만, 아무 소리도 나지 않았다. 멍청한 개. 짖지 못하는 개를 무엇에 쓸까? 쓰레기로 뒤덮인 마당으로 들어서는 사내의 눈에, 마루 밑으로 미끄러져 들어가는 형체가 들어왔다.

'멍청한 개가 이제 생쥐 한 마리도 못 쫓아내는군.'

사내는 현관에 올라서서 난간에 라이플총을 내려놓았다. 그리고 늙은 개가 아직 살아 있는지 보려고 사슬을 당겼다. 아니나 다를까, 레인저는 질질 끌려 나오더니 주저앉았다. 레인저는 아픈 다리를, 총탄이 박힌 다리를 핥았다. 사내는 레인저를 바라보았다. 짐작대로 사냥개는 만신창이에 상처투성이 몰골이었다. 사내는 현관에 있는 주머니에 손을 넣어 값싼 개 먹이를 꺼내 그릇에 담아 주었다.

그러고는 안으로 들어가서 간이침대 위로 쓰러졌다. 그리고 깜박 잠이 들려는 순간, 알아차렸다. 그 짐승, 마루 밑으로 미끄러져 들어간 짐승은 생쥐가 아니었다. 고양이였다.

'오호!'

사내는 생각했다.

'미끼다.'

89

솔숲은 사냥꾼들의 보금자리다. 달콤하고 끈끈한 꿀이 나오는 관을 내세워서 실잠자리를 비롯한 벌레들을 꾀어 들이는 육식성 벌레잡이통풀도 사냥꾼 가운데 하나다. 나긋나긋한 줄을 쳐서 먹이를 노리는 거미는, 두말할 필요 없는 덫 사냥꾼의 제왕이다.

나무에게 물으면, 덫에 대해서 얼마든지 알려 줄 거다. 사냥꾼들의 강철 덫, 악어의 강철 턱, 독사의 사악한 턱.

마루 밑에서 사빈은 지켜보았다. 마침내 쉴 수 있게 되었다. 사내는 돌아왔고, 레인저에게 먹이도 주었다. 사빈은 발을 그러모으고 두 눈을 감았다. 누군가 덫을 놓고 있다는 사실을, 사빈이 어찌 알 수 있을까?

나무의 기억은 길고도 길다. 모카신 할머니의 기억도 마찬가지다. 그렇지만 바깥세상에 대한 기억은 항아리에 갇히기 전까지가 다였다. 땅속에 묻혀 지내는 동안에는 돌이켜 볼 사건이 없었다. 그럴 수밖에 없지 않나?

90

땅속 감옥에서 홀로 지내는 사이, 할머니가 모르는 일들이 많이 벌어졌다. 할머니는 매 사나이가 어떻게 됐는지 알 수 없었다.

모카신 할머니와 싸우느라 지친 매 사나이는 할머니한테 꼬리로 얻어맞아서 생긴 다리 상처 때문에 고통스러웠다. 온몸의 핏줄을 타고 도는 진하고 무시무시한 독 때문에 열이 났다.

그게 다였다. 다른 인간이었다면 냇물에 쓰러져 남쪽으로, 넓은 은빛 사빈 강을 따라 남쪽으로 하염없이 떠내려가다가 따뜻하고 잔잔한 멕시코 만으로 흘러들어 깊고 푸른 바닷속 깊이, 깊이 가라앉고 말았을 거다.

그렇지만 매 사나이는 평범한 인간이 아니었다. 매 사나이의 핏줄에는 위대한 마법의 새, 고대 인도와 이집트의 마법의 새, 가루다와 토트의 피가 흐르고 있었다. 매 사나이는 깊은 상처와 위험한 독이 일으킨 고통으로, 숨 쉴 때마다 괴롭고, 온몸을 꿰뚫는 통증으로 움직일 때마다 아픈 상태에서도 기다리고, 또 기다렸다. 딸이 다시 돌아오기를 하염없이 기다렸다.

몸이 너무 아파서 직접 찾아 나설 수는 없었다. 매 사나이는 밤 노래와 달리, 한번 새의 형상으로 돌아가면 다시는 인간이 될 수 없다는 규칙을 알았기 때문에, 인간의 모습을 지키고 있었다.

매 사나이는 딸을 위해 인간의 살갗을 버리지 않았다. 그렇게 냇가에서, 이 냇가에서 기다렸다. 그리고 기다리는 동안, 마을 사람들이 옥수수며 딸기, 토끼 요리, 심지어는 구운 들소 같은 음식을 가져다주었다. 마을 사람들은 매 사나이의 곁에 앉아서 노래를 불러 주었다. 낯선 매 사나이를 반갑게 맞아 주고 가족으로 받아들여 준 캐도 부족 사람들은 점잖고 다정했다. 마을 사람들은 매 사나이를 지켜보았다. 매 사나이와 함께 어린 딸아이를 기다려 주었다. 여기, 이 냇가에서, 이 유서 깊고 물살 거친 냇가에서.

마을 사람들뿐만 아니었다. 새들, 송골매, 울새, 갈까마귀, 때까치도 있었다. 새들도 나뭇가지에 빼곡하게 앉아 있었다. 매 사나이의 머리 위, 하늘을 맴돌았다. 매 사나이 가까운 곳에 늘어선 나무로 다가갔다. 새들은, 매 사나이가 인간의 살갗을 고집하다가는 독 때문에 머지않아 목숨을 잃게 된다는 걸 알고 있었다.

“형제여! 깃털을 입으시오. 매의 깃털을 입고 멀리 날아가시오!”

날이 갈수록 쇠약해졌지만, 매 사나이는 새들이 외치는 소리를 못 들은 척했다.

“어서 인간의 살갗을 벗고 나오시오. 날아요, 형제여. 날아가요!”

매 사나이의 딸은 어떻게 됐을까? 어디에 있을까? 매 사나이는 기침이 나오고 가슴이 답답해지기 시작했다. 독이 폐, 가슴, 목구멍까지 차올랐다.

큰어치, 굴뚝새, 상모솔새, 쌀먹이새가 부르짖었다.

“우리랑 같이 가요!”

원앙, 두루미, 왜가리가 소리쳤다.

“날아요!”

매 사나이는 들은 척도 하지 않았다. 그리고 두 눈을 감았다. 딸. 매 사나이는 딸을 기다려야 했다.

숨이 막혔다. 다리가 후들후들 떨렸다. 온몸 구석구석이 고통스러웠다.

매 사나이가 소리쳤다.

“딸아.”

그때 희미한 빛과 함께, 휙, 소리, 부드럽게 지저귀는 소리, 조그만 날개를 파닥이는 소리가 들려왔다. 그리고 이런 소리도 들려왔다.

"자, 이제 때가 됐어요."

매 사나이는 고개를 들었다. 황금빛 햇살 속에 벌새가 있었다. 매 사나이가 빙그레 웃자, 벌새는 날개로 매 사나이의 턱을 가만히 쓸었다.

마을 사람들이 음식과 우정을 싸들고, 형제와 다름없는 매 사나이가 며칠이고 하염없이 딸을 기다리던 냇가로 갔을 때, 남아 있는 건 깃털, 환한 햇빛을 받으면 구릿빛으로 빛나던 깃털뿐이었다.

그리하여 이 냇물은 이름을 얻게 되었다. 작은 소녀를 위한 깊은 슬픔. 그리고 시간이 흐르면서, 그 긴 이름은 점차 바뀌어 '작은 슬픔'이 되었다. 그때나 지금이나 온통 눈물로 이루어진 냇물은 바다로 흘러간다.

91

스스로 빛을 내던 아이, 매 사나이의 딸은 어떻게 되었을까? 아카시아, 박달나무, 오구나무를 비롯한 나무들의 기록에 따르면, 매 사나이와 밤 노래의 딸은 길을 잃었다. 며칠 동안 걸었지만, 땅은 점점 더 단단해지고 나무들은 더 드문드문해졌다.

아이가 자란 곳은 가막살나무며 참나무, 단풍나무 사이로 햇빛이 살짝살짝 비치는 땅이었다. 그런데 그곳에서는 쏟아지는 풍부한 햇빛이 아이의 빛나는 살갗을 태웠다. 아이가 아는 하늘은 와삭와삭 소리를 내는 커다란 소나무의 솔잎 사이로 언뜻 비치는 작은 조각 같은 하늘이었다. 그런데 그곳, 탁 트인 땅에서 보는 하늘은 끝이 보이지 않게 드넓었다.

발아래 땅은 단단했고, 우북한 풀이 바람에 살랑거리며 아이를 에워쌌다. 아이가 자란 숲에는 바람이 뚫고 들어올 틈이 별로 없었다. 하지만 거기는 여기도 바람, 저기도 바람, 온몸에 부딪치는 게 바람이었다. 거기, 풀이 무성한 초원. 바람과 공기가 가득한 초원.

바람. 아아, 바람. 아이는 온몸으로 한껏 바람을 맞아 본 게 처음이었다. 부드럽고, 부드러운 바람. 감미로운 바람. 풍부한 바람.

어떤 이는 초원이 바다와 닮았다고, 바람에 일렁이는 풀과 물결치는 파도가 닮았다고 한다.

어떤 이는 두 눈을 가만히 감으면, 땅이 이리저리 흔들리는 느낌, 배를 탄 것처럼 흔들리는 느낌이 든다고 한다.

홀로 남은 여자아이는, 길을 잃은 곳이 바다든 초원이든 상관없었다. 길 잃은 아이는 외로웠다. 밤마다 노래를 불러주던 어머니가 없어서 외롭고, 괴로움에 빠진 아버지, 아버지가 없어서 외로웠다. 아이는 할머니를, 한 번도 보지 못한 할머니를 찾아 길을 나섰다. 이 아이. 길을 잘못 든 아이. 이 빛나는 작은 아이는 머나먼 초원에서 오로지 혼자였다.

아이는 바람 부는 풀밭과 푸른 하늘을 바라보았다. 막막한 상황이 안개처럼 아이를 휘감았다. 아이는 온 세상을 두리번거리다가 문득, 다시는 어머니를 못 본다는 사실을 깨달았다.

아이가 그걸 어떻게 알았을까? 흔히 그렇듯, 가르쳐 주지 않아도 저절로 알게 되는 까닭이 무엇일까? 누구라도 아주 오랫동안 고요히 있으면, 나무가 말하는 소리를 실제로 듣고 이해하게 되는 경우가 있다. 비스듬히 비치는 한 줄기 빛이 마음속까지 스며들면 저절로 알게 되는 경우가 있다. 어쩌면 그건 누군가 허망하게 길을 잃었을 때, 사랑이 본래 갖고 있는 방식으로 알려 주는 해답인지도 모른다.

밤 노래와 매 사나이 사이에서 태어난 딸아이는 그 사실을 알자마자, 자신의 존재가 아주 작게, 온 세상에서 가장 작은 생물이 된 것처럼 아주 보잘것없게 느껴졌다.

다른 아이가 그런 상황에 처했다면, 몸을 한껏 웅크린 채 울고, 울고, 또 울었을 거다. 그렇지만 이 아이는, 바다표범과 인어와 세이렌 족의 후예는 달랐다.

아이의 핏줄 속에는 물 종족이 물려준 마법의 피만 흐르는 게 아니었다.

아이는 새 인간의 아들인 매 사나이의 후손이기도 했다. 여기, 풍성한 바람이 불어오는 초원에서, 드넓은 하늘에 휩싸여서, 아이는 두 팔을 높이 들어 올렸다. 아이의 살갗, 햇빛을 받은 살갗이 무지갯빛으로 반짝였다. 갑자기 하늘에 새들이, 제비, 흰털발제비, 되새, 배꼬리찌르레기, 붉은볏딱따구리, 메추라기, 홍내지빠귀가 무리를 지어 나타났다. 종류가 다른 수많은 새들이 수많은 소리로 외쳤다.

"딸아."

새들이 소리쳤다.

"인간의 살갗을 벗고 나오렴."

새들이 아이의 머리 위에서 출렁출렁 나는 사이, 찬란하게 빛나는 깃털이 아이의 머리에서 자라났다. 무지개 빛깔 깃털이 두 팔을, 목을, 온몸을 뒤덮었다. 그리고 갑자기 빛이 번쩍하더니, 아이가 높이 날아올랐다. 하늘이 빨아들이기라도 한 것처럼 날쌔게 날아갔다.

항아리 안에 갇힌 할머니는 간절한 열망이 파도처럼 들끓는 느낌에 휩싸였다. 황금빛 태양을 다시 볼 수 있을까? 악어 친구를 다시 볼 수 있을까? 바람과 빗방울 그리고 달빛이 살갗에 닿는 느낌을 다시 맛볼 수 있을까?

살갗. 천 년 동안, 할머니는 오로지 자신의 살갗만 느끼며 살아왔다. 차갑고 메마른 살갗. 밤 노래의 자장가를 한 번만 더 들을 수 있다면, 햇빛을 받아 빛을 내는 손녀딸을 볼 수만 있다면, 자신의 살갗쯤은 얼마든지 내줄 수 있었다. 할머니는 꼬리를 들어 둥근 항아리를 때렸다. 살갗이 아팠다.

92

컴컴한 마루 밑에서, 사빈은 날마다 되풀이하는 일과를 준비했다. 사빈은 악어 동갈치 낯바닥이 자신을 알고 있다는 사실, 또는 자신을 엮어서 계획 하나를 꾸미고 있다는 사실을 몰랐다. 며칠 동안 사내는 여느 때와 똑같이, 해가 저물면 집을 나갔다가 이른 아침에 돌아왔다. 사빈은 사내가 자신을 본 뒤에, 집 안으로 들어가서 먼지가 덕지덕지 낀 유리창을 깨끗이 닦았다는 것도 모르고 있었다. 사내는 그 창문으로 사빈이 사냥을 하기 위해 마루 밑에서 빠져나가는 걸 훔쳐보았다. 그런 다음 빈 먹이 그릇 옆에 있는 레인저를 보았다.

사내가 비아냥거렸다.

"멍청한 개 같으니라고. 고양이한테 얻어먹고 사는구먼."

사내는 소맷부리로 창유리를 문질렀다. 그러고는 투박한 손가락으로 제 얼굴을 비볐다. 모기한테 뜯기고 햇볕에 타서 붓고 쓰린 살갗 때문에 사내는, 속된 말로 죽을 맛이었다.

그렇지만 모기한테 물어뜯기고 햇볕에 탄 것보다 더 죽을 맛인 괴로움이 있었다. 얼굴이며 손등이 쓰린 건 마음속에서 부글부글 끓어오르는 괴로움에 비하면 아무것도 아니었다.

잠시 뒤, 사내는 현관에 앉아서 라이플총을 닦았다. 악어 왕과의 팽팽한 대결은 이제 물러설 수 없는 싸움이 되었다.

사내는 앞으로 물에는 절대로 들어가지 않을 작정이었다. 이제부터는 뭍에서 싸울 생각이었다. 물은 그야말로 악어의 영역이었다. 물속에서는 악어가 유리했다.

사내는 개머리판을 문지르며 능글맞게 웃었다.

"기슭으로 꾀어낸 다음……."

사내는 성난 얼굴 앞에 총을 들고 겨누었다.

마루 밑에서는 레인저와 사빈이 바짝 붙어 앉아 있었다. 총탄이 박힌 레인저의 다리가 화끈거렸다. 그렇지만 레인저는 불평하지 않았다. 사빈의 머리를 핥아 주고 고약한 냄새가 풍기는 마당 너머 울창한 숲을, 개똥벌레가 깜박거리는 숲을 내다보았다. 목에 감긴 사슬이 그 어느 때보다 더 무겁게 느껴졌다.

해가 막 지기 시작할 무렵, 레인저는 줄지어 선 나무 사이에, 마당가에 늘어선 나무들 사이에 뭔가가 떠 있는 걸 보았다. 작은 무지개 같은 물체가 위아래로, 앞뒤로 떠다녔다. 레인저는 눈을 끔벅거렸다. 벌새일까?

레인저는 벌새가 지닌 의미를 알고 있었다. 그런데 누구 때문에 벌새가 나타났을까? 레인저는 상처 입은 다리를 핥았다. 총탄이 박힌 자리가 시원하게 가라앉았다.

위에 있는 현관에서, 악어 동갈치 낯바닥도 벌새를 보았다. 사내는 총을 들어 햇볕에 그을린 뺨에 대고 총열 끝의 십자 선에 눈을 맞췄다. 그리고 방아쇠를 당겼다.

탕!

고개를 들어 보니 벌새는 사라지고 없었다. 벌새를 맞췄는지 못 맞혔는지, 그건 알 수 없었다. 만약에 맞혔다면 완전히 증발해 버렸을 거다. 흔적도 못 찾는 지경이 됐을 거다. 사내는 아무렇거나 신경 쓰지 않았다. 벌새 따위를 사냥하려는 건 아니었으니까.

마루 밑에서 사빈이 움츠러들었다. 아주 오랜만에 총소리를 들었다. 사빈은 라이플총을, 죽는 것, 목숨을 잃게 되는 것이라는 의미로 받아들였다. 어미와 레인저가 준 가르침을 잊지 않고 있었다. 레인저의 다리에 박힌 총탄에 대해서도 알고 있었다. 현관 난간에 걸린 짐승 가죽도 보았다.

'악어 동갈치 낯바닥과 그 사내의 총구 앞에 나서지 마라. 절대로.'

그건 좋은 규칙이었다.

93

퍽은 다람쥐를 흉내 내서 잽싸게 이 가지, 저 가지를 타고 달리면 냇물을 건널 수 있다는 걸 알았다.

니사나무 위로 높이 올라가는 것쯤이야 쉬웠다. 퍽은 발톱을 날카롭게 세우고, 잽싸게 나무를 타고 올라갔다. 높다란 가지 위에서는 냇물이 조그맣게 보이는 게 팔짝 뛰면 건널 수 있을 것 같았다. 다람쥐들이 뛰어난 곡예사처럼 팔짝팔짝 가지를 건너뛰는 모습도 들어왔다. 고개를 숙이면 땅바닥도 볼 수 있었다.

땅바닥은 내려다보지 말았어야 했다. 으악! 바닥은…… 까마득하게…… 멀리…… 있었다.

그렇지만 퍽은 마음을 단단히 다잡았다. 나무 꼭대기에서 바라보자니, 레인저와 사빈이 냇물 건너편에 있다는 느낌이 더 강해졌다. 부드러운 산들바람이 몸을 어루만졌다. 그 바람 속에 한 발만 내디디면 하늘을 날 수도 있을 것 같았다.

그렇지만 허공에 발을 디디면 안 된다는 건 두말할 필요가 없었다. 퍽은 나뭇가지를 딛고, 다른 나뭇가지로 건넌 다음, 또 다른 나뭇가지를 탔다. 그런데 앞으로 움직일수록 니사나무 가지가 점점 가늘어지더니, 휘청휘청 흔들리기 시작하는 게 금세라도 떨어질 것만 같았다.

발을 디딜 때마다 휘청거리는 바람에, 퍽은 다시 줄기 근처로, 굵고 단단한 가지 위로 물러섰다. 다람쥐는 어떻게 건너뛰었을까? 다람쥐는 가지를 흔들지 않고도 가는 나무를 탈 수 있을까?

퍽은 한참 동안 꼼짝 않고 앉아 있었다. 그때 귀에 익은 소리가 들려왔다.

"찌르 찌르 찌르 찌르 찌르!"

어제 퍽 옆에 있는 나무 위에서 털 뭉치 같은 꼬리를 깃발처럼 흔들던 다람쥐였다.

"찌르 찌르 찌르 찌르 찌르!"

퍽은 그 다람쥐가 가지에서 가지를 타고 이 나무에서 저 나무로 스치듯이 건너가는 모습을 다시 한 번 지켜보았다. 다람쥐가 가는 가지 끝을 조르르 타고 다른 가지로 건너뛰는 모습을 뚫어지게 바라보았다. 우아하고 나무랄 데 없는 동작이었다. 그리고 빨랐다.

빨리! 그게 열쇠였다. 느리게 움직였기 때문에 가지가 휘청휘청 위아래로 흔들린 게 틀림없었다. 빨리 움직여야만 했다. 느리면 안 된다.

퍽은 다람쥐가 무성한 나뭇잎 사이로 얼핏 자취를 감출 때까지 조금 더 지켜보았다. 퍽은 한 발, 한 발, 가지 끝으로 걸어갔다. 그리고 숨을 깊이 들이마신 다음…… 빨리.

'빨리 가.'

'퍽, 빨리 가라고!'

하지만 겨우 한 뼘쯤 간 게 다였다. 가지가 흔들렸다. 퍽은 나무껍질에 발톱을 박았다. 그 자리에 서서 가지가 흔들리지 않을 때까지 기다렸다.

배 속이 뒤틀리는 것 같았다. 퍽은 마음을 바꿔서 '빨리' 말고 다시 '느리게' 가기로 했다.

퍽은 조금씩 나아갔다. 가지는 점점 더 가늘어졌다. 퍽은 걸음을 멈추고 옆 나무를 바라보았다. 가지 하나가 퍽을 기다리고 있었다. 잎이 무성한 손을 퍽 쪽으로 내밀고 있었다. 그냥 달려가서 뛰면 건너갈 수 있을 것 같았다.

퍽은 가운데 부분까지 살금살금 나아갔다. 가지가 흔들렸다. 위로 휘청. 아래로 휘청. 퍽은 발톱을 박고 가만히 있었다. 그런 다음 숫자를 세기로 하고…… 하나…… 둘…… 셋…… .

탕!

총소리가 공기를 갈랐다.

퍽은 몸을 날렸다.

94

늪지대 맨 밑바닥에 있으면서도, 악어 왕은 변화가 가까워졌다는 걸 눈치챘다. 며칠이 지나도록 통나무배를 탄 사내가 나타나지 않았다.

'돌아올걸.'

악어가 생각했다.

'그런 인간은 언제나 돌아오기 마련이거든.'

악어 왕은 물 위로 떠올라서 노란 눈으로 주위를 살폈다. 물 밖으로 콧구멍을 내밀고 깊이 숨을 들이마시며 말했다.

"비가 오겠군."

그 말을 남긴 채, 악어 왕은 흐리고 질척한 바닥으로 다시 내려가서 잠이 들었다.

95

냇가에 선 늙은 테다소나무도 곧 비가 내릴 거라고 생각했다. 이제는 키가 겨우 육 미터 남짓밖에 안 됐지만, 폭풍우가 닥쳐오는 낌새는 느낄 수 있었다. 아직은 먼 남쪽에서 올라오는 중이었지만, 나무는 이번 폭풍이 대단한 위력을 지니고 있다는 걸 알았다.

나무들은 언제나 가장 먼저 폭풍우를 알아차린다. 이 폭풍우는 사하라 사막의 따뜻한 바람을 품고 서부 아프리카 해안에서 시작하여, 대서양을 건넌 다음, 멕시코 만을 거쳐, 굽이쳐 흐르는 넓은 사빈 강을 따라 올라오는 길이었다. 폭풍우는 멕시코 만을 단숨에 건너기 전, 쿠바와 자메이카 근처에서 잠시 머뭇거렸다. 그러면서 라구나 마드레의 따뜻한 물을 그러모았다.

머지않아 이 폭풍우가 솔숲에 휘몰아칠 거다. 대단한 힘을 지닌 녀석이다. 집 안 곳곳, 문단속을 하라. 문을 꽉꽉 걸어 잠가라. 폭풍우가 몰아치는 밤에는 집 밖에 나서지 마라.

96

날이 저물자, 어둠이 느릿느릿 나뭇잎 사이로 들어앉았다. 악어 동갈치 낮바닥은 그 고요한 적막이 불편했다. 사내는 주머니에서 술병을 꺼내 마개를 뺐다. 술병은 개의 먹이 그릇처럼 텅 비어 있었다.

어쩌면 쓰디쓴 술 없이 온밤을 버틸 수도 있었다. 어쩌면. 그렇지만 굳이 그럴 필요가 있을까? 이제 겨우 초저녁이었다. 개는 배가 고프긴 하겠지만 아마 얌전히 기다릴 거다. 게다가 무엇 때문에 곧 죽게 될 개한테 먹이를 낭비할까? 사내는 고개를 가로젓고 바닥에 침을 뱉었다.

그러고는 기름 웅덩이 위에 세워 놓은 낡은 픽업트럭에 올랐다. 열쇠를 몇 번이나 돌린 끝에야 덜컥거리며 시동이 걸렸다. 사내는 마당 밖으로 차를 몰고 나가서 숨은 길가에 있는 선술집으로 방향을 잡았다.

오늘 밤, 사내는 언제나처럼 다른 인간들의 얘기를 들을 거다. 아마 사내는 입도 벙긋하지 않을 거다. 하지만 그럴 날도 잠깐이었다. 곧 사내가 이야기꾼으로 바뀔 것이다. 곧 악어 왕을 끌어올릴 것이다. 곧.

사내는 기어를 바꾸며 어둠 속으로 차를 몰았다.

사빈과 레인저는 자동차 소리에 퍼뜩 놀랐다. 라이플총을 발사하는 소리도 몹시 기분 나빴지만, 트럭 소리는 언제나 기억을 되살렸다. 트럭 소리만 들으면 악어 동갈치 낯바닥이 삼색 어미 고양이와 퍽을 낚아챈 날이 떠올랐다. 등줄기의 털을 곤두세우며 사빈이 낮게 으르렁거렸다.

레인저는 자동차 소리가 사라질 때까지 기다렸다가 먹이 그릇 앞으로 나갔다. 그리고 쭈그리고 앉아서 텅 빈 지 오래된 그릇을 핥았다. 배가 몹시 고팠다. 사빈이 레인저 곁으로 다가오며 몸을 쭉 폈다. 사빈은 마침내 마루 밑에서 나오게 된 게 기뻤다. 지난 며칠 동안 악어 동갈치 낯바닥이 현관에서 살다시피 하며, 바짝 붙어 있었다.

사빈도 배가 고팠다. 사빈은 레인저를 스치고 지나가 숲으로 걸어갔다. 하지만 숲에 닿기 전, 사빈은 콧등을 높이 쳐들었다. 변화가 다가오고 있었다. 비. 엄청난 비. 폭풍우가 몰려오고 있었다.

97

밑으로, 밑으로, 밑으로 퍽은 떨어져 내렸다. 눈앞으로 휙휙, 스치는 니사나무 가지가 발톱처럼 보였다. 아래로, 아래로, 아래로, 축축한 공기를 뚫고 떨어져 내렸다. 밑으로, 밑으로, 밑으로, 작은 슬픔 냇가의 딱딱한 황토 바닥으로 떨어져 내렸다.

털썩!

고양잇과 동물들이 으레 그렇듯 퍽은 네 발로 땅을 디뎠지만, 엄청난 속도로 떨어진 탓에 숨이 컥 막혔다. 잠시 온 세상이, 나무들이, 솔잎이, 옆에 있는 냇물이 빙글빙글 돌았다. 귀가 윙윙 울렸다.

퍽은 눈을 깜박였다. 기침이 터져 나왔다. 숨이 막히고 옆구리가 아팠다. 옆구리에 가는 상처가 길게 나 있었다. 네 다리가 등뼈로 말려 들어가는 것만 같았다. 도저히 일어날 수 없을 것 같았다. 퍽은 옆구리를 땅에 대고 발랑 드러누웠다. 가슴이 쿵쿵 뛰었다. 헐떡헐떡 숨이 찼다. 공기. 숨 쉴 공기가 필요했다.

냇물 흐르는 소리가 들렸다. 물소리가 메아리치며 귀를 울렸다.

'물이다. 물가에 온 게 틀림없어.'

퍽은 캑캑, 다시 기침을 했다. 숨만 쉴 수 있다면…… .

냇물을 건널 수만 있다면 얼마나 좋을까.

그럴 수만 있다면, 그럴 수만 있다면, 그럴 수만 있다면, 그럴 수만 있다면…… .

'돌아가겠다고 약속해라.'

아직도 세상은 핑글핑글 돌았다. 아직도 귓가는 윙윙 울렸다. 상처가 화끈거렸다. 다리가 쑤셨다. 라이플총 소리가 귓전을 맴돌았다. 어둡고 고요한 밤이 내리기 시작했다. 나무들이 서로 수런수런 소곤댔다. 그리고 퍽, 용감한 퍽은, 물살 거센 냇가에서 완전히 정신을 잃어버렸다.

98

참으로 부드러운 빗방울이, 이슬이나 엷은 안개라고 해도 좋을 빗방울이 듣기 시작했다.

기울어진 집 가까운 곳에서, 사빈은 마루 밑으로 돌아갈 차비를 서둘렀다. 이번 사냥에는 행운이 좀처럼 따라 주지 않았다. 먹잇감들은 하나같이 코앞에 닥친 폭풍우를 피해 굴 속으로 숨어 버렸다. 빈 배 속이 요동쳤다. 하지만 사빈은 레인저가 더 배고플 거라고 생각했다. 먹잇감으로 내밀 만한 건 겨우 입에 대롱대롱 물고 있는 초록색 도마뱀 한 마리가 다였다.

집에서는 레인저가 두 귀를 발에 늘어뜨린 채 기다리고 있었다.

한편 허름한 선술집에서는, 악어 동갈치 낯바닥이 어두운 구석 자리에서 럼주 한 병을 마주하고 앉아 있었다. 사내는 의자에 등을 기대며 씩 웃었다. 빗소리, 머리 위의 함석지붕을 소곤소곤 두드리는 빗소리는 귓가에도 안 들렸다. 사내는 오로지 다른 탁자에 앉은 사람들의 이야기만 듣고 있었다. 무게가 이십 킬로그램이나 나가는 메기 이야기며, 덫으로 흑곰과 거대한 너구리를 잡았다는 일화 따위에 잔뜩 귀를 기울였다. 그렇지만 사내가 가장 듣고 싶은 건 악어 이야기였다.

사내는 곧 자기가 솔숲에서 가장 존경받는 사냥꾼이 될 거라고 생각했다. 악어 동갈치 낯바닥은 부모가 지어 준 진짜 이름 따위는 떠올리려 하지 않았다. 그 이름은 휴스턴 뱃길의 선창에, 어린 시절에 살았던 집 거실 바닥, 주정뱅이 아버지 바로 곁에 남겨 둔 채 떠나왔다. 이제 머지않아 악어 동갈치 낯바닥이라는 이름을 모르는 사람이 없게 될 거다. 곧 온 세상에 그 이름을 떨치게 될 거다.

사내는 긴 술병을 기울여 다시 한 모금을 마시고 의자 깊숙이 파묻혔다. 비가 점점 더 거세게 내렸다.

할머니는 감옥 안에서 뱅뱅 맴돌았다. 폭풍우가 닥치고 있었다. 할머니는 그 낌새를 알아차렸다. 어둠 속에서 할머니의 눈이 번쩍였다. 구름 속에서 번갯불이 빛났다.

고오오오옷…….

99

악어 동갈치 낮바닥은 다른 사내들의 허풍 섞인 사냥 솜씨 이야기를 실컷 주워들었다. 사내는 술집 주인에게 사향뒤쥐 가죽을 건네고 밖으로 나와 트럭으로 다가갔다. 무성한 나뭇가지 위로 비가 내리고 있었다. 사내는 트럭을 몰고 잡초가 우거진 길을 달렸다. 그런데 기울어진 집이 아니라 다른 쪽으로 방향을 틀었다. 마침내 작은 풀밭에 이르자 차를 세우고 창을 내렸다. 축축한 밤공기가 사내를 휘감았다. 사내는 자동차 도구함에서 럼주 병을 꺼내 계기반 위에 놓았다. 그리고 의자에 등을 기대고 씩 웃었다. 사내는 트럭 앞 유리며 지붕에 후드득후드득 쏟아지는 비에는 마음을 두지 않았다.

사내는 이 풀밭, 어린 소년 시절에 사슴을 쓰러뜨렸던 '승리의 풀밭'을 자주 찾지는 않았다. 사슴 얘기는 아무에게도 하지 않았다. 누가 그 말을 믿어 줄까? 누가 관심이나 가질까? 그렇지만 악어 얘기라면 누구에게든 다 할 수 있다.

넓지는 않지만 이 풀밭에서도 별을 볼 수 있었다. 어린 시절을 보낸 휴스턴에는 도시의 불빛 위로 희미하게 반짝이는 별이 무척 많았다.

사내는 그 별들을 기억했다. 물론 오늘 밤에는 비만 내릴 뿐, 그곳에도 별은 없을 것이다. 아무렇거나 상관없었다. 먼지 낀 앞 유리에 비가 흩뿌리면서 별 모양의 흔적이 생겨났다. 사내는 술을 한 모금 깊이 들이켜고 소맷부리로 입가를 훔쳤다. 지난번 아침나절에 모기에게 뜯긴 얼굴이 아직도 가려웠다. 그러나 럼주를 마시면 지긋지긋한 가려움도 누그러졌다.

이제 중요한 문제는 딱 하나였다. 악어 왕을 잡는 것. 악어 동갈치 낮바닥. 머지않아 온 세상 사람들이 이 선택받은 이름, 비웃음을 짓던 낯선 사람들이 이 사내를 위해 골라 준 이름, 흉한 얼굴을 비아냥거리기 위해 골라 준 이 이름을 알게 될 거다. 머지않아 그 이름을 모두가 큰 소리로 외쳐 부르게 될 거다. 곧.

사내는 술병을 들어 다시 한 모금 마신 뒤 의자 깊숙이 몸을 묻었다. 사방에 비가, 점점 더 거세게 내렸다.

100

냇둑 위에서 퍽이 꿈틀거렸다. 세차게 내리는 차가운 빗줄기에 정신을 차렸다. 퍽이 막 일어서는 순간 우르르르 쾅! 번개가 공기를 갈라놓았다. 퍽의 젖은 털이 쭈뼛 곤두섰다. 높은 나무에서 떨어진 탓에 머리가 멍하고, 온몸 구석구석이 아팠다. 퍽은 주위를 살폈다. 칠흑 같은 어둠만 눈에 들어왔다. 들이붓는 것처럼 쏟아지는 빗줄기가 털가죽 속으로 스며들었다. 퍽은 뒷발을 들어서 귀를 긁었다. 옆구리를 핥았다. 앞발에서 등까지 긴 상처가 나 있었다. 상처는 깊지 않았지만, 욱신욱신 쑤셨다.

꽈르르르릉! 주변에 있는 나무들 위로, 키 큰 니사나무 위로 벼락이 떨어졌다. 문득 나무에서 떨어진 게 생각났다. 그래서 온몸이 아픈 거다. 퍽은 몸을 쭉 폈다. 뼈가 부러진 것 같지는 않았다.

그때 번개가 구름을 갈라서 틈을 좍 벌려 놓기라도 한 것처럼 비가 쏟아졌다. 차가운 비가 양동이로 들이붓는 것처럼 쏟아졌다. 수천 킬로미터를 달려온 비가 솔숲 위에 낀 먹구름 속에 가득 들어차 있었다.

퍽은 늙은 소나무 밑에 있는 따뜻한 굴을 찾아 바삐 서둘렀다. 흠뻑 젖은 몸을 부르르 흔들어 물기를 떨어내고 굴속에 조심조심 엎드렸다.

코끝부터 꼬리끝까지 온몸이 욱신거렸다. 비는 점점 더 세차게 내렸다.

그렇지만 퍽은 안전했다. 작고 어두운 굴속은 안전했다.

'마루 밑에 있으면 안전하단다.'

안도감이 온몸을 휩쌌지만 그것도 잠시, 끊임없이 내리는 빗소리가 욱신욱신 쑤시는 귀에 대고 소곤거렸다.

'약속해라. 약속해라. 약속해라.'

그리고 작은 보금자리 아래 깊숙한 땅 밑에서, 또 다른 생물이 꿈틀거렸다.

'딸내미. 딸내미를 내가 차지하겠어.'

수많은 약속들.

지척에서 냇물이 점점 불어나고 있었다.

101

이튿날 아침 사빈은 낡은 트럭이 돌아오는 소리를 들었다. 그다음에는, 악어 동갈치 낯바닥이 나무 계단을 쿵쿵 밟고 현관으로 올라가는 무거운 발소리를 들었다. 방충 문이 쾅 닫히는 소리가 났다. 머리 위에 있는 마룻바닥이 사내의 무게에 눌려 삐걱거렸다. 모두가 사빈이 태어나서 지금까지 늘 듣고 지낸 소리였다. 새로울 것 없는 소리였다. 늘 일정하게 되풀이되어 익숙해진 소리였다.

사빈은 소리를 좀 더 기다렸다. 집 앞쪽으로 귀를 기울였다. 기다렸다. 그렇지! 쾅, 방충 문 소리가 다시 났다. 그 소리는 악어 동갈치 낯바닥이 레인저의 먹이를 떠올렸다는 신호였다. 사빈은 느긋하게 몸을 풀었다.

'오늘은 운이 좋겠구나.'

사빈은 악어 동갈치 낯바닥이 먹이를 담은 그릇을 레인저 앞에 놓는 걸 지켜보았다. 사내가 다가오자 레인저는 몸을 잔뜩 움츠렸다. 먹이를 주면서 세게 걷어차고 소리를 지르는 경우가 많았기 때문이다.

사빈은 숨을 죽였다. 사내는 그냥 가 버렸다. 레인저를 걷어차지도 않고, 비웃지도 않고, 소리를 치지도 않았다. 그냥 그릇만 내려놓고 갔다. 사빈은 숨을 내쉬었다.

'그래, 오늘은 운 좋은 날이 될 거야.'

악어 동갈치 낯바닥이 쿵쿵거리며 계단을 올라가는가 싶더니, 이내 문 닫히는 소리가 났다. 사빈은 집 가장자리로 살금살금 다가갔다.

먼저 분홍빛 코를 내밀고, 조그만 수염을 씰룩거린 다음, 바깥으로 나갔다. 아아, 부드럽고 상쾌한 비, 밤새도록 몰아친 폭풍우 덕분에 온 세상이 새롭고 깨끗해진 느낌이었다.

늙은 레인저가 살그머니 나오는 사빈을 보았다. 레인저는 옆으로 비켜서 사빈이 먹이 그릇 앞으로 오도록 해 주었다. 그릇 안에는 상해 가는 값싼 먹이가 조금 들어 있을 뿐이었지만, 레인저는 그나마도 이 꼬마와, 이 어린 은빛 고양이와, 다정한 옛 친구의 딸과 나눌 수 있는 게 기뻤다. 먹이, 보슬비, 상쾌한 바람. 요사이 부쩍 늙은 털가죽만큼이나 지치고 피로했지만, 레인저는 이렇게 생각했다.

'오늘은 운이 좋구나.'

둘 다 악어 동갈치 낯바닥이 계단 꼭대기에 서서 지켜보고 있다는 사실은 까맣게 모르고 있었다. 쾅, 문이 닫히는 소리는 함정이었다.

사내가 낮게 중얼거렸다.

"미끼로군."

사내의 마음속에, 삼십 미터에 이르는 악어 왕이 불쑥 떠올랐다.

102

사빈은 비가 오는 게 좋았다. 레인저가 그릇에 든 먹이를 씹는 동안 사빈은 그 곁에 서 있었다. 위험한 건 태양이었다. 그런데 오늘은 해는 안 뜨고, 비만 주룩주룩 내렸다. 숱 많은 털가죽 위로 비가 부드럽게 내려앉았다. 상쾌하고 시원한 느낌이었다. 사빈은 몸을 세차게 흔들었다. 이 부드러운 비가 마루 밑에서 달라붙은 먼지를 깨끗하게 씻어 줄 것이다. 마당은 잡동사니며 오래된 널빤지들로 어수선했다. 레인저의 먹이 그릇 바로 옆에도 널빤지가 하나 있었다. 질척질척한 마당에 뜬 섬 같았다. 사빈은 그 널빤지 위에 앉아서 오른쪽 뒷발을 핥았다. 흡족해지자, 다른 발을 핥기 시작했다. 이날은 시작부터 기분이 좋았다. 레인저를 위한 먹이. 주룩주룩 내리는 비.

사빈은 이내 몸치장에 마음을 빼앗긴 채, 은빛 털가죽을 꼼꼼히 핥았다. 엉덩이를 비롯하여 네 발을 깨끗이 핥았다. 고개를 돌려서 가냘픈 등도 핥았다. 고개를 숙이고 우단처럼 부드러운 배를 핥았다. 이따금 하던 짓을 멈추고 레인저의 긴 귀를 핥아 주었다. 레인저는 사빈이 그렇게 핥아 주는 게 참 좋았다.

레인저는 부족한 먹이를 다 먹고 옆으로 누웠다. 먹이 그릇 옆, 비가 내리는 진창 바닥에 그냥 누웠다.

사빈은 레인저 옆, 널빤지 위에 앉아 있었다. 사빈은 그 순간 더 바랄 게 없을 만큼 행복했다. 비, 먹이, 다정한 개. 사빈은 순간의 행복을 붙잡는 법을 알았고, 지금이 바로 그런 순간이었다.

악어 동갈치 낮바닥이 집 안으로 들어가지 않았으며, 문 닫는 소리는 그저 계략에 지나지 않았다는 사실을 사빈이 어떻게 알까? 사내가 타르틴 늪지대와 작은 타르틴 사이에 있는 질퍽질퍽한 곳에서 악어 왕을 보았다는 걸 사빈이 어떻게 짐작이나 할까? 악어를 잡고 싶은 사내의 욕망이 악어 몸집보다 더 크다는 걸 어찌 알까? 사내가 살아 있는 동물을 밧줄에 매달아 늪지대의 고인 물가에 던져 놓는 것으로 신선한 미끼를 삼으려 한다는 사실을 어찌 알까?

자신이 바로 사내가 노리는 완벽한 대상이라는 걸 어찌 알까? 완벽한 미끼라는 사실을? 자신이 늙은 사냥개 옆자리에 가서 앉는 모습을, 배 밑으로 다리를 모으고 앉아 두 눈을 감는 모습을, 악어 동갈치 낮바닥이 다 지켜보고 있다는 사실을 어찌 알까? 뒤에서 살금살금 다가와 투박한 손으로 자신의 목덜미를, 숨이 막히도록 거칠게 움켜쥐며 낚아챌 거라는 사실을 사빈이 어찌 알까?

사빈이 비명을 질렀다.

"이이야아아아아아아옹!"

103

먹이 그릇 옆, 진창에 누워 있던 레인저는 악어 동갈치 낮바닥이 사랑하는 새끼 고양이를 낚아채는 소리를 못 들었다. 그렇지만 한번 소리가 터지자 이어 다른 소리가 뒤를 따랐다. 사빈이 울부짖는 소리가 나자, 새로운 소리가, 성난 사냥개가 날카롭게 으르렁거리는 소리가 뒤를 이어 사방에 울려 퍼졌다.

그 소리를 들어 보라. 전동 쇠사슬 톱이 나무껍질을 파고드는 것처럼 낮게 으르렁거리는 소리를 들어 보라.

들어 보라. 맹렬한 분노로 인해 사나워진 사냥개의 소리를 들어 보라.

들어 보라. 미칠 것 같은 분노에 휩싸인 사냥개의 소리를 들어 보라.

악어 동갈치 낮바닥이 삼색 어미 고양이와 꼬마 아들을 삼베 주머니에 넣어, 기울어진 집 옆, 시커먼 기름 웅덩이에 세워 둔 픽업트럭 짐칸에 던지는 걸 본 뒤로 시간이 얼마나 흘러갔는지는 알 수 없었다. 그렇지만 레인저에게는 그날이 바로 어제처럼 느껴졌다. 사슬을 있는 힘껏 잡아당기며, 목이 갈가리 찢어지도록, 목이 아파서 노래를 부를 수도, 소리를 지를 수도, 짖을 수도 없는 지경이 되도록 오래오래 울부짖었던 날이 바로 어제 같았다. 사빈에게 소곤거리는 소리조차 내기 힘들었던 날이, 강철 신발에 옆구리를 걷어차이면서도 초라한 신음 한 자락 내뱉을 수 없었던 날이 바로 어제 같았다. 그 뒤로도 내내 레인저는 겨우 소곤거리거나 낮게 낑낑거리는 소리밖에 내지 못했다.

그런데 악어 동갈치 낯바닥이 하나밖에 없는 사빈을, 햇빛보다, 뼈다귀국보다, 사냥감 냄새보다 더 사랑하는 사빈을 낚아채는 걸 본 순간, 끔찍한 생선 낯짝을 한 사내가 거친 손으로 사빈을 움켜쥐고 잡아 흔드는 걸 본 순간, 레인저의 목소리가 공기를 찢어 놓을 듯이 터져 나왔다.

분노에 사로잡혀 울부짖는 소리가 젖은 아침을 두들겨 깨우고, 느릅나무, 참나무, 플라타너스 나무의 줄기를 거세게 흔들어 놓았다.

깜짝 놀란 악어 동갈치 낯바닥이 멈칫하는 순간, 레인저는 돌진했다.

악어 동갈치 낯바닥은 뒤로 주춤주춤 물러서다가 은빛 고양이를 놓쳐 버렸다. 사빈은 땅바닥으로 떨어져 내리며 숨을 몰아쉬었다. 레인저가 으르렁거리며 짖지만 않았다면, 틀림없이 이렇게 말했을 것이다. 달려, 달려, 도망쳐라. 이 사악한 곳에서, 다 기울어 가는 집에서, 이 사내의 거친 손아귀에서 도망쳐서 달려라.

하지만 굳이 그렇게 말할 필요도 없었다. 사빈은 달리고, 달리고, 달려서 종려나무로 둘러싸인 낮은 감탕나무 관목 숲으로 들어갔다. 종려나무에 얼굴을, 옆구리를, 다리를 긁히면서 사빈은 감탕나무 숲으로 쏜살같이 도망쳤다. 그 끔찍한 마당에서 얼마 떨어지지 않은 곳이었지만, 그만하면 꽤 멀리 온 셈이었다. 사빈은 이제 종려나무로 둘러싸인 그 숲에서 나오지 않을 작정이었다. 소름 끼치는 사내를 피해 숨어 있을 생각이었다.

악어 동갈치 낯바닥이 낡은 널빤지를 휘둘러 레인저의 등을 때리려다가 실패하는 모습을 사빈은 보지 못했다. 사내가 더러운 마당으로 야무지게 넘어지는 걸 보지 못했다. 레인저가 악어 동갈치 낯바닥의 다리에 이빨을 깊숙이 박는 모습을 보지 못했다. 그렇지만 고통에 찬 사내의 목소리는 들었다. 사내가 화가 나서 부르짖는 소리도 들었다.

"가만두지 않을 테다, 이 지긋지긋한 개자식!"

방충 문이 쾅, 닫히는 소리도 들었다. 레인저가 더 이상 으르렁거리지 않는다는 것도 알았다. 그리고 다음 순간, 참으로 오랜만에 다정한 사냥개가 고개를 높이 쳐들고 짖는 소리가 들려왔다.

"아우우우우우우!"

사빈은 아름답고 강한 그 목소리를 놓치지 않으려 애썼다.

"아우우우우우우우우우!"

레인저의 소리가 솔숲에 가득 퍼졌다.

"아우우우우우우우우우우우우!"

사빈은 가만히 눈을 감았다. 오랫동안 그리워한 소리였다. 사빈은 그저 그 순수하고 맑은 소리에 푹 빠져들고 싶었다. 하지만 지금 이 소리는 자장가도, 서글픈 노랫가락도 아니라는 걸 퍼뜩 알아차렸다. 여기, 분노의 외침이 있었다. 슬픔의 외침이 있었다. 바로 여기, 고통의 울부짖음이 있었다.

사빈은 은신처 깊숙이 움츠리고 앉았다. 좋은 일은 전혀 일어나지 않을 상황이었다.

104

그리 멀지 않은 냇둑 위에서, 흠뻑 젖은 퍽이 홀로 앉아 불어난 물을 바라보고 있었다. 냇가는 전날보다 두 배는 더 넓어졌다. 다람쥐를 흉내 내다가 다친 곳이 아직도 아팠지만, 기분은 한결 나았다. 특히 굴 근처 나뭇잎 더미 밑에서 들쥐를 두 마리나 찾아내서 잡아먹은 뒤로 기분이 풀렸다. 비가 잦아들면, 작은 동물들은 젖은 둥지 밖으로 살금살금 기어 나오기 마련이다. 아프고 배고픈 고양이에게 그보다 더 좋은 일은 없었다.

빛을 찾아보기 힘든 흐린 아침이었다. 태양은 아직 구름 속에 웅크리고 있었다. 퍽은 젖은 발을 핥았다. 옆구리에 길게 난 상처를 핥았다. 그리고 다리를 그러모은 채, 물이 불어난 냇가를 하염없이 바라보았다. 이제는 도저히 건너지 못할 것 같았다.

퍽이 하는 생각을 듣기라도 했을까, 어디선가 소곤거리는 소리가 들려오는 것 같았다.

"누이여! 누이여! 누이여!"

어쩐지 퍽이 들으라고 외치는 소리 같았다.

"누이, 누이, 누이."

그래. 퍽한테도 누이가 있다. 그렇지만 사빈은 지금 여기에 없다.

퍽은 눈을 감고 누이를, 쌍둥이 동생을, 단짝 친구를 그려 보았다.

"누이, 누이, 누이."

작은 슬픔이 소리치며 흘러갔다. 퍽은 눈을 뜨고 냇물을 바라보았다. 저 멀리 나무 꼭대기 사이로 번갯불이 꽈르릉 내리쳤다. 전류가 다시 전류를 부르기라도 하는 것처럼, 곧 이어 가까운 하늘에서 번갯불이 구름을 찢고 나오더니 퍽의 바로 뒤쪽으로 지지직, 소리와 함께 내리꽂혔다. 천지가 갈라지는 것 같았다. 퍽의 수염이 바르르 떨렸다.

바로 그때, 번갯불이 문을 활짝 열기라도 한 것처럼, 오랫동안 못 들었던 소리, 울부짖는 소리가 팽팽한 공기를 뚫고 울려 퍼졌다.

"아우우우우우우우!"

퍽은 고개를 가로저었다.

"아우우우우우우!"

다시 소리가 났다!

이럴 수가 있을까? 이럴 수가? 정말로 그 목소리일까?

"아우우우우우우!"

퍽이 알기에는 그런 소리로 울부짖는 사냥개는 딱 하나밖에 없었다. 울부짖는 소리가 온 숲을 달려서, 비 내리는 공기를 가르고, 퍽이 앉아 있는 냇둑까지 곧장 날아왔다. 퍽은 귀를 쫑긋 세웠다. 레인저만 그런 소리를 낼 수 있다!

거대하고 신성한 확신이 퍽의 몸을 휘감았다.

"아우우우우우우!"

다시 소리가 났다. 퍽은 소리가 어느 쪽에서 나는지 알아보려고 귀를 쫑긋 세웠다.

"아우우우우우우우!"

언제나 느꼈던 대로, 소리는 냇물 건너편에서 들려왔다.

그리 먼 곳은 아니라는 생각이 들었다. 어떻게든 냇물만 건너면 찾아낼 수 있을 것 같았다. 악어 동갈치 낯바닥이라는 잔인한 사내의 손아귀에서 둘을 데리고 나올 수 있을 것만 같았다. 어떻게? 그건 알 수 없었다. 그저 약속한 일이었다. 퍽은 다시 귀를 세웠다. 뒷다리를 토끼처럼 높이 세우고 기다렸다.

한층 불어난 냇물이 거세게 흘러갔다. 퍽은 한자리에서 뱅뱅 맴돌다가 다시 뒷다리에 힘을 주고 섰다. 그렇게 하면 없는 냄새를 맡을 수 있기라도 한 것처럼 말이다. 퍽은 두 귀를 바짝 세웠다.

그렇지만 잠잠했다. 퍽은 자리에 앉았다. 냇물이 흐르는 소리, 비가 내리는 소리는 들리는데, 레인저가 부르짖는 소리는 나지 않았다.

그러거나 말거나! 퍽은 이제 방향을 알고 있었다. 살짝 북쪽으로 기운 동쪽 방향으로 곧장 걸어가면 틀림없이 둘을 찾아낼 수 있다. 그러면 된다고, 퍽은 생각했다.

"아우우우우우우!"

또 소리가 났다. 문득 지금 들려오는 소리는 아기 때 듣던 소리와 다르다는 사실을 알아차렸다. 이 소리는 절박하고, 진지하고, 분노에 사로잡힌 소리였다. 다시 한 번 불길한 느낌이 스쳤다. 아무래도 무시무시한 일이 벌어진 느낌이었다.

"아우우우우우우!"

그곳으로 가야만 했다.

'돌아가라, 퍽. 돌아가서 네 누이를 찾겠다고 약속해라.'

"아우우우우우우!"

다시 소리가 났다.

'돌아가라. 가서 사슬을 끊겠다고 약속해라.'

레인저와 사빈이 위험했다. 퍽은 그걸 알았다. 의심할 여지가 없었다. 갑자기 잔인한 사내의 손 냄새가 물씬 풍겼다. 사내의 손에 밴 비린내와 뼈다귀 냄새, 그리고 퀴퀴한 냄새가 훅 끼쳤다. 삼베 주머니, 휘발유, 픽업트럭 냄새가 났다. 온갖 냄새가 한꺼번에 몰려왔다.

그때 그 냄새를 입증이라도 하듯 쏟아지는 빗줄기 사이로 다시 소리가 났다.

"아우우우우우!"

퍽은 숨을 거칠게 몰아쉬며 냇물 건너편을 바라보았다. 옆구리가 불룩거렸다. 한시라도 빨리 냇물을 건너야 했다. 이제 가야 할 방향을 정확히 알아낸 퍽이 레인저의 소리가 들려오는 쪽으로 고양이의 탐지 감각을 집중했다.

105

감탕나무 숲 속에서 사빈이 파르르 몸을 떨었다. 사빈은 레인저가 위험하다는 걸 알고 있었다. 사빈은 그 냄새를, 날카롭고 얼얼한 냄새를 맡을 수 있었다. **위험.** 사빈은 냄새를 떨쳐 내기라도 하듯, 부르르 몸을 흔들었다. **위험.** 들이붓는 듯 쏟아지는 빗줄기처럼, 불길한 느낌이 거세게 등을 때렸다. **위험.**

그 느낌에 쐐기를 박는 것처럼 번갯불이 번쩍 일더니, 뒤이어 엄청난 우레 소리가 터졌다. 사빈의 젖은 털이 쭈뼛 곤두섰다. **위험.** 그 생각이 사빈의 마음을 막다른 곳으로 밀어붙였다.

사빈은 오랫동안 망설이고 고민했다. 돌아갈 수 있을까, 레인저에게 돌아갈 수 있을까? 기울어진 집 마루 밑으로 숨어 들어가서, 레인저 곁에 웅크릴 수 있을까? 악어 동갈치 낯바닥은 언제나 그랬듯이 밤이 오면 집을 나갈 것이다. 그렇지만 밤이 되려면 아직도 멀었다. 사빈은 네 발을 바짝 당기고 움츠렸다.

'기다리자.'

사빈은 생각했다. 하지만 꼬리로 얼굴을 감싸는 순간, 깊은 외로움이 온몸을 휘감았다. 레인저와 그렇게 멀리 떨어져 본 건 처음이었다. 사빈은 생쥐나 가재를 잡으러 나갈 때도 마당에서 삼십 미터를 벗어나지 않았다.

레인저는 어떻게 됐을까? 집 모퉁이에 묶여 있을까?

사빈은 몸을 곧게 펴고 앉았다. 돌아가야만 했다. 사빈은 꼬리를 찰싹찰싹 흔들었다.

레인저는 어떻게 됐을까?

집주인 사내는?

레인저는 묶여 있을까?

레인저는 어떻게 하고 있을까?

위험.

위험.

사빈은 위험한 냄새를 맡을 수 있었다.

레인저는 어떻게 됐을까?

궁금증이 꼬리에 꼬리를 물고 이어졌다. 저녁이 될 때까지는 돌아갈 수 없다는 걸 사빈은 잘 알고 있었다. 그 전에는 너무 위험했다. 가까운 곳에서 다시 번갯불이 번쩍했다. 하늘이 쫙 갈라지는 것 같았다. 통으로 들이붓는 것처럼 비가 쏟아졌다.

그리고 멀지 않은 곳에서, 악어 동갈치 낯바닥이 쿵쿵거리며 기울어진 집 밖으로 나와 녹슨 사슬을 움켜쥐고 마루 밑에 있던 레인저를 질질 끌어냈다. 사내는 레인저에게 물어뜯긴 다리를 행주로 동여맸지만 피가 배어 나왔다. 종아리를 꿰뚫는 얼얼한 통증이 사내의 분노를 부채질했다. 사내는 사슬을, 몸부림치며 으르렁거리는 개를, 어둡고 건조한 마루 밑에서 끌어냈다.

사내가 소리쳤다.

"멍청이, 멍청한 개자식! 고양이를 잡아서 미끼로 쓰려고 했단 말이다."

레인저는 으르렁거렸다. 이빨을 드러내며 으르렁댔다. 그렇지만 사내는 소름 끼치는 웃음을 터뜨렸다.

"근데 개를 미끼로 삼아도 아주 좋겠더군."

그 말과 함께 사내는 지긋지긋한 사슬을 잡아당겨, 진창 바닥으로 레인저를 끌어냈다. 그러고는 낡은 널빤지를 움켜쥐었다.

조금 전에 사빈이 은빛 털을 다듬고, 이따금 고개를 내밀어 레인저의 부드러운 귀를 핥아 줄 때 앉아 있던 널빤지였다. 악어 동갈치 낯바닥이 그 썩어 가는 널빤지를 머리 위로 치켜들더니, 레인저의 얼굴을 내리쳤다.

퍽!

듣기만 해도 거북한 소리가 났다.

뜨거운 통증이 레인저의 턱, 눈, 귀를 꿰뚫었다. 온 얼굴이 불에 타는 것 같았다. 레인저는 고통으로 소리쳤지만, 그 소리가 오히려 사태를 악화시켰다. 레인저는 줄을 당기고, 당기고, 또 당겼지만, 악어 동갈치 낮바닥은 덩치가 큰 사내였다. 밤마다 질퍽한 늪지대에서 배를 저은 덕에 가슴은 우람했고, 몇 년에 걸쳐 축축한 늪지대를 누빈 터라 다리도 튼튼했다. 무거운 악어를 물 밖 기슭으로 끌어내서 제압하며 단련한 팔에는 근육이 울퉁불퉁 자리 잡고 있었다.

레인저가 젊기만 했어도, 사내의 맞수가 될 만했을 거다. 젊었다면, 억센 입으로 널빤지를 낚아채서 두 동강이를 내고도 남았을 거다. 악어 동갈치 낮바닥의 목을 물고 늘어져서 끝장을 냈을 거다.

그렇지만 레인저는 늙은 개였다. 몇 년 동안 부실한 먹이를 얻어먹으며 가죽은 뼈에 찰싹 붙어 버렸고, 털도 군데군데 빠진 몰골이었다.

레인저의 입이며 코에 피가 차오르더니 바닥으로 뚝뚝 떨어졌다. 두들겨 맞은 데다 절망감에 휩싸여, 다리를 후들후들 떨던 레인저는 진창에 풀썩 쓰러지고 말았다. 진창은 차가웠지만 레인저는 그것도 느끼기 힘들었다. 피가 흥건한 코로 겨우겨우 숨을 쉬었다. 헐떡거리며 숨을 쉬고 싶었지만, 두툼한 혀에 가로막혀서 공기가 들어올 틈이 없었다.

악어 동갈치 낮바닥이 사슬에 매인 늙은 개를 무자비하게 질질 끌어서 제 발밑으로 당겼다.

사내는 쪼개진 널빤지를 마당 너머로 내던지고 레인저를 잡아끌며 소리쳤다.

"이리 와."

레인저는 눈두덩이 부풀어 오르는 걸 느꼈다. 숨이 막혀 왔다.

바로 그 순간, 악어 동갈치 낯바닥이 몇 년 만에 처음으로 하는 행동이 눈에 들어왔다. 집 모퉁이에 묶어 놓은 녹슨 사슬을 푼 거였다. 한 가닥 작은 용기가 두들겨 맞은 개의 몸을 훑고 지나갔다. 레인저는 통증도 아랑곳없이 온 힘을 짜내서 벌떡 일어섰다.

악어 동갈치 낯바닥이 사슬을 사납게 잡아당겼다. 레인저는 걸었다. 한때 레인저는 솔숲에서, 바다로 흘러가는 은빛 사빈 강 이편에서 가장 뛰어난 사냥개였다. 한때 레인저는 퓨마를, 이 숲에 마지막으로 남은 퓨마 가운데 하나를 농장 울타리까지 몰아붙였다. 이글이글 노랗게 불타는 눈에 끔찍한 발톱을 지닌 짐승이었지만, 하나도 두렵지 않았다. 레인저는 퓨마를 구석으로 몰아붙이고, 악어 동갈치 낯바닥이 나타나서 총을 쏘아 잡을 때까지 짖고, 짖고, 또 짖었다.

살쾡이 사건이 벌어지기 전까지, 레인저는 상대가 어떤 녀석이든 닥치는 대로 쫓아갔다. 그런데 그날 밤, 오래전 그날 밤, 레인저는 머뭇거렸고, 악어 동갈치 낯바닥은 레인저의 다리를 쏘았다. 상처는 아물었지만, 주인은 레인저를 가차 없이 버렸다. 집 모퉁이 말뚝에 사슬을 채워 묶었다. 지루한 반경 안에서 뱅뱅 맴도는 날이 지루하게 이어졌다.

절뚝거리며 사내를 따라 걷는 동안, 레인저는 냄새를 따라, 사냥감을 뒤쫓아 달리던 시절을 떠올렸다. 그리고 깨달았다. 자신은 훌륭한 개였다는 걸, 뛰어난 사냥개였다는 걸 깨달았다.

여기, 더없이 충실한 개가 있다. 여기, 고개를 높이 들고 심장이 터지도록 노래하던 개가 있다. 낭랑한 그 노랫가락은 숲에 울려 퍼지며 멋진 나무들을 휘감고, 잔잔한 늪지대에 내려앉고, 축축한 공기에 스며들었다. 여기, 일생 동안 최선을 다해서 살아온 개가 있다.

레인저는 공기를 들이마셨지만 숨이 막혔다. 그래, 레인저는 최선을 다해서 살았다.

한편 여기, 조그만 어미 고양이와 새끼들을 지켜 주겠다고 약속한 개가 있다. 악어 동갈치 낮바닥이 어미와 아들 고양이를 낚아채는 동안 잠을 잔 개가 있다. 그 개는 가장 친한 친구를 잃었다. 자신을 온전히 믿고 사랑했던 친구는, 레인저를 의지하며 새끼들을 맡겼던 친구는 멀리 떠났다. 레인저는 약속, 약속을 했다.

약속.

사빈 하나만 곁에 남았다. 레인저는 사빈을 위해서 무슨 일을 했나? 빈약하지만 사빈이 잡아다 주는 생쥐나 가재 없이는 오래 버티지 못할 처지였다. 아침에 먹이 그릇이 비어 있는 날은 너무나 잦았고, 사빈은 레인저를 먹이기 위해 숲으로 달려갔다. 다섯줄도마뱀, 신선한 개구리, 심지어는 곤충이라도 잡으려고 달려갔다. 언젠가는 늙어서 질긴 찌르레기를 물고 온 날도 있었다. 레인저는 그 어떤 먹이보다 달게 먹었다. 그리고 고마워했다. 그런 먹이가 없었다면, 숱한 날들을 굶었을 거다. 사빈. 그런데 잠깐 방심하는 바람에 사빈마저, 세상에서 가장 사랑하는 사빈마저 지켜 주지 못했다. 레인저는 사빈이 이 끔찍한 곳과 이 끔찍한 사내에게서 멀리 달아나기를 바랐다.

레인저는 기침을 하기 시작했다. 축축한 땅바닥에는 핏자국이 길게 이어졌다.

여기, 아무것도 가진 게 없는, 고결하고 큰 심장 외에는 아무것도 가진 게 없는 개가 있다. 힘겹게 숨을 쉴 때마다 그 심장이 덜컥덜컥 무너졌다.

사슬이 절겅거리는 소리가 들렸다. 사슬. 레인저는 참으로 오랫동안 그 사슬을 혐오했다. 그런데 이제 악어 동갈치 낮바닥이 사슬에 매인 레인저를 비에 젖은 타르틴 늪지대의 둑길로 끌고 갔다. 레인저는 고개를 숙였다. 오래전 사냥 길에 올랐을 때처럼 고개를 숙이고 걸었다. 호되게 맞아서 뭉개진 코로는 빗줄기 사이로 피어오르는 걸쭉하고 매끈한 진흙 외에는 아무 냄새도 맡을 수가 없었다.

아무 냄새도, 조그만 은빛 고양이 냄새조차도, 지나가는 걸 몰래 지켜보다가 살그머니 뒤로 따라붙은 꼬마 고양이 냄새조차도 맡지 못했다. 레인저는 악어 동갈치 낯바닥이 타르틴 늪지대 쪽으로 자신을 끌고 가며 삼십 미터짜리 악어를 꿈꾸는 사이, 사빈이 따라붙은 사실을 몰랐다.

106

나무는 태양과 별 아래에 가만히 서 있거나, 바람에 앞뒤로 흔들리는 일 말고는 할 수 있는 일이 별로 없다. 하지만 가끔, 어쩌면 천 년에 한 번쯤, 나무도 마음만 먹으면 스스로 직접 나서서 할 수 있는 일이 있다.

늙은 테다소나무는 자기 새끼가 나뭇가지에 스치고 긁히며 땅으로 떨어지는 걸 보고, 새끼가 조그만 귀를 쫑긋 세운 채 늙은 사냥개의 소리, 숱한 날, 구슬픈 노래와 맑은 가락으로 밤공기를 떨리게 하던 사냥개가 짖는 소리에 집중하는 모습을 보며, 자신이 간절히 바라는 게 무엇인지 알았고, 굵은 줄기 깊숙이 퍼져 나가는 아픔이 무엇인지 알았다.

비가 너무 많이 내린 탓에 땅은 점점 더 물러졌다. 땅이 몹시 물러진 틈을 타서, 늙은 나무, 수백 년 동안 그 땅에 서 있던 나무, 벼락을 맞아 어마어마하던 키가 반쯤은 날아가 버린 나무, 벼락에 수많은 가지를 바닥으로 떨어뜨려 버린 나무, 길고 사랑스러운 잎들이 적갈색으로 바래 축축한 땅바닥으로 떨어지고 없는 나무, 윗부분은 잇따라 우지끈 부러지고 없는 나무, 줄기는 둘로 쪼개져서 길 잃은 새끼 고양이가 잠자리로 삼게 된 나무, 이 늙은 나무, 이 비범한 테다소나무, 천 년 동안 얽히고설킨 뿌리로 고대 항아리를 붙잡고 있던 나무, 자기보다 더 나이 많은 고대의 생물과 함께 깊은 땅을 딛고 버티던 나무, 바로 이 나무는 마침내 오랜 세월 동안 붙잡고 있던 축축한 땅을 놓아 버리고 옆으로 기울어졌다.

끼이이이이이이익!

우두두두두두두두두!

콰아아아아아아아앙!

나무는 흔들흔들 기우뚱기우뚱하다가 마침내, 마침내 쓰러졌다. 나무가 쓰러지자, 손가락 수백만 개가 얽힌 것 같은 뿌리가, 고대의 항아리를 땅 위로, 위로, 위로, 흐린 잿빛 아침 속으로 끌어 올렸다.

그리고 항아리가 고운 황토를 뚫고 솟아오르는 순간, 모카신 할머니가 긴 잠에서 깨어났다. 할머니가 옆으로 몸을 기대고 밀어붙이자, 항아리는 드디어 옆으로 쓰러지면서 둑 옆으로 데굴데굴 굴렀다. 할머니는 단단히 똬리를 틀고 머리로 힘껏 밀었다.

쩌어어어어엉!

"아아아."

할머니가 낮게 중얼거렸다.

"드디어!"

천 년 동안 항아리 속에서 이어지던 칠흑 같은 암흑을 비집고 가는 빛줄기가 새어 들었다. 브이 자 모양으로 갈라진 틈은 영락없는 쐐기 형태였다. 할머니는 오래전부터 작아서 몸에 맞지 않던 늙은 허물을 뒤에 남기고 그 틈으로 미끄러져 나갔다.

할머니는 정말로 오랜 시간 동안, 일일이 헤아리기도 힘든 기나긴 날들 동안, 그저 허물을 벗는 순간을, 허물을 벗어서 항아리 속에, 오래된 감옥에 남겨 두고 떠나는 순간만을 기다리며 살았다. 너무 오래되어서 셀 수도 없는 날들을 보낸 끝에 처음으로 할머니는 비를 맞았다. 시원하고 맑은 빗물이, 할머니의 푸른빛이 감도는 까만 살갗 위로, 밤처럼 까만, 너무 까매서 푸르게 보이는, 까맣다 못해 빛이 나는 살갗 위로 흘러넘쳤다.

할머니는 잠시 멈춰서, 자신의 허물과 깨진 항아리를 돌아본 뒤, 조용히 작은 슬픔 냇가의 짠물 속으로 스르르 미끄러져 들어갔다.

할머니는 은빛 털을 지닌 고양이가, 잿빛 얼룩처럼 조그만 고양이가 나무 밑에서 달려 나가는 모습은 보지 못했다. 겨우 때를 맞춰 굴속에서 빠져나온 퍽은 여기저기 두리번거리다가, 희미한 새벽빛 사이로, 자신이 집으로 여기던 늙은 나무가 옆으로 쓰러져 있는 모습을 보았다.

콰르르르르르릉!

퍽은 항아리며 뱀은 못 보았다. 비가 잦아들고 있다는 것도 몰랐다. 나무가 쓰러지기 전에 흔들흔들 앞뒤로 흔들리는 것도 몰랐다. 아는 건 그저 네 다리를 힘껏 놀려서 잽싸게 달렸다는 것뿐이었다.

107

털가죽 속으로 떨어져 내리는 빗물은 냇물처럼 차갑고, 차가웠다. 퍽은 잠시 제자리에 얼어붙었다. 그러고는 걸음아 날 살려라, 달리고, 달리고, 또 달렸다. 죽어 버린 늙은 소나무에서 멀리, 끼이익, 우두두, 귀를 때리는 소리가 안 들리는 곳으로 멀리 내달렸다.

하지만 레인저가 짖는 쪽과 다른 곳으로 달리고 있다는 걸 알아차리고, 멈춰 섰다. 뒤를 돌아볼 수밖에 없었다. 나무가 쓰러진 곳으로 돌아가야만 했다. 퍽은 온몸을 세차게 흔들었다. 숲 속 저 먼 곳에서 다시 지지직, 번개가 공기를 가르는 소리가 들려왔다. 흠뻑 젖은 털이 한꺼번에 곤두섰다. 전류를 감지한 공기가 우웅, 퍽의 귀를 울렸다.

퍽은 천천히 몸을 돌려서 늙은 나무가 있는 쪽으로, 레인저가 짖는 소리를 들었던 냇둑 쪽으로 걸어갔다. 퍽은 하늘이 우뚝우뚝 울창하게 늘어선 나무들에 가려서 뒤로 물러나고 있다는 걸 느꼈다. 걸으면서, 옆으로 흘러가는 냇가를 보니, 물이 훨씬 더 불어나 있었다. 이제는 도저히 건널 수가 없을 것 같았다. 도저히.

갑자기 울컥 치밀어 오르는 감정이 있었다. 깊고 단호한 상실감. 쌍둥이 누이에 대한 상실감. 레인저의 축 늘어진 부드러운 귀와 걸핏하면 타고 올라가서 놀았던 푹신한 배를 잃었다는 상실감.

레인저가 불러 주는 자장가를 들을 수 없다는 상실감. 삼색 어미 고양이의 털가죽, 머리를 핥아 주던 가칠가칠한 어미의 혀를 잃은 상실감. 상실감.

퍽은 이제 레인저와 사빈이 있는 곳을 알아냈지만, 둘은 다른 별에 있는 것과 다를 게 없었다. 냇물이 아직도 사이를 갈라놓고 있었다. 퍽은 고개를 축 늘어뜨리고 걸었다. 퍽 옆으로 냇물이 굽이쳐 흘렀다. 냇물은 목마르던 차에 비가 쏟아지자 신바람이 나서, 거품을 일으키며 거세게 흘러갔다. 공기 속에도 물기가 가득 배어 있었다. 퍽은 그 물기에 빠져서 죽을 것만 같았다. 깊은 상실감에 젖은 퍽은 나무마저도 그리웠다.

이 나무. 이 아름답고 튼튼한 나무.

나무는 벼락을 맞은 지 이십오 년 만에, 휴스턴에서 한 아버지가 아들을 때린 지 이십오 년 만에, 서서히 죽어 간 지 이십오 년 만에 마침내 땅 위로 쓰러져 내렸다. 여기, 이 솔숲에 나무 한 그루가 있다. 비에 젖은 황토, 참으로 오랫동안 딛고 서 있던 흙 속에서 마지막 순간 빙, 빙, 빙, 돌다가, 흔들흔들 흔들리다가, 기우뚱 기우뚱, 똑바른 방향으로, 직각으로, 기울어진 끝에 짠물 흐르는 냇가, 일생 동안 옆에서 흐른 냇가를 가로지르며 쓰러진 나무가 있다.

퍽은 쓰러진 나무를 바라보았다. 여기 마침내, 눈앞에 다리가 놓여 있었다.

108

마침내 이루어졌다. 할머니는 자유를 찾았다. 할머니는 곧장 짠 냇물로 미끄러져 들어갔지만, 그 안에서 오래 머무르지는 않았다. 천 년 동안 오로지 자신의 목소리만, 자신의 심장 뛰는 소리만, 자신의 생각만 들었던 터라, 할머니는 친근한 친구의 목소리가 듣고 싶었다.

할머니는 잽싸게 냇물 건너편 땅으로 미끄러져 들어가며, 새 살갗 위로 쏟아지는 시원한 빗줄기를 즐기고, 마음껏 기분 좋게 온몸을 죽 잡아 늘였다.

이내 할머니는 오래된 모래 구덩이를 스치고 지나갔다. 다른 생물이라면 빨려 들어가고 말 테지만, 할머니는 달랐다. 제아무리 술술 빠지는 모래 구덩이라도 스치듯 가볍게 미끄러지는 할머니를 움켜쥘 틈이 없었다.

마침내 큰 늪지대 기슭이 나타났다. 할머니는 늙은 삼나무 위로 울퉁불퉁한 몸을 감고 올라가 거대한 가지를 타고 앉아 물 위로 고개를 늘어뜨렸다. 아래를 보니, 낯익은 거품이 부글부글 솟아올랐다.

"누이!"

악어 왕이 물 위로 올라왔다. 악어 왕은 그사이 몸집도 불어나고 키도 더 자랐다. 할머니는 감개가 무량했다.

할머니가 입을 열었다.

"내가 돌아왔네."

악어 왕이 대답했다.

"내내 기다렸소."

말 그대로 악어 왕은 수없이 많은 날들을 기다리고, 기다렸다. 악어 왕은 할머니가 어디로 사라졌는지 늘 궁금했다. 그렇게 오랫동안 어디로 숨었는지 몰랐다. 그렇지만 돌아올 거라고 믿었다.

악어 왕이 말했다.

"참으로 오랫동안 안 보이셨소."

할머니가 쉿, 소리를 냈다.

"그 아이는 어디 있지? 딸내미 말이야!"

악어 왕이 천 년에 걸친 소식을 막 들려주려는 순간, 누군가의 냄새가 가까워졌다.

"아, 그 인간이로군!"

악어 왕은 그 말을 남기고, 꼬리를 찰싹 치며 물속으로 들어가 버렸다. 할머니는 기다리기로 했다.

'천 년 가운데서, 하필이면 오늘 나타나나?'

악어 왕이 어깨를 비틀었다.

기분이 언짢아진 할머니는, 늙은 삼나무를 타고 위로, 위로 올라간 끝에 맨 꼭대기에 있는 가지에 몸을 두르고, 쉿, 소리를 냈다.

스으으으읏!

까마득히 높은 곳에서 할머니는 주위를 살폈다.

109

냇물 건너편으로 돌아가 보자. 퍽은 나무다리 앞으로 살짝 다가갔다. 물 냄새가 풍겼다. 물보라가 코 속으로 훅, 끼쳐 들었다. 퍽은 몇 걸음 더 다가갔다. 그리고 널찍한 나무 위로 발을 내디뎠다. 콸콸, 거센 물결이 휘휘 거품을 일으키며 잔가지들을 싣고 흘러갔다. 며칠 전 거북과 함께 빠진 날 잔잔하던 냇물과는 딴판이었다. 그때도 무시무시했다. 그런데 이번에는 훨씬, 훨씬 더 위험한 상황이었다. 세찬 물살에 밀려서 나무가 흔들흔들했다. 앞에서도 뒤에서도 물이 철썩철썩 튀어 올랐다. 냇물은 순식간에 불어나고 있었다. 빨리 건너가지 않으면, 나무가 물에 잠기면서 퍽도 같이 휩쓸리게 될 것이다.

밑을 보니 소용돌이가 커다란 원을 그리며 빙빙 돌아치고 있었다. 소용돌이에서 물 냄새가 끼쳐 올라왔다. 물보라가 코를 파고들었다. 귀에도 들어찼다.

'돌아가라. 돌아가라. 돌아가라.'

퍽은 고개를 가로저었다. 그리고 다시 한 발 내디뎠다. 다리가 후들후들 떨렸다. 퍽은 밑을 내려다보았다. 물이 거칠게 콸콸 흘러갔다. 구역질이 났다. 머리가 어지러웠다. 배 속이 부글부글 끓었다. 퍽은 숨을 깊이 들이마셨다.

'돌아가라. 약속해라. 돌아가라.'

퍽은 냅다 달렸다. 건너편을 바라보고 달렸다. 멈추지 않았다. 그냥 달렸다. 그리고 늙은 나무, 천 년 묵은 늙은 나무, 그토록 오랜 세월, 한자리에 서 있다가 마침내 자유를 얻은 나무는, 두 동강이로 부러지며 굽이쳐 흘러가는 냇물로 빨려 들어갔다.

110

마침내 건너편에 닿은 퍽은 어리둥절했다. 빗줄기는 점점 가늘어져서, 이슬비로 변했다가 나중에는 안개비로 잦아들었다. 퍽은 잠시 멈춰 서서 방향 감각을 조정한 뒤 레인저의 소리가 났던 쪽으로 몸을 돌렸다. 퍽은 두 귀를 살짝 서쪽으로 치우친 북쪽을 향해 쫑긋 세웠다.

퍽은 귀를 기울였다. 기다렸다.

그렇지만 뒤에서 흐르는 냇물 소리와, 다시 비가 내리기 전에 둥지에서 나온 새들이 서로 우짖는 소리만 들려왔다. 퍽은 고개를 치켜들었다. 비는 그쳤지만 하늘은 아직 흐렸다. 비가 더 올 것 같았다. 서둘러야 했다. 이제 누이가, 레인저가, 자신이 태어난 어두운 마루 밑이 그리 멀지 않다는 걸, 퍽은 알고 있었다.

세상에는 수천 킬로미터를 여행한 끝에 자신이 태어난 곳을 찾아가는 고양이 이야기가 떠돈다. 퍽은 그렇게까지 먼 길을 갈 필요는 없었다. 까마귀가 날아가는 거리로 보면, 퍽이 태어난 기울어진 집에서 소나무 밑 보금자리까지 이 킬로미터쯤 떨어진 것 같았다. 땅 위를 걷자니, 조금 더 먼 것도 같았다. 길이 곧게 뻗어 있어서, 짐작했던 것보다 이삼백 미터쯤 더 걸은 듯했다.

기울어진 집 가까이에 이르자, 어수선한 마당이며, 시커먼 기름 웅덩이 위에 서 있는 녹슨 픽업트럭이 먼저 눈에 들어왔다. 어미와 퍽 자신을 태우고 갔던 그 트럭이었다. 퀴퀴한 공기를 들이마시자, 생선이며 짐승 살 썩는 냄새, 저만치 외따로 떨어진 변소 냄새가 훅, 끼쳤다. 낡아 빠진 계단과 곳곳에 쌓인 오래된 술병, 깡통을 보는 순간, 퍽은 속이 메스꺼웠다. 쓴물이 입 안에 고였다.

'돌아가라! 돌아가라! 돌아가라!'

그 한마디! 머릿속에서 끝없이 맴돌던 말이었다.

눈앞에 펼쳐진 풍경을 본 순간, 퍽은 자신이 돌아왔다는 사실을 알아차렸다. 퍽은 약속을 했다. 약속하겠다고 고개를 끄덕였다. 돌아가겠다고, 사빈과 레인저에게 돌아가겠다고 어미와 약속을 했다.

사빈과 레인저.

퍽은 몸을 낮게 깔고 현관 쪽으로 다가갔다. 역겨운 냄새를 피하려고 코가 아니라 입으로 억지 숨을 쉬었다. 털이 쭈뼛 곤두섰다. 몸을 한껏 낮추고 살금살금 현관 쪽으로 기어갔다. 마당 가장자리에서도 마루 밑에 있는 공간, 깊고 신성한 어둠의 공간이 보였다. 퍽은 수염을 씰룩거렸다.

퍽이 있는 숲과 현관 가장자리 사이에는 마당이 있었다. 기껏해야 육 미터 남짓한 거리였지만 일 킬로미터는 돼 보였다. 몸을 가릴 만한 건 아무것도 없었다. 조심하고, 또 조심하는 수밖에 없었다.

퍽은 질퍽한 마당에 배가 닿을 듯이 납작 웅크린 채 앞으로 나아갔다.

온몸의 근육이 뻣뻣했다. 꼬리가 바르르 뒤틀렸다. 가까이, 가까이, 가까이.

마침내 퍽은 낮은 소리로 속삭였다.

"사빈!"

더 가까이 다가갔다.

"사빈!"

다시 한 발 다가갔다.

"사빈!"

대답이 없었다. 다시 한 발짝 다가갔다. 아무래도 사빈이 못 들은 것 같았다. 이제 몇 걸음 채 안 남았다. 퍽은 깊은 숨을 들이마신 다음…… 펄쩍! 마루 밑으로 뛰어들었다.

"사빈!"

퍽은 낮은 소리로 소곤거리듯 외쳤다.

어둠에 눈이 익숙해지기까지 잠시 시간이 걸렸다. 변한 건 하나도 없었다. 기억 속 풍경과 똑같았다. 다만 천장이 좀 낮아진 것 같고, 아기 때 곧잘 숨어서 놀았던 낡은 장화가 좀 작아 보였을 뿐이다. 퍽은 그 자리에 앉았다. 태어난 곳에 그렇게 앉아 있자니, 레인저가 불러 주던 노래가, 노래 가사가 희미하게 떠올랐다.

울지도 말고, 두려워하지도 마라.
친근한 햇살이 하루를 열면
너희들이 노는 동안 내가 지켜 주마.

기억 속에 가라앉아 있던 노래가 머릿속을 맴돌았다.

퍽은 어둠 한가운데에, 한순간도, 하루도 빼놓지 않고 그리워했던 곳에 앉아 있었다. 그리웠던 곳에 홀로 앉아, 노래를 떠올렸다. 따스한 노래 가사가 털가죽 위로 내려앉았다.

울지도 말고, 두려워하지도 마라.
내가 언제나 여기 있어 줄게.

퍽은 깨달았다. 자신이 그 마지막 가사를 붙들고 버텼다는 사실을 알았다. 레인저가 언제나 여기 있을 거라는 믿음에 기대어 살아왔다. 사냥개는 어디 있을까? 사빈은? 틀림없이 멀리 가지는 않았을 텐데. 불과 얼마 전에 레인저가 짖는 소리를 듣지 않았던가?

퍽은 살그머니 마당을 내다보았다. 거기, 늘 그랬듯이 레인저의 먹이 그릇이 놓여 있었다. 퍽은 재빨리 기어 나가서 그릇 쪽으로 달려갔다. 그릇에 가득 담겨 있을 줄 알았던 먹이가 안 보였다. 그 대신, 핏물이 고인 웅덩이가 눈에 띄었다. 그렇게 세찬 빗줄기에도 씻겨 내려가지 않은 핏자국이 곳곳에 널려 있었다. 틀림없는 핏자국이었다. 퍽은 발을 들어 보았다. 핏물이 배어 있었다. 퍽은 사방을 둘러보았다. 피. 마당에, 주위에 온통 핏자국이었다. 먹이 그릇 안에도 빗물과 섞인 피가 고여 있었다. 퍽은 발을 세차게 흔들었다. 피가 떨어져 나갔다.

불길한 느낌이 다시 한 번 휘감았다. 무시무시한 일이 벌어진 게 틀림없다는 느낌. 울컥 목이 메었다. 그게 다 퍽 때문이었다. 여기, 규칙을 깨뜨린 탓에 끔찍한 일을 불러일으킨 고양이 한 마리가 있었다.

퍽의 배 속에 단단한 응어리가 맺혔다.

후회의 응어리.

두려움의 응어리.

분노의 응어리.

숨이 막혀 왔다. 그 끔찍한 응어리 때문에 숨을 쉬기가 힘들었다. 퍽은 코를 땅바닥으로 가져갔다. 레인저의 피가 틀림없었다. 그런데 다른 냄새도 섞여 있었다. 다른 피가 섞여 있었다. 퍽은 고개를 들었다. 진하게 남아 있는 핏자국은 아까 제 발에 묻었던 피와 똑같은 거였다.

퍽은 다시 한 번 젖은 발을 세차게 흔들었다. 다른 핏자국의 주인공을 찾아야겠다고 마음먹었다. 퍽은 레인저와 누군지 모를 생물이 흘린 피 냄새를 따라 동쪽으로 곧장 걷기 시작했다. 타르틴 늪지대와 작은 타르틴 사이를 폭넓게 잇는 늪지대 둑 쪽으로 걸어갔다.

111

악어 동갈치 낯바닥이 사냥개를 잡아끌었다. 개는 비척비척 걸으며 기침을 토해 냈다. 그러거나 말거나. 사내는 사슬을 잡아당겼다. 어쩔 수 없는 경우가 생기면 질질 끌고라도 갈 셈이었다. 사내는 애처로운 짐승을 바라보았다. 그 짐승한테 몹쓸 짓을 한 건 맞지만, 상관없었다. 악어 동갈치 낯바닥은 씩 웃었다. 악어 왕도 이 미끼 앞에서는 배겨 낼 수 없을 거다.

하지만 사내는 몇 걸음에 한 번씩은 걸음을 멈추고 쉬어야 했다. 다리에 입은 상처 때문이었다. 개는 생각보다 훨씬 더 사내를 지치게 만들었다. 사내는 더러운 행주를 내려다보았다. 피가 계속 배어 나왔다. 작은 타르틴이 큰 늪지대에서 갈라지는 지점에 이르면, 행주를 더 단단히 동여맬 작정이었다. 그리 멀지는 않아서 이제 오백여 미터만 더 가면 되는 거리였다.

악어 동갈치 낯바닥은 얼굴을 찌푸렸다. 멍청한 사냥개.

다른 짐승들한테도 여러 번 물린 일이 있었다. 사내는 자신의 손을 내밀어 살펴보았다. 악어를 죽이려고 엎치락뒤치락한데 엉겨서 몸싸움할 때 입은 상처가 여기저기 흉터로 남아 있었다. 다람쥐나 토끼가 날카로운 이빨로 물어뜯기도 했다. 사내의 이름이 된 악어 동갈치도 그 뾰족한 이빨로 두어 번 손가락을 물어뜯었다. 심지어는 살모사한테 물려서 일주일 넘게 낡은 간이침대에 누워 끙끙 앓기도 했다.

며칠 뒤에 눈을 뜨고 나서는 자기가 아직 살아 있다는 것에 놀랄 지경이었다.

그런데 지금 다리에 입은 상처는 키우던 개가 물어뜯은 경우라서, 다른 짐승들한테 당한 것과는 사뭇 다른 아픔이 느껴졌다. 악어 동갈치 낯바닥이 조금만 더 똑똑했다면, 짐승들의 마음을 이해했다면, 다른 짐승들은 모두 자기 방어를 하기 위해 물어뜯었다는 걸 알았을 거다.

레인저는 분노 때문에, 격렬한 분노 때문에, 사랑하는 대상을 지키고 싶은 마음 때문에 물어뜯은 거였다. 그런 차이점이 있었다. 하지만 악어 동갈치 낯바닥은 그리 똑똑한 인간이 아니었다. 사내는 더욱 거칠게 사슬에 매인 사냥개를 잡아당기며 투덜댔다.

"멍청한 개 같으니라고."

한편 레인저는 온 정신을 걸음에만 집중했다. 한 발 내딛고, 다시 한 발 내디뎠다. 한 발. 한 발. 한 발. 발을 디딜 때마다 고통스러웠다. 숨 쉴 때마다 가슴이 불붙은 것처럼 아팠다. 레인저는 코를 바닥에 늘어뜨리고 걸었다. 온통 악어동갈치 낯바닥의 상처에서 나는 피 냄새만 올라왔다. 레인저의 몸에서도 피가 흘러 바닥으로 뚝뚝 떨어졌다. 핏자국이, 그래, 핏자국이 펵을 위해 길게 이어졌다.

112

사빈, 조그만 사빈은, 늙은 레인저의 뒤를 밟았다. 끔찍한 사내가 눈치채지 못하도록 감쪽같이 몸을 숨긴 채 레인저의 뒤를 쫓았다.

사내는 몇 걸음에 한 번씩 뒤를 돌아보거나 제 다리를 굽어보았다. 사빈은 사내가 자신을 알아챌 수도, 다시 한 번 그 거친 손아귀로 자신을 낚아챌 수도 있다는 걸 알고 있었다. 사빈은 오솔길을 앞뒤로 가로지르며, 너무 가깝지도 않게, 그렇다고 너무 멀지도 않게 거리를 유지했다.

사빈은 표범이었고, 퓨마였고, 암사자였다.

사빈.

가냘픈 사빈.

삼나무 보금자리에서, 모카신 할머니는 맨 꼭대기 가지에 거대한 몸을 칭칭 감고 기다렸다. 이미 천 년 동안이나 기다린 터였다. 조금 더 기다리는 건 문제도 아니었다. 오래지 않아 악어 왕이 물 밖으로 나와서 질문에 대답해 줄 거라는 사실을 알고 있었다. 그 딸내미는 어디 있을까?

"그ㅇㅇㅇㅇ래!"

할머니가 쉿, 쉿, 중얼거렸다.

"데리고 와서 내가 차지하겠어."

113

타르틴 늪지대와 여동생인 작은 타르틴이 갈라지는 지점에 이르기까지, 사내의 물어뜯긴 다리는 욱신욱신 쑤셔 댔다. 사내는 바지 뒷주머니에서 술병을 꺼내 고개를 뒤로 젖히고 길게 한 모금 들이켰다. 아침, 점심, 저녁, 끼니 때마다 마시는 럼주였다. 술을 충분히 마셔 주면 개한테 물린 아픔도 가실 거다. 사내는 팔뚝으로 입을 닦은 다음 다시 한 모금 길게 마셨다. 간밤에 한숨도 안 잔 데다, 기울어진 집에서 여기 늪지대까지 먼 길을 걷다 보니 몹시 지쳤다.

둑에 늙은 삼나무 한 그루가 서 있었다. 그 나무 밑은 사내가 많이 앉아 본 자리였다. 사내는 물 위로 삐죽삐죽 튀어나온 나뭇가지에 배를 묶어 놓았다. 나무줄기는 질척한 둑 위로도 삼 미터는 더 높이 솟아 있었다. 사내가 악어 왕을 기다리던 자리였다. 하늘에서는 계속 비가 내렸고, 흠뻑 젖은 사내는 피곤했다. 나무 밑에는 좁지만 비를 피할 만한 공간이 있었다. 사내는 비루먹은 개를 둑 가장자리로 이끌었다.

"앉아, 이 멍청한 개야."

진이 다 빠져 버린 레인저가 자리에 주저앉았다.

그러자 악어 동갈치 낯바닥은 사슬 끝을 쥐고 저만치 걸어갔다.

악어 동갈치 낯바닥 같은 인간은 총 없이는 늪지대에 들어가지 않는다. 라이플총은 사내가 가진 것 가운데 가장 값진 물건이었고, 사내가 인간이라는 단 하나의 상징이었다. 사내는 어깨에 둘러메고 있던 총 줄을 벗었다. 그러고는 나무줄기에 등을 기대고 주저앉으며 총을 바닥에 내려놓았다.

해가 없어서 몇 시쯤 됐는지 모르지만, 악어 동갈치 낯바닥은 몇 시간 기다리면 거대한 악어 왕이 먹이를 사냥하려고 물 밖으로 나올 걸 알고 있었다. 악어 왕은 대개 저녁에 배를 채웠다.

기다릴 작정이었다. 사내는 사슬을 나무에 감고, 물가에 앉아 있는 레인저를 보았다.

사내가 중얼거렸다.

"아주 좋은 미끼지 뭐야."

사내는 자기가 세운 완벽한 계획에 스스로 기뻐했다.

사내가 쇠약한 개를 보며 다시 중얼거렸다.

"완벽해."

사내는 럼주를 다시 한 모금 깊게 들이켜더니 나뭇등걸에 기대고 푹 내려앉았다. 그리고 눈을 감으며 다시 한 번 웅얼거렸다.

"완벽하단 말이야."

레인저는 사내 말은 듣지 않았다. 온몸 구석구석이 쑤시고 아팠다. 레인저는 공기를 마셨다. 퉁퉁 부어오른 혀 안으로 공기를 빨아들였다. 코는 이제 완전히 마비된 상태였다. 레인저는 오래지 않아 악어가 나타날 걸 알고 있었다. 예전에 악어 사냥을 해 본 적이 있다. 악어 동갈치 낮바닥이 동물을 미끼로 쓰는 걸 보았다. 그런데 이제 자신이 미끼였다. 제 입에서 뚝뚝 흐르는 피 냄새를 맡고 결국은 악어가 나타나리라는 것을 알고 있었다. 레인저는 그저 그 순간이 빨리 오기만 바랐다. 그리고 사내처럼 나무에 기대고 주저앉아서 두 눈을 감았다.

널빤지로 두들겨 맞은 개, 고통으로 후들거리는 다리를 끌고 먼 길을 걸어온 개, 한 걸음 디딜 때마다 숨이 차는 개, 그런 개는 따뜻한 보살핌을 받아야 마땅하지 않을까? 사랑하는 대상에게 충실하고, 사랑하지는 않더라도 아무 불평 없이 할 일을 다 하는 개라면, 그토록 괴로운 고통을 당할 때 작은 위안이라도 받아야 마땅하다. 충분히 그럴 만한 가치가 있는 개다. 따뜻한 위로가 필요하다.

악어 동갈치 낮바닥이 깊은 잠에 빠지자, 사빈은 숨어 있던 곳에서 살그머니 빠져나와 레인저의 길고 부드러운 귀 밑으로 웅크리고 들어갔다. 사빈은 레인저를 위해 힘껏 가르랑거렸다. 레인저의 부드러운 얼굴을 핥아 주고, 코에 묻은 피를 핥아서 씻어 주었다. 그리고 레인저의 코에 제 코를 갖다 댔다. 사빈은 온 마음으로 레인저를 사랑했다. 온 힘을 다 기울여서 사랑했다.

레인저는 고개를 들어서 긴 혀로 사빈을 핥아 주려고 했지만, 기운이 너무 없었다. 사빈에게 가라고, 당장 떠나라고, 여기 있으면 안 된다고 말하고 싶었다. 사빈에게 너무 위험한 자리였다. 그래서 말을 하려고 했지만, 할 수가 없었다. 그 대신 레인저는 사빈이 부드럽게 가르랑거리는 소리를 들었다. 숨 쉬기 힘들다는 사실도 잊어버렸다.

그때 또 다른 소리가, 부드럽게 가르랑거리는 소리 옆에서 또 다른 소리가 났다. 벌이 날갯짓하는 소리보다 부드러운 소리였다. 레인저는 퉁퉁 부은 눈을 억지로 떴다. 벌새! 늦은 오후의 빗줄기 속에서 반짝반짝 빛을 내는 작은 새가, 조그만 무지개가 일그러진 시야 너머로 들어왔다.

레인저는 한숨을 내쉬었다. 귀 밑에서 사빈이 가르랑거리는 게 느껴졌다.

한편 나뭇가지 위에서 할머니가 밑을 내려다보고 있었다. 인간! 항아리 안에 있는 동안, 할머니는 인간을 가까이하지 않겠다고 맹세했다.

인간이라는 종족과 다시는 부딪치지 않겠다고 맹세했다. 그런데 여기, 바로 밑에 한 인간이 있다. 배 속이 꿈틀거렸다. 배가 고팠지만, 사내의 덩치가 너무 컸다. 할머니의 튼튼한 턱으로도 어찌해 볼 수 없는 덩치였다. 할머니는 좀 더 작고, 사내처럼 고약한 냄새가 안 나는 동물을 기다리기로 했다. 기다리는 일은 얼마든지 자신 있었다.

114

늪지대 두 개가 만나는 지점에 이르렀을 때, 퍽은 눈앞에 나타난 벌새를 보았다. 벌새는 위로, 위로, 위로, 날아갔다. 이쪽저쪽으로 방향을 바꿔 가며, 비 내리는 하늘에서 찬란하게 빛났다. 퍽은 전에도 여러 번 벌새를 보았다. 벌새. 그런데 이번에는 아주 가까운 곳에 모습을 드러낸 덕분에, 죽을 힘을 다해 파닥거리는 날갯소리까지 들을 수 있었다.

퍽은 벌새에 홀려서 종종걸음으로 뒤쫓았다. 그러나 벌새는 작은 빛 부스러기를 남긴 채 삼나무 가지 속으로 날아가 버렸다.

고양이를 아는 이라면 누구나 아는 사실이 하나 있다. 고양이는 눈앞에서 이쪽저쪽으로 오락가락하는 물체가 나타나면 정신없이 마음을 빼앗긴다는 사실이다.

중요한 임무를 띠고 나선 고양이라고 해서 다를 건 없었다. 퍽도 예외가 아니었다. 이쪽저쪽으로 오락가락하는 벌새한테 홀딱 마음을 빼앗겼다. 마법에 걸린 것처럼 매료당하고 말았다. 퍽은 저도 모르게 벌새를 좇아 늙은 나무 위로 올라갔다. 그렇지만 낮은 가지에 올라서자마자, 새는 사라져 버렸다. 퍽은 밑을 내려다보았다. 그리고 흠칫 놀랐다.

거기, 나무 밑동에, 굵은 줄기에 기대 주저앉은 인간은 악어 동갈치 낯바닥이었다. 퍽의 가슴속에서 분노가 끓어올랐다. 퍽은 그 사악한 사내를, 생선 비린내며 빼다귀 냄새가 밴 거친 손으로 자신을 낚아챈 사내를 쏘아보았다.

그리고 다리에 상처가 났다는 걸 알아챘다. 피. 레인저의 피에 섞인 피는 악어 동갈치 낯바닥의 피였다.

퍽은 눈길을 따라가다가 낡은 사슬, 혐오스러운 사슬이 나무에 묶여 있는 걸 보았다. 그리고 거기서 채 삼 미터도 안 떨어진 곳에, 둘이 있었다. 레인저! 사빈!

퍽은 당장 밑으로 뛰어내리고 싶었다. 당장 둘에게 달려가서 레인저의 긴 귀를 핥아 주고 싶었다. 사빈을 얼싸안고 사빈의 얼굴을, 코를, 귀를 핥아 주고 싶었다. 쌍둥이 동생. 단짝. 퍽은 당장 그러고 싶었지만, 순간, 악어 동갈치 낯바닥이 떠올랐다.

또 하나 걸리는 건 라이플총이었다. 퍽의 등줄기가 쭈뼛 곤두섰다. 악어 동갈치 낯바닥을 깨우지 않고 레인저와 사빈에게 가야 했다. 그런데 어떻게?

퍽은 나뭇가지를 타고 좀 더 잘 보이는 쪽으로 기어갔다. 바로 위에 있는 가지에 몸을 칭칭 감은 모카신 할머니는 보지 못했다. 너무 검어서 푸르게 보이는 살갗도 못 보고, 할머니가 감고 있던 긴 몸을 스르르 푸는 것도 못 봤다. 퍽은 할머니를 보지 못했다. 오로지 사빈과 레인저, 나무 발치에 있는 끔찍한 사내만 눈에 들어왔다.

115

천 년 동안 항아리에 갇혀 지낸 뱀은 굶주림이 무엇인지 잘 안다. 할머니는 천 년 동안 내내 배가 고팠다. 그런데 지금 바로 아래쪽 나뭇가지에, 조그만 은빛 고양이가 앉아 있었다. 늙은 사냥개의 부드러운 귀 밑에 녀석의 누이동생도 있다는 걸 알아챘다. 할머니는 개가 가슴을 무섭도록 들썩이며 헐떡거리는 모습을 보았다. 할머니는 아래쪽 나뭇가지에 있는 고양이에게, 크고 허기진 열망에 마음을 빼앗긴 고양이에게 눈길을 주었다. 할머니는 입맛 당기는 새끼 고양이가 앉은 가지 쪽으로 슬그머니 몸을 움직였다.

늪의 수면 바로 아래쪽에 있던 악어 왕도 배가 고팠다. 빗방울이 부드럽게 물을 두드리는 소리가 들렸다. 먹구름이 낀 탓에, 다른 날보다 시간이 더 많이 흐른 것처럼 느껴졌다. 그 바람에 다른 날보다 더 배가 고팠다. 악어 왕은 둑에서 사내가 기다리고 있다는 걸 알았다. 사내가 풍기는 냄새가 가까워졌다. 그런데 뜻밖에도 사내는 너무 조용했다. 대체 뭘 기다리고 있을까? 악어 왕이 물 위로 코를 내밀자, 기분 좋은 피 냄새가 났다. 완벽했다. 악어 왕은 공기에 착, 배어 있는 냄새를 따라갔다. 악어 왕은 사내가 짐승을 미끼 삼아 가져왔다는 걸 알았다. 개 종류인 것 같았다. 그런데 다른 냄새도 섞여 있었다.

'아하.'

악어 왕은 생각했다.

'더 좋은 일이군. 두 마리나 있다니!'

116

빗줄기가 점점 굵어졌다. 삼나무 가지에서 퍽은 눈살을 모은 채 굵은 빗줄기 사이를 뚫어지게 바라보았다. 머리 위에서 어마어마한 뱀이 퍽을 향해 느릿느릿 다가오고 있다는 사실은 몰랐다. 퍽은 오로지 누이와 늙은 사냥개에게만 눈길을 주었다.

더 아래쪽으로는 줄기에 기댄 악어 동갈치 낮바닥의 정수리가 보였다. 고약한 냄새를 풍기는 그 인간한테 들키지 않고 사빈 곁으로 가야 했다.

그렇지만 이미 늦었다. 퍽이 막 나무줄기를 타고 내려가려는 순간, 악어 동갈치 낮바닥이 꿈틀 깨어났다. 사내가 손등으로 코를 훔치는 게 보였다. 사내가 몸을 일으키며 머리를 흔드는 게 보였다. 라이플총을 움켜쥐는 게 보였다. 사내가 레인저를 똑바로 쏘아보는 게 보였다. 그리고 이렇게 말하는 게 들렸다.

"어이구, 이런. 고양이가 돌아왔군."

사내가 사빈에게 라이플총을 겨누는 게 보였다. 사빈이 얼어붙는 게 보였다.

퍽은 악어 동갈치 낯바닥이 한쪽 눈을 감은 채 표적을 겨냥하는 모습을, 손가락을 방아쇠에 거는 모습을 보았다. 끔찍한 일이 벌어지려는 순간이었다.

퍽의 배 속에서 분노의 응어리가 단단히 조여들었다. 절대 악어 동갈치 낯바닥이 누이를 해치게 놔두지는 않을 것이다.

악어 동갈치 낯바닥이 누이와 사냥개에게 총을 겨누는 걸 본 퍽은 입을 벌리고 목이 터져라, 부르짖었다.

"이이야아아아아오오오오옹!"

귀청을 찢는 듯한 날카로운 소리에 놀란 악어 동갈치 낯바닥은 엉겁결에 총구를 머리 위로, 삼나무 가지 위로, 거대한 뱀과 새끼 고양이가 아래를 보며 내려오고 있는 위로, 위로, 위로 치켜올렸다.

사내는 방아쇠를 당겼다.

타앙!

태어나서 두 번째로 퍽은 나뭇가지 밑으로 떨어져 내렸다. 이름 그대로 끔찍한 고대 물고기처럼 생긴 사내의 얼굴 위로 곧장 떨어져 내렸다.

"으아아아아아아아아아악!"

악어 동갈치 낯바닥이 부르짖었다. 참기 힘든 고통이었다. 다리를 물린 상처보다, 아직도 피가 배어 나오는 다리의 상처보다 훨씬 더 끔찍하고 날카로운 통증이었다.

은빛 고양이가 발톱을 한껏 벌린 채 얼굴로 떨어진 순간, 악어 동갈치 낮바닥은 비명을 질렀다. 사내는 라이플총을 늪 쪽으로 내던졌다. 두 손으로 얼굴에 붙은 고양이를 떼어 내려니, 생 살갗이 뜯겨 나갔다. 그런 다음, 사내는 퍽의 목덜미를 움켜쥐고 삼 미터쯤 떨어진 타르틴 늪지대로 달려갔다. 한 손으로는 고양이를 잡고, 다른 손으로는 늪지대의 차가운 물을 퍼 올려서 얼굴에, 타는 듯 화끈거리는 얼굴에 끼얹었다. 너무 아파서 아무것도 보이는 게 없었다.

물 위로 피가 뚝뚝 떨어졌다. 사내는 천천히 눈을 떴다.

악어 동갈치 낮바닥이 마지막으로 본 건 쩍 벌린 악어 왕의 주둥이였다. 타르틴 늪지대 기슭에서 묵묵히, 끈기 있게, 기다리고 있던 악어 왕의 모습이었다. 칼날처럼 뾰족한 이

빨, 강력한 턱이 쩍, 쩍, 쩍 벌어지더니, 사내의 목을 덥석 물었다. 악어 왕은 악어 동갈치 낮바닥을 뒤흔들었다. 흐린 물 속에서 한 번, 두 번, 세 번, 휘돌렸다.

칠흑같이 짙은 어둠이 내렸다.

117

악어 동갈치 낯바닥이 작은 슬픔 냇물 속으로 어미와 함께 내던졌을 때, 퍽은 물살이 거칠고 사나워서 도무지 숨을 쉴 수가 없었다. 그런데 지금 늪지대의 물은 시원하고 잔잔했다. 사내가 숨 막히도록 움켜쥔 목덜미의 아픔을 물결이 어루만져 주었다. 그리고 사내의 손아귀에서 벗어나자, 물이 퍽의 온몸을 부드럽고, 감미롭게 감쌌다. 몸이 물 위로 둥실, 둥실, 둥실, 떠오르는 느낌이었다.

퍽은 눈을 떴다. 수많은 거품이 보글보글 일었다. 이루 헤아릴 수 없이 많은 거품이 아름다웠다. 퍽은 거품이 좋았다. 반짝반짝 빛나는 거품. 여기저기서 톡톡 거품이 터지는 소리가 났다. 그 소리만 들린 건 아니었다. 물에 떠 있는 동안, 또 다른 목소리가, 귀에 익은 목소리가 들렸다.

'헤엄쳐, 퍽. 헤엄쳐.'

아아, 그 목소리. 어미의 목소리. 그 목소리가 아주 가까이에서 들렸다.

'헤엄쳐. 헤엄쳐. 헤엄쳐.'

그 목소리가 귓속을 파고들었다. 시간이 갈수록 좀 더 또렷하게 들려왔다.

'헤엄쳐, 헤엄쳐, 헤엄쳐.'

그리고 어미의 또 다른 목소리가 뒤를 이었다.

'약속해라.'

몸이 가라앉기 시작했다. 밑으로 가라앉는 느낌과 함께, 어미의 목소리가 귓가에 메아리쳤다. 그리고 다시 어떤 소리가 들려왔다.

"헤엄쳐, 퍽, 헤엄쳐!"

이번에는 어미의 목소리가 아니었다. 다른 목소리였다.

제 살갗만큼이나 친근한 목소리였다.

"헤엄쳐, 퍽, 헤엄쳐!"

사빈이었다. 누이동생이었다!

사빈이 소리쳤다.

"헤엄쳐!"

아, 그토록 그리웠던 사빈. 몹시도 그리웠던 사빈.

"헤엄쳐!"

다시 사빈의 목소리가 들려왔고, 퍽은 의식이 가물가물 흐려졌다. 끝없이 가라앉았다. 퍽은 이제 다시는 사빈을 잃어버리지 않겠다고 생각했다.

퍼뜩 정신이 들었다.

사빈.

사빈이 저기서, 퍽을 기다리고 있었다.

"헤엄쳐!"

사빈이 소리쳤다.

퍽은 그 말을 따랐다.

헤엄쳤다.

118

잠시 숨을 고른 퍽은 사빈을, 자신을 똑 닮은 사빈의 얼굴을 뚫어져라 바라보았다. 그리고 사빈과 코를 맞댔다. 제 머리로 사빈의 머리를 쓰다듬었다. 사빈의 부드러운 등에 턱을 기댔다. 그리고 사빈의 목에 발을 두르고 사빈의 얼굴을, 두 귀를, 정수리를 핥아 주었다. 그러자 사빈도 고개를 들어 퍽의 턱을, 코를, 심지어 수염까지 핥아 주었다.

바로 그때 숲 속에 시원한 바람이 일고, 나무들이 후두두 흔들리더니, 비가 뚝 그쳤다. 퍽은 고개를 치켜들고 나뭇잎 사이로 구름이 빠르게 흩어지는 모습을 보았다. 그다음은? 태양. 따뜻한 황금빛 태양. 태양이 나타났다.

퍽은 삼색 어미 고양이와 한 약속을 지켰다. 퍽은 누이를, 쌍둥이 동생을, 단짝 친구를 바라보았다. 퍽은 영예롭고 신성한 유대감을 느꼈다.

둘은 나란히 레인저에게 다가갔다. 퍽은 사랑하는 사냥개 몸에 기대어, 마치 제 것처럼 친근한 늙은 개의 심장 소리에 귀를 기울였다.

레인저 곁에 웅크리고 앉아서 쿵쿵, 기분 좋게 울리는 심장 소리를 듣다 보니, 눈이 저절로 감겨 왔다. 기진맥진한 피로감이 온몸을 덮쳐 왔다. 그런데 막 잠에 빠져드는 순간, 레인저가 몸을 뒤척였다. 그 바람에 퍽은 또 다른 친근한 소리, 낡고 녹슨 사슬 소리를 들었다.

119

핏자국을 따라온 고양이, 널빤지로 두들겨 맞은 개, 찢어지는 가슴을 안고 그 광경을 지켜본 고양이, 셋 다 잠이 필요했다. 너무 깊이, 너무 오래 잠을 자는 건 위험했다. 그사이에 누가 나타날지 어떻게 알까? 누가 숨어서 몰래 지켜보고 있을지도 모르는 일 아닌가?

천 년에 한 번쯤, 아니면 한 세기에 한 번쯤, 나무들은 스스로 마법을 불러일으킨다. 늙고 비루먹은 사냥개 옆에 새끼 고양이 두 마리가 웅크리고 있는 모습을 보고, 나무들은 바야흐로 잠기운을 불러올 때라는 걸 알아차렸다. 그래서 자신들이 도울 수 있는 방식을 불러냈다. 아주 오래전에 밤 노래와 매 사나이를 도와주었던 것처럼 잠을 부르는 산들바람을 일으켰다.

잠, 기분 좋은 잠기운이 타르틴 자매 사이에 펼쳐진 땅, 모래 구덩이 땅 위로 퍼져 나갔다. 잠기운이 사향뒤쥐와 비버의 보금자리로 스며들었다. 잠, 고요한 잠기운이, 귀뚜라미와 올빼미, 여우와 거북, 청개구리에게 내려앉았다. 수많은 뱀들, 왕뱀과 산호뱀, 살모사의 살갗에 잠기운이 파고들었다. 또 모카신 할머니…… 할머니도 잠기운에 휘감겼다.

늦은 오후 내내, 초저녁 내내, 캄캄한 밤을 지나 어슴푸레 새벽이 밝을 때까지, 깊고 울창한 숲 구석구석이, 숲에 깃들여 사는 크고 작은 생물 모두가 잠에 빠졌다.

120

마침내 퍽이 눈을 떴을 때는 화창한 아침이었다. 퍽은 일어나서 레인저의 어깨를 바라보았다. 밤새 사빈과 함께 웅크리고 누워서 기댄 어깨였다. 밤새도록 둘은 늙은 개의 가슴팍에, 귀 밑에 바짝 붙어서 잤다.

지난밤, 사빈은 얼핏 레인저의 호흡이 좀 더 고르고 편해졌다는 걸 알아챘다. 레인저의 몸이 나아지고 있는 거라고 생각했다. 사빈은 오빠 곁에 서서 사냥개를 바라보았다. 레인저는 얼굴이 퉁퉁 붓고 입가에는 핏줄기가 말라붙어 있었다. 한쪽 눈은 부어서 내려앉았다. 사빈은 몸을 움츠렸다. 레인저를 보면 마음이 아팠다.

사빈이 살피는 사이, 레인저는 가는 한숨을 내쉬었다. 어쩐지 좋은 징조처럼 여겨졌다. 사빈은 곧바로 레인저의 몸을 씻어 주기 시작했다. 온 힘을 다해서 씻어 주었다. 퍽도 힘을 합쳤다. 둘은 레인저의 주름진 얼굴과 긴 귀를 핥아 주었다.

레인저는 어렴풋이 정신을 차렸다. 소중한 새끼가 할짝할

짝 몸을 핥아 주었다. 그보다 더 좋은 느낌은 이 세상에 없었다. 레인저는 겨우 눈을 떴다. 거기, 바로 눈앞에 벌새가 있었다. 벌새가 아침 햇살 속에서 반짝반짝 빛났다.

벌새를 보고 레인저는 눈을 끔벅거렸다. 다시 보니, 어디론가 사라지고 없었다. 벌새 대신 새끼가, 사빈이 보이고…… .

또 하나! 사빈이 둘로 겹쳐 보이는 걸까? 레인저는 고개를 들고 상처 입지 않은 한쪽 눈을 끔벅였다. 사빈이 레인저를 돌아보았다.

그래, 맞다! 아, 맞다! 거기 또 한 녀석이, 사빈 바로 옆에 또 한 녀석이 앉아 있었다! 그런 일이 일어날 수 있을까? 정말로 믿어도 될까? 레인저는 다시 한 번 보았다. 사빈, 틀림없는 꼬마 사빈이었다. 그런데 그 옆을 보니, 거기, 이마에 초승달 무늬가 박힌 고양이가 있었다.

퍽이었다!

행복감이 물밀듯 밀려왔다. 여기저기 입은 상처며 총탄이 박힌 다리의 통증이 줄어든 느낌이었다. 레인저는 몸을 젖히고 퍽을 한껏 축축하게 핥아 주었다.

그렇지만 행복한 느낌은 이내 잦아들고 말았다. 그 인간은 어디 있을까? 끔찍한 고대 물고기, 악어 동갈치처럼 생긴 그 인간은? 레인저는 늪지대 둑을 죽 훑어보았지만, 물에 반쯤 잠긴 낡은 라이플총만 눈에 들어왔다. 순간, 무슨 일이 벌어졌는지 알 것 같았다. 레인저는 고개를 숙였다. 악어 동갈치 낯바닥처럼 흉악한 인간이 죽었지만, 기뻐하는 내색은 전혀 없었다. 그토록 잔인한 짓을 일삼은 사내가 죽었으니, 만족감이나 기쁨을 느끼는 게 당연한 일일지도 모른다.

그렇지만 실상 레인저는 안도감, 그 인간이 마침내 사라졌다는 안도감 외에는 아무 느낌이 없었다.

레인저는 고개를 돌리고 새끼 고양이들을 바라보았다.

여기 가족이 있었다.

늙은 개와 은빛 고양이 두 마리.

121

그렇지만 여전히 사슬은 남아 있었다. 나무에 묶인 사슬. 그리고 타르틴 늪지대 바닥에 있는 악어 왕은 이내 또 허기를 느낄 것이다. 퍽은 낡고, 녹슨 사슬을 보았다. 사슬 냄새를 맡아 보았다. 냄새를 맡고 퍽은 주춤 뒤로 물러섰다. 기울어진 집 냄새가, 썩어 가는 뼈다귀와 생선 비린내가 뒤섞인 고약한 냄새가 났기 때문이다.

퍽은 사슬을 핥아 보았다. 그렇지만 차가운 쇠 맛을 느끼고 금세 뱉어 냈다. 그래도 녹슨 쇠 가루가 혀에 남아 있었다. 구역질이 치밀었다. 퍽은 발을 들어서 발톱으로 쇠 가루를 긁어 내려고 안간힘을 썼다. 쇠 가루는 혀에 단단히 들러붙어 있었다.

퍽은 사슬을 쏘아보며, 레인저가 있는 곳에서 나무까지 이어진 줄을 따라 걸었다. 잔뜩 녹이 슨 사슬에 다른 고리보다 가는 고리가 두어 개 드러나 있었다. 퍽은 다시 한 번 냄새를 맡았다. 아까와 똑같은 냄새가 났다.

그러다가 퍽은 사슬에 귀를 대고 소리를 들었다. 그렇게 오래 앉아 있었다. 레인저가 움직이면, 사슬에서 잘그락잘그락 소리가 났다. 그런데 레인저가 가만히 있으면, 소리도 잠잠했다.

잠잠. 퍽은 귀를 기울였다. 더 잠잠. 그런데 그때…….

스으으으으읏!

퍽은 고개를 들었다.

바로 눈앞에, 일곱 바다처럼 나이 많고, 늪지대처럼 오래되고, 시간처럼 늙은 생물이 얼굴을 바짝 들이대고 있었다. 아침 햇빛을 받아 비늘이 반짝였다. 퍽의 온몸이 파들파들 떨렸다. 꼼짝도 할 수 없었다. 작은 나무줄기만 한 거대한 뱀이었다. 퍽은 자신을 쏘아보는 뱀과 눈을 마주쳤다. 뒤에서 레인저가 으르렁거렸다. 하지만 눈앞에 있는 짐승은 레인저가 맞서 싸울 수 있는 상대가 아니었다. 사빈이 퍽의 곁으로 다가와서 몸을 밀었다. 한순간 퍽은 도망칠 생각도 했다. 그러나 레인저는 달릴 수 없었다. 퍽은 누이동생을 보았다. 사빈도 그 자리를 떠나지 않을 게 틀림없었다.

퍽은 숨을 깊이 들이마시고, 날카로운 소리를 질러 보려고 했지만, 아무 소리도 나오지 않았다.

122

할머니는 눈앞에 있는 세 짐승을 바라보았다. 셋 다 초라하고 지친 몰골이었다. 특히 개는 더 심했다. 순간 몸 안에서 날카로운 통증이 일었다. 할머니는 셋 앞에 거대한 몸을 둘둘 감고 똬리를 틀었다. 셋을 똑바로 쏘아보며 눈길에서 벗어나지 않도록 붙들었다. 입 안에 가득 차오르는 독 맛이 느껴졌다.

셋, 할머니는 생각했다. 전에도 셋이 함께 있는 모습을 본 일이 있었다. 사랑으로 한데 묶인 동아리.

사랑. 스으으으읏! 사랑 때문에 어떤 대가를 치렀던가?

다른 사람한테 빼앗긴 남편. 남자에게 빼앗긴 딸. 천 년 동안 항아리에 갇혀 지낸 삶. 할머니는 눈앞에 있는 초라한 세 짐승을, 은빛 고양이 두 마리와 사슬로 나무에 묶인 개 한 마리를 쏘아보았다. 대가. 할머니는 몸 밑에 깔린 꼬리를 비틀며 길고 검은 혀를 날름거렸다.

두 팔을 활짝 펼친 아침이 점점 밝아졌다. 눈앞에 있는 세 짐승이 좀 더 뚜렷하게 보였다. 할머니는 여기, 바로 여기, 타르틴 늪지대 기슭에서 꼼짝 않고 서 있는 셋을 지켜보았다. 악어 왕이 가까이에 있다는 걸 할머니는 알고 있었다. 악어 왕은 언제라도 다시 물속으로 들어가 버릴 수 있다는 것도 알았다. 할머니는 빙그레 웃었다. 고오오오오옷, 할머니가 중얼거렸다. 그런데 입을 다물자마자, 축축한 공기를 바르르 울리는 소리가 들려왔다. 할머니는 고개를 들었다.

거기, 파충류 사촌들, 방울뱀, 돼지코뱀의 목소리가 다시 울렸다.

"누우우우우이이여……!"

오랜만에, 참으로 오랜만에 처음으로 듣는 소리였다. 오래전 은빛 사빈 강을, 동쪽으로 흘러가는 따뜻한 강을 헤엄쳐서 이곳, 이 울창하고 장엄한 숲으로 들어온 날 듣고 처음 듣는 소리였다.

할머니는 잠시 포로에게서 눈을 떼고 초록색 나무들을 쳐다보았다. 높은 가지 위로 언뜻언뜻 보이는 푸른 하늘에서 햇빛이 뚫고 들어와 주위에 있는 땅을 어른어른 비추었다. 할머니가 그리워하던 풍경이었다. 목구멍을 타고 흘러내리는 독액이 쓰고도 얼얼했다. 할머니는 독액을 꿀꺽 삼키고, 무시무시한 눈길을 눈앞에 있는 셋에게 돌렸다.

때가!

"누우우우이이이이여어어어!"

다시 사촌들이, 방울뱀, 구렁이, 검붉은 산호뱀이 소리쳐 불렀다. 할머니는 혀를 날름거리며 촉촉한 아침 공기를 맛보았다. 촉촉한 물기가 할머니의 검푸른 비늘 위를, 마름모꼴 비늘 위를, 숲에 일렁이는 엷은 햇살 속에서 거울처럼 반짝이는 비늘 위를 떠다녔다. 격렬한 아픔이 할머니의 몸을 꿰뚫었다. 대가가 있었다!

"누우우우우이이이이여!"

사촌들의 목소리가 할머니의 귀를 울리고 숲으로 퍼졌다. 몸이 욱신욱신했다. 할머니는 무시무시한 꼬리를 탁, 치며 꼿꼿이 몸을 세웠다. 대가는 벌써 치른 터였다.

할머니는 다시 한 번 눈앞에 있는 셋을 보았다.

사랑으로 한데 묶인 동아리. 그리고 사방에서 사촌들이 할머니를 부르고, 부르고, 또 불렀다.

"누우우우우이이이이여어어어어!"

'그래.'

할머니는 생각했다.

'사랑이라면 나도 좀 아는 게 있지.'

할머니는 강철처럼 단단한 입을 벌려서 야무지게 물었다!

123

흐린 늪지대 깊은 곳에서 악어 왕이 트림을 했다. 악어 왕은 바닥에 앉아 있었다. 흙탕물을 헤치고 오랜 친구가 다가오는 게 보였다.

악어 왕이 빙그레 웃으며 말했다.

"누이, 이제 때가 됐군요."

악어 왕은 할머니가 강력한 입으로 녹슨 사슬을 물어 잘라버리는 모습을 보았다.

악어 왕이 말했다.

"내가 놀랐습니다그려."

그래, 맞다. 할머니, 천 년 동안 항아리에 갇혀 지낸 할머니는 마침내 사랑을 선택했다. 할머니는 사랑을, 순수하고 꾸밈없고 맑은 사랑을, 조그만 은빛 고양이 두 마리와 늙은 사냥개 사이에 감도는 사랑을 보았다. 복잡하고도 명예로운 사랑이 셋을 하나로 묶어 주었다.

할머니는 이전에 사랑을 방해하고 슬픔만 맛본 경험이 있었다. 그것이 대가라는 걸 할머니는 알았다. 이번에는 더 사랑하도록 도울 수 있는 길을 택했다. 사슬을 잘라서 늙은 개를 풀어 주었다.

할머니는 오랫동안 한결같은 우정을 베풀어 준 악어 왕에게 고맙다는 말을 전하고, 마지막 인사를 하기 위해서 물속으로 들어왔다. 그러고는 물 위로 헤엄쳐 나가서, 커다란 삼나무 위로 다시 스르르 미끄러져 올라갔다. 통증이 매우 뚜렷하게 느껴졌다.

할머니의 매끄럽고 검은 몸 한가운데에 커다란 구멍이 나 있었다. 고양이가 사납게 부르짖는 소리에 놀란 사내가 느닷없이 총구를 올리고 쏜 총탄에 맞은 자리가, 쑤시고 아팠다.

마침내 수천 년이 흐른 뒤, 할머니는 마지막 순간을 맞게 되었다. 할머니는 고개를 들었다. 나뭇가지를 뚫고 들어온 햇빛이 검푸른 살갗 속으로 스며들었다. 할머니의 눈에 하늘이, 깊고 푸른 아름다운 하늘이 들어왔다.

가지에 몸을 감고 누워 있는 할머니의 귀에, 재빠르게 파닥이는 날갯짓 소리가 들려왔다. 할머니는 그쪽을 바라보았다. 벌새가 오후의 햇살 속에 반짝였다. 반짝반짝 빛을 냈다.

뱀은 조그만 새를 바라보았다. 낯익은 새였다. 언젠가 본 일이 있는 작은 존재였다. 문득 할머니는 알아챘다.

"내 손녀로구나!"

할머니가 낮게 내뱉었다.

작은 새가 대답했다.

"네, 오랫동안 할머니를 찾아다녔어요."

높디높은 하늘에서 외로운 매 한 마리가 바람을 타고 날며 우짖었다.

"크르르르르르!"

그러고는 구름 속으로 사라졌다.

124

나무들 사이에 오가는 이야기에는 끝이라는 게 없다. 다만 한 이야기에 다음 이야기를 포개고 섞어서 이어 갈 뿐이다. 한 이야기가 마무리될 즈음이면 또 다른 이야기가 시작되기 마련이다.

그래서 완전히 끝을 맺는 이야기는 별로 없다. 마찬가지로 퍽과 사빈, 레인저에 얽힌 이 옛이야기도 새로운 시작을 펼치게 된다.

참으로 오랫동안 레인저를 사내의 울타리에 묶어 두었던 사슬을 할머니가 끊어 준 뒤, 단출한 세 식구는 타르틴 늪지대와 위험한 모래 구덩이 땅을 두고 멀리 떠났다.

퍽, 사빈, 레인저는 지금 어디에 있을까?

누구든 이 오래되고 잊혀진 숲에 들어와 보면, 세 식구가 뼈다귀와 가죽이 지저분하게 널린 기울어진 집으로 돌아가지 않았다는 걸 알게 된다.

이제 그 집은 어둡고 흐린 하늘이 내리친 벼락을 맞고 완전히 불에 타 없어졌다. 거센 불길이 휩쓸고 지나간 자리에는 시커먼 재만 남아서 무덤을 이루었고, 재 속에 남은 열은 며칠에 걸쳐 시나브로 사그라졌다. 아니, 세 식구가 그 집으로 돌아갈 리 없었다.

천 년 동안 한자리를 지켰던 테다소나무, 그 늙은 나무 밑에도 셋의 자취는 보이지 않는다. 늙은 테다소나무는 눈물로 이루어진 작은 슬픔 냇물에 통째로 휩쓸려서, 은빛 사빈 강으로 흘러들었다가, 마침내 아름답고 푸른 멕시코 만으로 떠내려갔다.

셋은 이곳에도 없다.

하지만 나무들에게 세 식구에 대해 물으면, 풍나무와 니사나무, 플라타너스와 참나무에게 물으면, 아, 오구나무와 밤나무와 오리나무가 쓰는 말을 알아듣기만 한다면, 소식을 전해 들을 수 있을 거다.

여기, 이 잊혀진 솔숲에, 텍사스와 루이지애나의 접경지 고속 도로 사이에 자리 잡은 이 숲에, 여기, 사슴이 다니는 오솔길과 거대한 고사리가 자라는 곳에, 캐도 부족의 흔적이 희미하게 남아 있는 곳, 바로 이 숲에, 하늘과 바다처럼 오래된 이 숲에, 은빛 고양이 쌍둥이와 구슬픈 노래를 부르는 늙은 사냥개가 살고 있다고 알려 줄 거다.

퍽……

사빈……

그리고 레인저가……

여기에 살고 있다고.

| 지은이의 말 |

이야기책 한 권은 저절로 술술 만들어지는 게 아니다. 책 한 권 만들어지는 데 마을 하나가 필요한 법인데, 감사하게도 내 곁에는 귀한 시간을 내어 이 이야기를 구석구석 기꺼이 읽어 준 사람들이 무척 많았다. 끝없는 믿음을 보여 주시는 우리 어머니 팻 차일드리스 여사께 많이 고맙다. 레인저를 죽지 않게 해 준 로스 에더, 지혜롭고 아름다운 영혼으로 모카신 할머니를 끝까지 믿어 준 다이앤 린, 빛과 경이를 실어 나르는 돈나 한나 칼버트, 참 좋은 형제이자 언제나 정확한 대런 아펠트, 남다른 안목을 지닌 데비 릴랜드에게 감사한다.

그밖에도 많은 이들이 함께해 주었다. 킴벌리 윌리스 홀트, 자넷 인골드, 레베카 카이 도트리치, 롤라 쉐퍼, 마리온 데인 바우어, 애드리엔 로스, 캔디스 랜섬, 신시아와 그레그 라이티 스미스, 로라 루비, 앤 버스타드, 그리고 메리 만수리안 같은 분들이다. 앨리슨 맥기는 이야기의 밑그림을 그릴 때마다 짤막한 격려의 말을 보내 주었다.

버몬트 칼리지의 학생들과 동료들이 없었다면 내가 이 글을 쓸 수 있었을까? 절대로 아니다.

일찍이 이것은 퍽의 이야기라고 알려 준 데니스 폴리의 현명한 조언이 없었다면 이 책은 햇빛을 보지 못했으리라는 게 내 생각이다. 그리고 "당신이 쓸 수 없다고 생각하는 이야기를 쓰라."는 잊지 못할 조언을 들려준 토빈 앤더슨에게도 감사한다.

애씬스 외곽, 텍사스 주의 캐도 유적지에 살고 있는 분들에게도 고마움을 전한다. 그분들은 텍사스 동부 숲 지역에서 수천 년 동안 거주했으며, 대대손손 뛰어난 장인이었던 캐도 부족에 대한 신비롭고 경이로운 이야기를 들려주었다.

도와주는 사람 없이도 책을 쓸 수 있다고 생각하면, 그건 오산이다. 대리인인 에밀리 E. 반 빅과 홀리 맥기는 더, 더, 더 열심히 쓰라고 나를 밀어붙였다. 이따금 귀찮고 고통스럽기도 했지만, 나는 그 말에 따랐다.

그리고 편집을 맡은 케이틀린 들로히는 뛰어난 관찰자이자, 주술사이자, 완벽한 질문을 던지는 사람이다. 마법의 치유력을 지닌 여인이다.

작가는 일생 동안 자신을 믿어 주는 사람을 필요로 한다. 개수대에 지저분한 접시가 쌓이고, 몇 시간이고 방 안에 틀어박혀서 웅크리고 있을 때에도 믿어 주는 사람. 나에게는 그런 사람들이 있다. 잘생긴 내 두 아들, 제이콥과 쿠퍼, 그리고 내가 사랑하는 멋진 남편 켄이다. 세 사람은 내 노래를 이루는 아름다운 선율이다. 그런 존재들이다.

캐티 아펠트

| 옮긴이의 말 |

현실 세계에서는 도저히 일어날 수 없을 것 같은 일들이, 이 이야기 속에 가득 펼쳐집니다. 천 년이 넘도록 생명을 이어 가며 저마다의 사연을 들려주는 불가사의한 마법의 존재만 해도 그렇습니다. 거대한 반인반수인 모카신 할머니며 밤노래, 매 사나이를 비롯하여 악어 왕 같은 주인공들 말입니다. 그런 생물들이 이야기 속에서 엄연히 숨결을 지닌 채 활동하고 있지만, 실제라고 믿는 이는 별로 없을 겁니다.

사냥개와 함께 가족을 이룬 고양이 이야기도 예사롭지는 않지요. 마주치면 으르렁거리며 서로를 적으로 여기는 걸 본능으로 타고난 동물들이 세상 어느 가족보다 더 따뜻하고 애틋하게 서로를 보살피고 보호해 주는 모습을 쉽게 믿을 수 있을까요? 어쩌면 모카신 할머니나 악어 왕이 정말로 존재한다고 믿는 편이 현실에 더 가까울지 모르겠습니다.

그런데 저는 여러 마법의 존재들보다, 고양이와 개가 함께 가정을 꾸리는 일보다 더 불가사의하고 놀라운 것을 이 이야기 속에서 발견했습니다. 그건 사랑이었습니다. 사랑이 가진 헤아릴 수 없이 놀랍고 아름다운 힘이었습니다.

이 이야기 속에는 인간보다 훨씬 오래 살고, 훨씬 힘센 것들이 많이 나옵니다. 마법의 존재들이 그렇고, 수천 년을 살아가는 나무가 그렇고, 굽이쳐 흘러가는 물살이 그렇습니다.

이 이야기 속에는 잔인하기 이를 데 없는, 난폭하고 사나운 인물도 나오지요. 같은 인간이라는 게 부끄러울 지경인 악어 동갈치 낮바닥이 그 주인공입니다.

또한 이 이야기 속에는 나약하고 가냘프기 그지없는 존재들도 있습니다. 다리에 총알이 박힌 채 사슬에 묶여 살아가는 늙은 사냥개 레인저가 그렇고, 주인에게 버림받고 숲으로 흘러 들어온 삼색 어미 고양이와, 어미가 낳은 새끼들이 그렇지요. 마법의 피를 지녔지만 하루아침에 부모를 잃어버린 매 사나이와 밤 노래의 딸도 마찬가지일 겁니다.

그런데 힘세고, 오래 살고, 잔인한 대상을 끝내 이긴 건 나약하고 가냘픈 존재들이죠. 아니, 나약하고 가냘픈 존재가 마음에 품은 조건 없는 사랑이었습니다. 본능을 거역하고 기꺼이 레인저의 외로움을 감싼 어미 고양이의 사랑, 목숨을 아까워하지 않고 고양이 가족을 지키려 한 레인저의 사랑, 위험한 곳으로 돌아가 레인저와 사빈을 구하는 걸 주저하지 않은 퍽의 사랑, 병들고 지친 레인저의 곁을 끝까지 지킨 사빈의 사랑, 그 사랑이 마지막에 승리를 거둡니다.

그 사랑 앞에서는 나무, 냇물, 폭풍우, 벼락, 악어, 심지어는 천 년 동안 증오로 독을 키운 모카신 할머니마저도 기꺼이 고개를 숙입니다. 그야말로 온 우주가 사랑의 기운을 보태 주는 것만 같습니다. 그래서 저는 새삼 그 어떤 마법보다 사랑이 불가사의하고 놀랍게 여겨졌습니다.

참 다행입니다. 마법의 존재보다 더 신비하고, 힘세고, 오래 지속되는 사랑을 바로 우리가 사는 이 현실 세계에서 얼마든지 주고받을 수 있다는 게 정말로 다행입니다. 개와 고양이도 사랑하는데, 하물며 같은 인간인 우리가 서로 사랑하지 못할 대상은 없다는 걸 깨닫게 되어서 고맙습니다.

이 세상에서 가장 강력한 마법, 마음만 먹으면 누구라도 현실에서 당장 부릴 수 있는 아름다운 마법은 사랑밖에 없습니다.

그 마법이 곳곳에서 펼쳐지기를 간절히 꿈꿔 봅니다.

박수현